LISE ANTUNES SIMOES

LES FILLES DE JOIE

3. La grimace du tigre

Les Éditions

Coup d'œil

Couverture et infographie : Marjolaine Pageau

Première édition : © 2014, Les Éditeurs réunis, Lise Antunes Simoes
Présente édition : © 2020, Les Éditions Coup d'œil,
Lise Antunes Simoes
www.boutiquegoelette.com
www.facebook.com/EditionsGoelette

Dépôt légal : 2ᵉ trimestre 2020
Bibliothèque et Archives nationales du Québec
Bibliothèque et Archives Canada

Les Éditions Coup d'œil bénéficient du soutien financier de la SODEC
pour son programme d'aide à l'édition et à la promotion.

Imprimé au Canada

ISBN : 978-2-89814-099-0
(version originale : 978-2-89585-295-7)

Chapitre 1

— Qu'est-ce que tu fais ?

Adéline venait d'entrer dans la cuisine. Elle avait la moue un peu boudeuse et les pieds traînants d'une fille qui s'ennuie et cherche à se distraire.

— Comme tu vois, je nettoie mes éponges, lui expliqua Victoire, tout en remuant une cuillère de bois dans la large casserole d'eau bouillante où trempaient les petites éponges qu'elle utilisait chaque soir.

— Ah… soupira Adéline en haussant les épaules.

Elle s'assit à la grande table de la cuisine, les mains vides. La nouvelle pensionnaire du *Magnolia* n'aimait ni les livres ni les ouvrages d'aiguille, elle ne jouait que rarement aux cartes et passait la majeure partie de ses après-midi à rêvasser d'une pièce à l'autre sans savoir quoi faire de ses dix doigts. Elle se greffait parfois à un groupe de filles, mais sans jamais réellement s'intégrer.

Adéline n'était arrivée au *Magnolia* que depuis quelques semaines, et déjà on la sentait démotivée. D'un caractère placide, influençable, elle s'était habituée sans trop de difficulté aux règles de la maison et aux clients — le métier ne semblait pas lui poser de problème particulier —, mais on la trouvait souvent en larmes dans sa chambre. Elle s'ennuyait de sa famille, qu'elle avait quittée de plein gré pour venir travailler en ville. On avait bien essayé de la réconforter, mais Adéline, hermétique à toute marque d'amitié, avait continué ses bouderies, de sorte que les autres filles se montraient de plus en plus indifférentes. Les appels de Madame Angèle à prendre soin de la nouvelle recrue avaient peu d'effet.

— Moi, je n'en mets jamais, ajouta Adéline, d'un ton maussade, en pointant du menton le contenu de la casserole. Ça m'ennuie.

Victoire s'interrompit.

— Tu travailles sans rien ? s'étonna-t-elle. Tu es folle !

Les éponges imbibées de vinaigre que les filles inséraient au fond de leurs entrailles avant de coucher avec leurs clients étaient le seul moyen de contraception dont elles disposaient. Retirer l'éponge toute poisseuse et la remplacer par une autre entre chaque client faisaient partie de leur rituel de nettoyage et personne, jusqu'à présent, n'y dérogeait. Certaines filles disaient même que ça les protégeait aussi des maladies.

— Bah, pour ce que ça fait… répliqua Adéline. Regarde, toi, ça ne t'a pas empêchée de tomber enceinte !

— Peut-être parce que je n'étais pas aussi régulière que les autres. Ça m'est arrivé souvent de ne mettre qu'une seule éponge et de la garder toute la soirée. Si je n'avais pas été négligente, ça ne serait peut-être pas arrivé…

— Ça n'y change rien, je n'aime pas ça, c'est tout. J'en ai mis les premiers soirs, mais ensuite j'ai arrêté.

Le petit air dégoûté d'Adéline n'était pas surprenant. Certaines filles de bordel rechignaient à se nettoyer et préféraient ignorer le plus possible ce qui se passait entre leurs jambes. Malheureusement, en travaillant à l'aveuglette, ces inconscientes se mettaient plus facilement en danger, et elles étaient généralement les premières victimes des maladies qui couraient.

Cela, Victoire l'avait très vite compris. Son corps ne recélait plus beaucoup de secrets à force d'être examiné sous toutes les coutures, sans pudeur. Avec les doigts, elle fouillait ses chairs pour en retirer du sang, du sperme et tout un tas de sécrétions diverses, et elle le faisait machinalement, sans inquiétude ni répugnance, en bénissant simplement le ciel que la maison de Madame Angèle soit équipée du plus grand confort moderne, avec électricité et eau courante — chose rare en ville, où seuls les plus riches profitaient de telles installations. La salle de bain de l'étage, avec ses savons, ses lotions, ses linges propres et sa porcelaine blanche, était sans contredit l'une des pièces de la maison que Victoire préférait. C'était, pour elle comme pour ses compagnes, l'endroit où l'on pouvait se purifier, se défaire de la sueur et du sperme des hommes, et redevenir soi-même. La salle de bain faisait la transition entre les pensionnaires ordinaires qui erraient le jour et les créatures magnifiques qui peuplaient les salons et les chambres la nuit.

— Madame est au courant? demanda Victoire.

— Non, répondit Adéline. Pourquoi, tu comptes lui dire? ajouta-t-elle aussitôt en levant vers sa camarade des yeux méfiants.

— Bien sûr que non, ça ne me regarde pas. Mais tu devrais faire plus attention. Tu n'as sûrement pas envie de te retrouver avec un bébé alors que tu viens à peine d'arriver…

— Tu es mal placée pour me dire ça, non?

Ce fut au tour de Victoire de hausser les épaules. Adéline n'était pas une méchante fille, mais elle prenait trop souvent ces airs butés qui ne donnaient pas envie de sympathiser avec elle.

La jeune femme reporta donc son attention sur les éponges vaginales qui flottaient à la surface de l'eau et qu'elle devait brasser régulièrement pour qu'elles restent bien imbibées. C'était la dernière fois qu'elle les faisait bouillir. Maintenant qu'elle était enceinte, elle n'en aurait plus besoin pendant plusieurs mois. Elle allait pouvoir les ranger dans leur petit pot de faïence et les oublier jusqu'à son retour de couches.

Pour tout dire, elle agissait par automatisme, car elle ne se rendait pas encore pleinement compte de sa nouvelle situation. Son ventre n'avait pas grossi, son quotidien restait le même, en dépit des batailles insidieuses qu'elle menait parfois contre sa patronne. Car la tenancière ne baissait pas les bras : tous les commentaires étaient bons pour tenter de lui faire renoncer à son projet de garder l'enfant.

Si Victoire bâillait ou montrait le moindre signe de fatigue en fin de soirée, Madame lui lançait, par exemple, d'un ton sec :

— Tu verras, quand ton enfant sera là et qu'il te réveillera toutes les nuits pour manger, ce sera pire. Tu ne dormiras plus. Et tu n'auras pas intérêt à dormir devant les clients, je te préviens !

Si Victoire entamait un repas de bon appétit, c'était plutôt :

— J'espère que tu ne me videras pas les placards, à force de manger comme ça. Sinon, je serai obligée de te charger un supplément…

Ou encore, si elle étirait son dos fatigué en redescendant l'escalier après avoir reçu un client, elle se faisait dire :

— Ma pauvre fille, qu'est-ce que ce sera quand tu auras un ventre énorme…

Madame Angèle n'était pas aussi dure qu'avait pu l'être Monsieur Masson, le logeur de Victoire, qui n'avait pas hésité à se montrer violent du temps où celle-ci travaillait en usine, mais la tenancière avait le regard assez sévère pour lui signifier qu'elle ne se laisserait pas attendrir. Le message était on ne peut plus clair : puisque Victoire s'entêtait à vouloir garder son enfant, elle ne devait pas s'attendre au moindre traitement de faveur.

Ce fut d'ailleurs un coup dur lorsque cette dernière apprit un matin qu'elle devrait continuer de travailler tout au long de sa grossesse, jusqu'à l'accouchement. C'est à peine si la tenancière lui accordait trois jours de repos juste après la naissance.

— Tu ne comptes tout de même pas sur moi pour te loger et te nourrir gratuitement ? s'était exclamée sa patronne.

— Non, mais je pensais que vous pourriez rajouter ces frais sur ma note. Je travaillerai dur pour rembourser tout ça…

— Et qui va s'occuper de mes clients, pendant que tu te prélasseras au lit avec ton marmot? Tu préfères peut-être que j'embauche une nouvelle fille pour te remplacer? Non, ma jolie. Si tu veux garder ta place, tu travailleras, c'est comme ça.

Madame Angèle n'était pas une mauvaise femme. À défaut d'être véritablement maternelle, elle savait se montrer agréable lorsqu'elle encadrait ses filles au quotidien. Par contre, dès qu'il était question d'argent, elle devenait intraitable. L'enfant de Victoire mettait en péril la bonne marche de son commerce et puisqu'en dépit de ses efforts la tenancière n'avait pas pu mettre fin à ce projet, elle s'organisait pour que cela lui cause le moins de souci possible, sans considération pour Victoire.

La jeune femme avait alors réalisé que cette grossesse serait probablement tout aussi difficile à supporter que la première. Elle n'avait pas oublié les journées interminables dans les ateliers de Goudreau, avec son dos qui ne la soutenait plus, ses jambes enflées, son souffle court quand elle montait les marches ou arpentait les immenses salles de travail en dandinant son gros ventre devant elle. Heureusement que ses camarades d'alors avaient fait preuve d'un peu de compassion en lui donnant un tabouret sur lequel elle pouvait se reposer un peu, sans quoi son contremaître l'aurait laissée debout toute la journée.

Cette fois, elle n'aurait pas à traverser la ville en traînant ses jupes dans la neige ni à travailler durement pendant plus de dix heures. Au *Magnolia*, elle pourrait se reposer dans la journée et manger à sa faim. En revanche, il lui faudrait continuer à veiller jusqu'au petit matin sans manifester le moindre signe de fatigue, se laisser toucher, prendre, se soumettre aux caprices les plus bizarres, écarter les jambes cinq ou six fois, endurer sans broncher le poids et la volonté des hommes sur son corps.

Si Victoire avait rêvé de profiter de cette période pour prendre enfin un peu de distance avec les clients, c'était peine perdue. On ne lui en laisserait pas la possibilité.

Une fois l'enfant né, la vie ne serait pas plus simple. La jeune femme gardait le souvenir très vif de ses chairs douloureuses après son premier accouchement et elle préférait ne pas trop songer au moment où, peu après l'accouchement, elle devrait remonter avec un client pour se laisser pénétrer. Elle appréhendait la douleur, les saignements, le manque de délicatesse de la majorité des hommes. Elle devrait probablement agir pendant longtemps comme les soirs où elle avait ses règles et qu'elle travaillait en utilisant plutôt ses mains et sa bouche. Plus que jamais, il lui faudrait user de prudence et de tact pour prendre le contrôle des ébats sans en avoir l'air, afin de diriger le client... tout en ménageant son propre corps.

Il y aurait les premières semaines, les premiers mois, les soins constants à apporter au bébé, les tétées, le sommeil – déjà déréglé — encore écourté par les pleurs du bébé. Que lui importerait, à lui, que sa mère ait travaillé toute la nuit et soit épuisée? Il ne lui laisserait pas plus de répit que ses clients.

Autour de Victoire, on ne se faisait aucune illusion. Avoir un enfant dans un bordel allait être toute une épreuve.

— Ça vaudrait mieux pour toi de l'abandonner, lui avait-on conseillé, une fois que ses compagnes avaient compris qu'elle était déterminée à poursuivre sa grossesse. Ça se fait souvent, tu sais...

— Personne ne te jugera, ici.

— Avec les bonnes sœurs, il aura quand même plus de chances d'avoir un toit sur la tête et un peu d'éducation pour s'en sortir dans la vie.

— C'est vrai! Et les gens ne sauront jamais que c'est l'enfant d'une putain. Il sera mieux accepté...

Mais Victoire fut catégorique. Quelles que soient les difficultés qui l'attendaient, elle ne revivrait pas une seconde fois ces minutes éprouvantes où, cachée derrière un tas de bois, elle avait attendu que la porte du couvent s'ouvre et que des bras se tendent vers le petit paquet de linge qu'elle avait déposé sur les marches.

Elle était lucide sur les épreuves qu'elle aurait à traverser, mais malgré cela, elle tenait bon : elle avait bien l'intention, cette fois, d'être mère jusqu'au bout.

* * *

Victoire, allongée sur son lit, fut réveillée de sa sieste par des bruits de voix dans le couloir.

— Qu'est-ce qui t'est arrivé ?

— Tu es tombée ? Tu t'es cognée ?

— C'est un client qui t'a fait ça ?

— Mais réponds !

Intriguée, Victoire se leva et rejoignit Joséphine et Éloïse, qui entouraient Adéline. Cette dernière avait un large bleu sur le front, et sa lèvre saignait.

— C'est Henri… lâcha-t-elle enfin.

Parmi les filles, on s'échangea des regards.

— Le salaud a recommencé, constata Joséphine d'une voix sombre. Je suppose qu'il a réussi à te coincer dans un coin ?

— Il faudrait le dire à Madame, dit Éloïse. Avec ce qu'il a fait à Victoire, l'hiver dernier… Et Olivia, qui n'a pas encore réussi à lui échapper non plus. On ne va quand même pas se laisser faire éternellement, non ? Regardez dans quel état il l'a mise, la pauvre gamine ! ajouta-t-elle en prenant le menton d'Adéline pour mieux observer sa lèvre fendue.

Celle-ci se dégagea.

— Ce n'est rien ! Il n'a sûrement pas fait exprès… le défendit-elle.

— Henri ? Tu parles ! Rien ne lui fait plus plaisir que de nous montrer qui est le maître ! ironisa Victoire. Et il n'hésite jamais à frapper si ça peut l'aider à obtenir ce qu'il veut.

— Je crois qu'il était juste de mauvaise humeur, aujourd'hui, parce que les autres fois il ne m'a pas fait mal…

– Quoi ?

Les trois filles s'étaient exclamées d'une seule voix. Adéline rougit jusqu'aux oreilles.

– Tu es en train de nous dire qu'en plus ce n'est pas la première fois que ça arrive ? fit Joséphine. Mais ça fait à peine quelques semaines que tu es ici ! Personne ne t'a dit qu'Henri n'avait pas le droit de nous toucher ? Ce n'est pas un client !

– Je sais… Mais c'est le patron ! Qu'est-ce que je pouvais faire ? Et si je lui plais, c'est tant mieux, non ?

Les autres étaient soufflées.

– Alors, je n'ai pas rêvé quand je vous ai vus, hier matin, déclara Éloïse. Tu lui as bel et bien fait les yeux doux ! Tu as fait exprès de coucher avec lui, avoue !

– Je ne veux pas avoir d'ennuis. Si le patron m'aime bien, j'aurai la paix.

– En te faisant taper dessus ? s'exclama Joséphine, qui était passée de la pitié à la colère en un clin d'œil. Qu'est-ce que tu crois, pauvre idiote ? Qu'Henri a un faible juste pour toi ? Mais il s'en fout, de toi ! Qu'il prenne ton cul ou celui d'une autre, c'est du pareil au même ! Si tu le laisses faire sans rien dire, c'est comme s'il se donnait le droit de baiser n'importe laquelle d'entre nous. C'est déjà assez dur de le tenir à distance sans l'énerver, mais on y arrive à peu près tant qu'on reste toutes ensemble. Et toi, tu t'amènes chez nous, l'air de rien, et tu fais exactement le contraire !

Adéline, malgré sa lèvre blessée, prit une moue boudeuse.

– Bah, lui ou un autre… C'est vrai qu'il ne paye pas, mais si je suis certaine de garder ma place, moi, ça me va…

Furibonde, la bouche ouverte, Joséphine ne trouvait plus ses mots. L'air buté d'Adéline était à désespérer.

– Alors, débrouille-toi pour soigner tes bleus et croise les doigts pour qu'il ne te défigure pas la prochaine fois, lâcha Victoire. Mais nous, on va aller expliquer ça à Madame. Pas question que

cette ordure prenne l'habitude de nous grimper dessus à volonté !
Jamais !

* * *

Cette pauvre fille ne fait déjà plus la différence entre les clients et les autres.

Ce n'est pas parce qu'on ouvre les cuisses pour de l'argent que n'importe qui peut nous prendre ! Elle n'a déjà plus de dignité ? Ça lui est égal, elle abandonne ? Elle se laisse faire par le premier venu, sans se défendre ?

Joséphine a raison. On se donne déjà assez de mal pour tenir Henri à distance. Si on commence à lui laisser croire qu'il peut tout se permettre parce qu'on ne dira jamais rien, ça sera de pire en pire. S'il veut payer comme un client normal, il y aura sûrement certaines filles qui ne diront pas non. Mais c'est chez nous, ici ; d'une façon ou d'une autre, il devra comprendre que nous ne sommes pas à sa disposition !

Moi, je ne veux plus jamais qu'il me touche. Il n'a pas intérêt à essayer…

* * *

— … et ce n'est pas la première fois que je t'y prends !

— C'est de sa faute, elle n'arrêtait pas de me faire les yeux doux…

— Tu penses vraiment que je vais croire une chose pareille ? Pour qui me prends-tu ? Tu oublies que je sais toujours exactement ce qui se passe dans ma maison ! *Exactement*, tu m'entends ?

Il faisait très beau, cet après-midi-là. Les couleurs de l'automne pointaient à peine, septembre était encore chaud et la majorité des filles s'étaient installées sous les arbres du jardin. Victoire, un livre à la main, se cherchait un coin paisible dans les salons plongés dans l'ombre.

Alors qu'elle traversait le hall, elle avait perçu des éclats de voix venant du bureau de sa patronne. La porte était fermée, mais la voix de Madame Angèle, rendue perçante par la colère, résonnait.

Surprise, Victoire s'arrêta et tendit l'oreille. Il était rare d'entendre la tenancière hausser le ton de cette manière, encore plus lorsqu'elle s'adressait à son fils.

— Tu crois que je n'ai pas assez d'ennuis comme ça? Il y a le cas de Clémence, et puis Victoire qui s'obstine à nous faire son petit bâtard. Je n'ai pas besoin en plus d'une révolte générale! Je ne veux pas que tu touches aux filles, combien de fois devrais-je te le répéter? continua la voix de Madame Angèle.

— Qu'est-ce que ça peut bien faire tant que je ne les gêne pas dans leur travail?

— Elles ont le droit d'être au repos lorsqu'elles ne travaillent pas, sans se faire encore déranger. Il a fallu, en plus, que tu choisisses la petite nouvelle, qui ne connaît pas encore bien les habitudes de la maison!

— Justement, ça lui apprend qui est le maître…

— Mais tu es infernal, ma parole! Trouve-toi donc une femme si tu n'es pas capable de te contrôler!

— C'est à moi que vous dites ça, mère?

Jusqu'à présent, Henri n'avait fait que répondre avec patience et un brin de raillerie aux accusations de sa mère, mais cette fois, il changea de ton.

— Comment voulez-vous que je trouve une épouse digne de ce nom alors que ma mère tient un bordel? Quelle famille voudrait de moi, pouvez-vous me le dire? s'exclama-t-il, la voix blanche de rage.

— Parce que maintenant tu voudrais une vie honorable et une héritière pour t'apporter la dot et la respectabilité? rétorqua aussitôt la tenancière, sans se laisser démonter. Pourtant, il me semble qu'il n'y a pas si longtemps tu attendais ma mort pour reprendre le *Magnolia* à ton compte!

— Je serai bien obligé de me contenter du peu que vous aurez à m'offrir… siffla le jeune homme.

Dans le bureau, il y eut une exclamation, suivie d'un bruit de jupes et de talons. Madame Angèle s'agitait, et Victoire crut un instant qu'elle allait gifler son fils.

— Ah, tu ne manques pas de culot de me dire ça ! s'écria-t-elle, excédée. Est-ce ma faute si ton père ne t'a rien laissé ? Pourquoi crois-tu que j'ai repris cette maison ? Tu ne penses pas que moi aussi j'aspirais à autre chose qu'à une vie de bordel ? Maintenant, si mon argent n'est pas assez propre pour toi, va donc te trouver un véritable travail et te faire toi-même une respectabilité !

— Quel travail voulez-vous que je fasse ? répondit Henri, qui lui tenait toujours tête.

— C'est vrai, j'oubliais que tu es un incapable… ironisa sa mère. Toujours à traîner dans mes jambes, sans rien faire d'autre que fumer et boire, et trousser mes filles quand l'envie t'en prend ! Mais crois-tu vraiment que je vais te loger et te nourrir toute ta vie ?

— Il me semble que ce n'est pas la première fois que nous avons cette conversation, enchaîna Henri, qui avait repris une voix plus calme.

— Tu as raison, et malheureusement, ça se termine toujours de la même manière… déclara sa mère.

La porte du bureau s'ouvrit alors en grand, livrant passage à Henri qui quittait les lieux d'un pas énervé. Victoire, elle, eut juste le temps de bondir dans l'antichambre pour ne pas se faire surprendre.

* * *

Dans l'atelier d'Émile, sous les combles, se dressait désormais la silhouette bleue d'une magicienne magnifique et intimidante, dévorée par la jalousie.

Circé était terminée.

— Qu'en dis-tu ? demanda Émile en dévoilant la toile à Victoire.

C'était la première fois qu'elle voyait le résultat de ses longues heures de pose. À part les premiers croquis qui avaient servi d'études, le temps qu'il structure son tableau, le peintre avait refusé de lui montrer quoi que ce soit.

Victoire était impressionnée. Elle avait vu d'autres œuvres d'Émile, elle connaissait son art, mais c'était la première fois qu'elle se reconnaissait elle-même. Cela lui faisait un drôle d'effet. Ce n'était pas seulement son corps qui était mis en valeur par la pose avantageuse, la tunique bleue nouée de cordons dorés, les seins nus, les hanches apparaissant entre les plis du vêtement, c'était aussi l'expression du visage, la mâchoire contractée, le regard noir, les doigts crispés autour du vase empli de poison. Le corps tout entier semblait en tension, tout plein d'une rage qui donnait à Circé une sorte de majesté effrayante.

Émile avait été capable de transférer dans sa peinture un peu de l'énergie bouillonnante qui l'habitait. Ces vibrations étranges que Victoire percevait toujours lorsqu'elle se trouvait près de lui et qui lui mettaient des papillons dans l'estomac, elle les ressentait à présent à travers ses coups de pinceau.

— C'est magnifique, lança la jeune femme, à court de mots pour exprimer son admiration.

— Tu trouves ? Ma foi... C'est vrai que j'en suis assez content.

— C'est tout ? Cette toile a été le centre de ta vie pendant des semaines et tu en es juste « assez content » ? le taquina Victoire.

— C'est une bonne toile, et j'ai eu un modèle fantastique, répondit Émile en prenant la jeune femme par la taille pour l'embrasser, mais Circé est terminée, maintenant. J'ai déjà d'autres projets en tête.

Victoire n'était qu'à demi surprise par la réaction du jeune peintre. Émile, tout aussi inconscient de son talent que de l'énergie qu'il dégageait, ne tirait aucune véritable fierté des œuvres qu'il réalisait. Il dessinait et peignait parce que c'était ce qu'il aimait faire, mais il ne se posait pas de question sur la qualité de son travail, et ne cherchait pas non plus l'approbation des autres. C'était l'envie de produire quelque chose qui l'animait, mais une fois la création terminée, elle perdait tout son intérêt : son esprit vif et en constante ébullition se tournait déjà vers les millions d'autres choses passionnantes qu'il lui restait à concrétiser.

— Et Laurent, est-ce qu'il l'a vue ? Il est satisfait, lui aussi ? demanda Victoire.

— Oh oui, sans aucun doute ! Mais je pense que c'est plus à l'idée d'avoir un portrait de toi, ajouta le peintre avec un petit rire. Il l'aura dans quelques semaines, quand l'huile sera assez sèche pour qu'on puisse la transporter sans risquer de l'abîmer.

Il se pencha alors pour chuchoter à l'oreille de la jeune femme.

— La bonne nouvelle, c'est qu'il m'a enfin payé. Alors, jeudi prochain, quand tu ne travailleras pas, je t'emmènerai au théâtre…

— Tu es sérieux ?

— Absolument. Tu as déjà été au théâtre, dis-moi ?

* * *

C'est à peine si j'en rêvais, quand je vivais à Boucherville.

Est-ce qu'il a vraiment fallu que je passe par le Magnolia *pour découvrir tout ça ? Les concerts au parc Sohmer, les voyages en train, les soirées chez Laurent avec ses amis, tous ces gens qui parlent d'art, de musique, tous ces clients un peu ivres qui vous récitent des poèmes ? Et maintenant, le théâtre !*

Je sais bien que toutes ces belles choses ne seront jamais vraiment pour moi. Je ne suis qu'une putain, qu'on enferme dans une maison aux rideaux tirés, qu'on invite dans les soirées privées et pas dans les soupers mondains. Mais, tout de même, je n'ai jamais rien connu de tout ça, avant.

* * *

Contre toute attente, Madame Angèle donna son accord pour que la jeune femme passe la nuit entière en dehors de la maison. Émile n'était peut-être pas un client officiel, mais il offrait tout de même un dédommagement — une somme que la tenancière n'aurait pas gagnée autrement, puisque c'était le soir de congé de Victoire.

Les filles l'enviaient et ne le cachaient pas. Avec la menace d'être arrêtées pour racolage qui planait toujours au-dessus de leurs têtes, Victoire était la seule que Madame avait autorisée à sortir sans escorte. Bien sûr, c'était seulement pour se rendre en voiture à ses séances de pose chez Émile et jamais pour aller errer librement en ville, mais, tout de même, la jeune femme n'était pas la favorite de la maison pour rien : elle profitait d'un privilège que l'on n'accordait pas aux autres. Joséphine et Clémence continuaient de sortir à l'occasion avec leurs clients, mais pas aussi souvent, et le reste des pensionnaires devait se contenter des sorties organisées par la tenancière. Si elles voulaient, en de rares circonstances, se rendre à l'église ou dans les boutiques, même convenablement escortées par Henri, Anne ou Madame Angèle en personne, il leur fallait toujours négocier ferme. Alors, le théâtre, il n'y fallait pas songer, d'autant que cela ne pouvait se faire que sur l'initiative d'un homme. Même Clémence, du temps de sa gloire, n'y avait jamais été invitée par aucun de ses fidèles. Victoire était la première à qui l'on offrait une sortie de ce genre.

Cette dernière trépignait donc d'impatience, et avec raison. C'était encore bien plus excitant que de se rendre chez Laurent pour y retrouver Madeleine, Malvina et les autres. Non seulement elle allait voir une pièce dans un véritable théâtre et côtoyer le temps d'un soir la grande bourgeoisie de Montréal, mais elle allait rejoindre Émile et, pour une fois, elle n'aurait pas besoin de se cacher. C'était son amant qu'elle rejoignait, et la nuit promettait d'être pleine de plaisirs…

Alors que les filles achevaient de s'habiller, dans la grande salle de bain de l'étage, Victoire, déjà prête, attendait dans le hall.

Elle avait les yeux encore un peu rouges. Comme elle avait pris l'habitude de se maquiller de khôl et que cela lui faisait, comme à Fatima, les yeux coulant de noir dans la journée, elle avait dû se frotter énergiquement au savon pour en enlever les moindres traces. Il n'était pas question qu'elle se montre en public avec les yeux fardés — cela aurait révélé sa condition de vulgaire putain. Au lieu de cela, elle avait revêtu sa belle robe immaculée, enfilé de longs gants blancs, remonté ses cheveux en de multiples tresses joliment épinglées sur sa tête, et elle s'était poudré le visage. Madame Angèle avait refusé de lui prêter des bijoux, mais la robe de Mademoiselle Émilie se suffisait à elle-même. La coupe parfaite moulait le corps de Victoire avec juste assez d'audace pour qu'elle puisse la porter au théâtre.

Par chance, le ventre légèrement bombé de la jeune femme disparaissait sous le corset bien serré. Elle n'avait rien à craindre de ce côté-là.

Victoire arpentait le hall de long en large, sans masquer son impatience. Thelma, la bonne, était partie lui chercher une cape de fourrure, car la nuit était froide. Encore deux ou trois semaines et la neige commencerait à tomber.

Elle fut interrompue par Henri, qui sortait des appartements privés de Madame Angèle. Quand il aperçut la jeune femme, un sourire narquois fleurit sur ses lèvres.

— Quelle élégance ! Il paraît que tu sors avec ton amoureux, ce soir ? demanda-t-il.

— Ce n'est pas mon amoureux, répliqua aussitôt Victoire.

— Mais ce n'est pas non plus un client, si j'ai bien compris. Et puis, le théâtre, c'est si romantique…

Comme à son habitude, alors que la soirée n'avait pas encore commencé, il avait déjà un verre et un cigare à la main, avec une attitude arrogante que Victoire trouvait détestable. Taquiner les filles était pour lui une façon de marquer son territoire, et la jeune femme, déjà sur la défensive, sut qu'elle allait de nouveau en faire les frais lorsqu'elle le vit approcher.

— C'est pour lui, tout ça ? fit-il en lui caressant l'épaule du bout du doigt et en descendant avec lenteur jusqu'au creux de ses seins.

Comme elle ne répondit pas, il eut un sourire et se pencha vers son oreille.

— Tu cherches à te faire monter même les soirs où tu ne travailles pas ? Tu dois vraiment avoir ça dans le corps… chuchota-t-il.

— J'imagine que je ne suis pas devenue la favorite pour rien… riposta-t-elle du tac au tac, sur le même ton susurrant.

C'était la première fois que la jeune femme se défendait face à Henri et celui-ci resta interloqué pendant une seconde. Puis, il eut un petit rire.

— Eh bien, préviens-moi, le jour où tu auras envie que je te prenne de nouveau. Je me ferai un plaisir de te rendre ce service !

— Adéline ne vous suffit déjà plus ?

Sur quoi Victoire se dégagea et s'éloigna dans le couloir sans accélérer le pas, suivie par l'écho du rire d'Henri.

Elle avait eu fière allure. Elle avait remis le fils de sa patronne à sa place, tracé une frontière au-delà de laquelle il ne pourrait pas se rendre sans que, pour une fois, elle ne riposte bravement, en lui montrant tout le mépris qu'il lui inspirait.

Oh oui, elle avait eu fière allure. À présent qu'elle lui tournait le dos, elle avait même en tête des dizaines de répliques bien senties qu'elle regrettait déjà de ne pas lui avoir jetées au visage.

Mais ce ne fut que lorsqu'elle se trouva en sécurité dans la salle de bain, au milieu des autres filles, qu'elle réalisa que son cœur battait la chamade. Dans le miroir, elle était rouge jusqu'aux oreilles.

* * *

La soirée au théâtre fut mémorable.

Pour la première fois, Victoire entrait dans un monde dont elle n'entendait parler qu'à travers les anecdotes que rapportaient les clients dans les salons. L'un commentait la dernière pièce à la mode, l'autre parlait de la petite danseuse avec qui il avait passé des nuits inoubliables, un autre encore racontait sa passion pour une grande diva ou l'accueil mitigé que le public avait réservé à la dernière création d'un grand compositeur.

Émile avait fait les choses en grand. Il était venu la chercher en voiture à la porte du *Magnolia*, vêtu d'un costume très élégant qu'elle ne lui avait jamais vu. Il était plus volubile, gai et enthousiaste que jamais. Dans la foule qui se pressait dans le hall du théâtre, il avait pris très au sérieux son rôle de cavalier en lui donnant le bras avec cérémonie et en veillant à ce qu'on lui serve un verre de vin, à ce qu'elle soit bien assise ou qu'elle n'ait pas trop chaud, bref, à ce qu'elle ne manque de rien.

C'était un petit théâtre — quelques centaines de places seulement —, mais on s'y bousculait pour voir des pièces à la mode, des revues étrangères, des spectacles de variétés. Émile avait pris des billets dans les premiers rangs, là où s'installaient les belles bourgeoises en grande toilette et les hommes vêtus de noir, tout étranglés dans leurs cols immaculés. Victoire, avec sa belle robe, n'était pas en reste, et elle s'attira de nombreux regards admiratifs auxquels elle ne savait trop comment répondre. C'était la première fois qu'elle se montrait ainsi en public ; elle eut la surprise de retrouver au fond d'elle une sorte de pudeur qui la faisait légèrement rougir quand un homme lui lançait un coup d'œil un peu trop appuyé.

Visiblement, la Sainte n'avait pas totalement escamoté la jeune femme de Boucherville.

Après le spectacle, Émile emmena Victoire un peu plus loin sur le boulevard, dans un restaurant très chic, pour un souper des plus intimes, dans un coin paisible de la salle. Autour d'eux, il n'y avait que des couples ainsi qu'un groupe d'amis, qui, à les entendre, venaient eux aussi d'assister à la même représentation.

À tout instant, Émile lui prenait la main, remplissait son verre, s'inquiétait de son bien-être. Il semblait déterminé à la traiter en princesse, et la jeune femme y prit goût. C'était agréable de pouvoir enfin jouir de sa compagnie dans un contexte similaire aux soupers chez Laurent, mais sans aucun besoin de restreindre les caresses et les marques d'affection. Ce soir, elle n'était pas la propriété de Laurent, elle pouvait se tourner entièrement vers Émile et se régaler de toutes les petites attentions dont ce dernier faisait preuve. Enthousiasmé par le spectacle et mis en appétit, il se montrait un cavalier charmant, plein d'entrain et de bonne humeur, qui fit honneur au souper autant qu'à sa compagne.

— Tu vois, si j'avais la fortune de Laurent ou de Simon-Pierre, c'est cette vie-là que je voudrais vivre, disait-il. Je serais toujours à droite et à gauche, à profiter des théâtres, des musées, des restaurants comme celui-ci. N'est-ce pas que la nourriture est bonne? C'est un régal… Et ce vin!… Je voyagerais aussi. J'ai envie de découvrir l'Europe, Venise, Paris, Rome… Je veux aller en Égypte et à Saint-Pétersbourg! Il y a tellement de merveilles dans ce monde!

— À ce train-là, ta fortune fondrait à vue d'œil, tu ne crois pas? le taquina Victoire. Avec quoi passerais-tu tes vieux jours? Et que laisserais-tu à tes enfants?

— Je n'en ai aucune idée et je m'en fiche! Quelle importance? Est-ce qu'il ne vaut pas mieux vivre à fond tant qu'il en est encore temps?

C'est en tout cas ce qu'ils firent tous les deux ce soir-là. Il y eut le théâtre, puis le souper, puis une promenade dans les rues de la ville, à la lumière des réverbères et des grandes boutiques tout illuminées. Alors que Victoire songeait à prendre un fiacre pour rentrer, Émile lui réserva une dernière surprise.

— Tu ne crois tout de même pas qu'après une soirée pareille je vais te ramener dans mon misérable petit atelier de peintre sans le sou? déclara-t-il en éclatant de rire. Non, non, ma toute belle : ce soir, je t'emmène au palace!

En fait de palace, il s'agissait d'un des plus grands hôtels de la ville, un de ceux dont Clémence avait si souvent parlé après y avoir été emmenée quelques fois par un de ses clients. Victoire, à son tour, pourrait se vanter d'y avoir dormi, car Émile y avait réservé une suite magnifique.

Ils firent l'amour à plusieurs reprises, cette nuit-là. Cette fois, ils avaient tout leur temps.

Cela changea considérablement la donne. Victoire découvrit un Émile qu'elle ignorait. Sensuel, doux, drôle et décontracté, il n'était pas, comme pendant leurs séances de pose, frustré par le temps qui passait. Il prenait son temps, s'attardait en d'interminables caresses qui firent de cette nuit un véritable délice. Entre le lit moelleux, la baignoire luxueuse de la salle de bain, le sofa et même le tapis épais devant la cheminée, tous les endroits étaient bons pour que les deux amants se collent l'un contre l'autre. Sans compter qu'avec la chaleur que dégageait le corps d'Émile, les vêtements étaient superflus…

* * *

Ils passèrent la matinée suivante au lit, en se faisant servir leurs repas dans la chambre. Victoire n'était attendue au *Magnolia* qu'en fin d'après-midi, à temps pour reprendre son travail nocturne, de sorte qu'ils purent profiter encore longtemps de cette douce parenthèse. Ce qui se passait au-dehors ne les intéressait pas : enveloppés dans leur cocon, ils se suffisaient l'un à l'autre.

Malgré tout, le temps reprit son cours, et il fallut bien se séparer. Dans la voiture, arrêtée devant le *Magnolia*, la jeune femme se sentit soudain prise à la gorge. Lovée dans les bras de son amant, chaque baiser devait être le dernier, et pourtant elle ne parvenait pas à se résoudre à descendre de voiture.

— Quand vais-je te revoir ?

— Laurent prépare un souper, bientôt.

— Ce n'est pas pareil, tu le sais bien… Ta prochaine toile ? Quand vas-tu la commencer ? Quand va-t-on reprendre les séances de pose ?

Émile eut beau se faire aussi réconfortant que possible, Victoire avait tout de même les yeux pleins d'eau lorsqu'elle frappa enfin à la porte de sa maison.

* * *

Pourquoi est-ce si dur, chaque fois, de devoir le laisser ?

Ça me tord le ventre. J'ai toujours l'impression que c'est la dernière fois que je le vois. Lui sait où me trouver, mais moi ? Je ne sais pas ce qu'il fait de sa vie, le reste du temps. À quoi occupe-t-il ses journées quand il ne peint pas ? Pense-t-il un peu à moi ? Ou bien a-t-il d'autres amies, d'autres modèles qu'il emmène dans son grenier, ou au théâtre ? Est-ce qu'il ne va pas cesser de me donner des nouvelles, du jour au lendemain, parce qu'il sera soudain pris par quelque chose ou quelqu'un d'autre ?

Quand il est avec moi, il m'aime, je le vois bien. Son regard s'illumine, il a cet air un peu émerveillé, ce sourire si charmant. Il me dévore des yeux comme si j'étais la plus belle chose au monde. Mais il ne dit rien, il ne fait que profiter des moments qu'on passe ensemble sans jamais me parler de ce qu'on pourrait être, lui et moi, dans les années à venir. Rien que de parler de demain, ou de la prochaine fois où on va se voir, ça semble lui demander un effort considérable. Il dit toujours : « On verra bien. » Mais est-ce qu'il veut de moi ? Est-ce qu'il a envie de me revoir ? Est-ce que ça lui fait mal, à lui aussi, de devoir se séparer de moi ?

J'aimerais tellement pouvoir être avec lui tous les jours ! Ne jamais me préoccuper de là où il va, car je sais qu'il me reviendra à la fin de la journée, que je pourrai m'endormir dans ses bras, me réveiller auprès de lui. Lui préparer ses repas, l'observer pendant qu'il peint, le réconforter quand il doute de lui-même…

Quelle belle vie ça serait…

* * *

Raoul ne venait au *Magnolia* que de façon sporadique, et c'était le plus souvent pour monter avec Victoire.

Lorsque la jeune femme était occupée et qu'il était d'humeur à ne voir qu'elle, il allait se servir un verre au salon et patientait. Luan, la petite Chinoise qui l'accompagnait toujours, se blottissait alors dans un coin, à demi cachée par les penderies qui ornaient le hall, créant la surprise des clients qui la découvraient là à l'occasion. Qu'elle soit seule ou en compagnie de son maître, on aurait dit que la gamine avait pris l'habitude de se fondre littéralement dans le décor.

Une fois enfermés tous les trois dans une des chambres de l'étage, Luan s'asseyait dans un coin, sa mallette sur les genoux, attendant que Raoul la réclame. Elle assistait sans mot dire aux ébats du client et de la putain, mais n'y participait jamais. Elle n'était là que pour préparer les pipes d'opium que son maître aimait fumer après l'amour.

Victoire en profitait pour fumer un peu, elle aussi, lorsque Raoul le lui offrait — ce qui n'arrivait pas chaque fois, cela dépendait de son humeur. L'opium lui faisait agréablement tourner la tête et lui permettait pendant un moment d'oublier où elle se trouvait, de faire abstraction de la musique et des rires des hommes en bas, des cris de jouissance des voisins de chambre, des rondes de Madame Angèle dans le couloir et du temps qui ne passait jamais assez vite. Les sensations dans son corps se modifiaient, s'engourdissaient, elle en venait à ne plus rien sentir et à avoir envie de s'endormir paisiblement. Dans la fumée, le monde devenait flou et vaporeux.

Un soir, allongée tout contre Raoul, Victoire en était à sa quatrième pipe lorsqu'elle fut prise d'une soudaine nausée. Elle faillit laisser échapper le précieux instrument et sa minuscule boule de résine grillée, et dut prendre plusieurs inspirations profondes pour chasser son malaise. Raoul, lui, ne réagit pas. Il avait déjà beaucoup fumé et il était en train de s'endormir — Madame Angèle serait peut-être encore obligée de le faire ramener chez lui par son cocher, pour éviter qu'il occupe la chambre pendant toute une nuit.

Elle tendit la pipe à Luan qui hésita un court instant, ne sachant trop que faire de cette boulette pas totalement consumée. Finalement, elle la déposa sur le plateau, dans la coupelle où elle mettait les restes des pipes précédentes, et recommença son rituel pour préparer une nouvelle pipe à son maître.

Mais du côté de Victoire, le malaise ne passait pas. Le simple fait de regarder Luan manipuler délicatement son matériel lui donnait des haut-le-cœur.

Brusquement, la jeune femme quitta le lit et se laissa tomber sur le tapis, près d'un gros vase marocain, dans lequel elle se mit à vomir par saccades, sous les yeux ébahis de la petite Chinoise.

— Je suis désolée… s'excusa piteusement Victoire en s'essuyant la bouche sur son jupon, abandonné au sol pendant les ébats qui avaient précédé.

Ranimé par l'effet de surprise, Raoul sortait de sa torpeur et l'observait d'un œil suspicieux.

— Ce n'est rien… J'ai dû trop boire, ajouta la jeune femme.

– Tu ne serais pas enceinte, plutôt ? demanda-t-il.

Cette fois, Victoire rougit violemment. Raoul prit cela comme une réponse positive.

– Ça ne m'étonne pas. Ton corps a changé depuis la dernière fois que je t'ai vue. Tu as plus de ventre et tes seins sont tendus comme jamais. Ma femme aussi était comme toi quand elle était pleine.

Il était le premier des clients de Victoire à découvrir son état. À demi assommé par la quantité d'opium qu'il avait absorbée, il ne faisait que constater les faits sans que son visage trahisse la moindre émotion.

– Tu vas le mettre en nourrice ? demanda-t-il encore.

– Oui, quand il sera assez grand, répondit Victoire.

– C'est bien.

Un instant, Victoire s'alarma. Jusqu'à présent, son ventre ne gonflait pas beaucoup, et elle était toujours parvenue à cacher son état. Même Émile n'y avait vu que du feu, malgré les heures de massages en tous genres qu'il lui avait données. Raoul allait-il répandre la nouvelle à tout le monde ?

Elle ne savait pas encore comment elle l'annoncerait officiellement. Bien que Raoul ne semble pas en faire grand cas, elle redoutait la réaction des autres clients.

Les filles du *Magnolia* et leur patronne étaient unanimes : les hommes faisaient des enfants à leurs épouses, pas aux simples putains, et ils allaient forcément réagir avec difficulté à la présence de cet enfant inattendu.

Consciente que sa grossesse, une fois révélée, la placerait dans une situation délicate, Victoire avait profité de la fin de l'été et de l'automne pour camper le plus solidement possible son statut de favorite. Elle comptait sur son excellente réputation ainsi que sur le nombre et l'influence de ses clients réguliers pour pouvoir imposer son enfant en limitant les conséquences.

Elle ignorait encore que le *Magnolia* allait connaître d'autres remous, avant même qu'elle puisse annoncer quoi que ce soit.

* * *

Maintenant qu'elle n'avait plus les faveurs de la maison, Clémence s'était repliée sur elle-même. La perte quasi simultanée de ses privilèges et de son chien avait été un coup très dur dont elle ne se remettait pas. Parmi ses clients, certains lui étaient restés fidèles et lui vouaient toujours une adoration sans bornes, mais plusieurs autres s'étaient laissé séduire par la nouvelle renommée de Victoire. Dans les salons, où l'on vantait désormais les mérites de la Sainte, la belle Porcelaine avait perdu de son brillant.

La gent féminine avait acquis depuis longtemps la réputation d'être versatile et peu fiable. C'était de notoriété publique, on s'entendait pour dire que c'était là une des faiblesses de ce sexe. Mais entre les murs d'un bordel, cet état s'inversait. Les hommes se laissaient facilement tourner la tête, et c'était aux filles de lutter pour conserver leur intérêt.

Il ne s'agissait pas tant de s'attirer les convoitises en se spécialisant dans certaines pratiques sexuelles originales ou de se faire une réputation sur le nombre de clients satisfaits en une nuit. En réalité, il n'y avait pas d'explications logiques pour comprendre le succès d'une fille plutôt qu'une autre. Victoire n'était pas une meilleure amante que Clémence. Elle n'était ni plus jeune ni plus belle et était certainement moins expérimentée, mais elle avait visiblement une attitude qui plaisait, là où celle de Clémence passait soudain pour ennuyeuse.

Cela, Porcelaine l'avait bien compris. Elle prenait des airs méprisants, jurant ses grands dieux qu'elle ne s'abaisserait pas à des mesquineries pour retrouver une place qu'elle jugeait n'être plus assez bien pour elle, mais en réalité elle s'était surtout résignée. Consciente des lois implacables qui régissaient le petit monde des bordels, elle considérait que son temps au *Magnolia* était révolu et qu'elle n'avait plus qu'à s'en aller chercher ailleurs un terrain vierge où elle pourrait s'imposer — quitte à détrôner de nouveau la chérie en place.

Une chose la consola : l'annonce de son départ fut accompagnée des cris effarés de ses compagnes. À défaut de retrouver son ancienne gloire, elle soignait sa sortie.

— Comment ça, tu t'en vas ?

— Mais tu ne peux pas nous faire ça !

— Tu n'étais pas heureuse, ici ? On est pourtant toutes là pour toi, tu sais bien !

— Quand est-ce qu'on te reverra, si tu t'en vas ?

Les exclamations étaient sincères, en particulier venant des plus anciennes, qui avaient côtoyé Clémence pendant une plus longue période. Contre toute attente, Olivia, la belle métisse, versa même quelques larmes. La poupée de porcelaine aux yeux bleus et la moricaude n'avaient été opposées que par leur apparence : au fond, elles avaient beaucoup de points communs et étaient depuis longtemps devenues des amies proches.

— Tu vas où ?

On en avait presque oublié de poser la question essentielle.

— Je change de maison, expliqua Clémence en retrouvant un peu de son prestige. La madame du *Montgomery House* a accepté de reprendre mes dettes.

— Mais, c'est chez les Anglais, ça ! s'exclama Joséphine, stupéfaite.

— Oui…

La jolie blonde avait au coin des lèvres un petit sourire vainqueur qui ne passa pas inaperçu. Elle serait la première à aller travailler dans un bordel anglais, ce qui impressionnait beaucoup ses amies, et elle n'en était pas peu fière. Des négociations étaient en cours depuis plusieurs semaines, car la jeune femme s'était adressée à une maison prestigieuse qui ne prenait pas les filles sans condition, mais on finirait fatalement par trouver un accord ; ce serait pour Clémence l'occasion — peut-être ! — de s'élever dans la société. C'était une chance à saisir. En ville, chacun savait que les Anglais, malgré le fait qu'ils soient peu nombreux, possédaient le monopole des richesses et de l'éducation ; comme Clémence n'avait que vingt ans, elle avait encore toutes les chances de séduire un homme riche qui pourrait la sortir du bordel pour l'entretenir comme une grande dame.

Elle n'était pas naïve, elle savait que la route serait longue pour atteindre ce but. D'ailleurs, elle paradait sans gêne devant ses amies, mais, au fond, elle n'en menait pas large. Le quotidien dans cette nouvelle maison ne serait pas simple, car, là-bas, personne ne parlait français et elle-même ne connaissait que quelques mots d'anglais. Elle savait qu'elle ne pourrait pas compter sur ses clients réguliers, qui ne la suivraient probablement pas dans un bordel anglophone où eux-mêmes seraient considérés comme des étrangers. Dans ce monde inconnu, elle serait coupée de tout et ne devrait s'en remettre qu'à elle-même pour parvenir à ses fins.

Clémence avait beau être pleine de volonté et avoir une forte personnalité, le défi était de taille.

— Tu pars quand ?

— Je ne sais pas exactement. Les madames sont en train de s'arranger entre elles sur le montant exact de ma dette. Mais c'est l'affaire d'une semaine ou deux, j'imagine…

— Mais… Si c'est pour ta place que tu t'en fais, tu n'as qu'à patienter un peu. Avec le bébé qui arrive, je ne serais pas surprise qu'il y ait bientôt une nouvelle favorite, ajouta Olivia sans aucun égard pour Victoire, assise tout près.

— Ne t'en fais pas pour moi, répondit Clémence en haussant les épaules. Je n'ai plus envie de vivre ici, de toute façon. J'ai besoin de changement.

Victoire, elle, se mordit les lèvres, mais ne dit rien. La remarque d'Olivia, quoique prononcée sans la moindre délicatesse, n'en était pas moins très juste.

La jeune femme songea aussitôt à l'impact que ce départ aurait sur l'équilibre fragile de la maison. En l'absence de Porcelaine, les clients devraient forcément se rabattre sur les autres filles — ce qui, en soi, était plutôt positif pour elles, car elles pourraient se faire plus d'argent —, mais la transition ne s'effectuerait pas sans quelques froncements de sourcils. Autant les hommes aimaient l'arrivée d'une nouvelle fille, autant ils devenaient grincheux lors d'un départ. Les réguliers de Clémence n'allaient pas apprécier qu'on les prive de leur jolie Porcelaine.

Quant à Victoire, elle allait devoir avancer ses pions avec prudence pour conserver sa place. Les prétendantes au trône n'auraient aucun scrupule à le lui usurper au moindre signe de faiblesse et, pour la jeune femme, ce serait un drame.

En tant que favorite, elle avait un peu plus de clients que ses amies et elle assurait leur fidélisation au *Magnolia*. Elle avait eu quelques bonnes idées pour animer les soirées, que ce soit par des déguisements, la présence des musiciens ou de la diseuse de bonne aventure ; ces initiatives lui avaient attiré la sympathie des hommes et, par conséquent, la bienveillance de sa patronne. En revanche, s'il advenait que Victoire perde sa place et redevienne une simple putain, elle verrait automatiquement le nombre de ses clients baisser et, donc, ses revenus. Avec un bébé sur les bras, dont il faudrait payer les soins et la nourrice sans oublier l'impact qu'il aurait sur le commerce de Madame Angèle, la jeune femme n'aurait très vite plus un sou vaillant pour elle.

Or, sans argent, avec quoi s'acquitterait-elle de sa dette ? Comment quitterait-elle la maison pour reprendre le cours d'une vie normale ? C'était ce que vivait Toinette, qui était engluée par les sommes à fournir pour entretenir sa petite

Suzanne et qui, du coup, resterait probablement putain toute sa vie.

Il était impensable pour Victoire de subir le même destin.

* * *

Comme les négociations entre Madame Angèle et la patronne du *Montgomery House* s'éternisaient, Clémence accéléra les préparatifs de son départ en mettant elle-même la main à la poche pour arriver à une entente financière qui satisfasse tout le monde. Pour faire diminuer un peu la dette que la patronne anglaise rechignait à reprendre et pour montrer ses bonnes intentions, la belle Porcelaine vendit une partie des cadeaux qu'elle avait reçus tout au long des années passées au *Magnolia*.

— C'est mon dernier soir ici, annonça-t-elle finalement. Je quitte la maison demain.

Bien que les filles s'y soient préparées, la nouvelle leur fit un drôle d'effet.

— Déjà ?

— Oh, ça va nous faire tout drôle, la maison sans toi...

— Tu as prévenu Edmond ? Et Armand ? Et les autres ? Tu crois qu'ils vont continuer à aller te voir ?

Clémence eut une grimace amère.

— S'ils ne me suivent pas, ce sera tant mieux pour vous, j'imagine. Joséphine, tu seras sûrement leur prochaine petite chérie...

Victoire se retint de faire un commentaire. Edmond lui avait souvent fait les yeux doux, lorsque Clémence était occupée à l'étage, et elle avait déjà couché deux fois avec Armand rien que la semaine dernière. Le vent tournait et, pour le moment, il était à son avantage.

Clémence devait d'ailleurs en être consciente, même si elle évitait de le laisser paraître, car elle ne put s'empêcher de lancer à Victoire, d'un ton acerbe :

— Tu vois, tu pourras avoir ma chambre, finalement…

On fit une grande fête, ce soir-là, en l'honneur de Porcelaine. Ses clients réguliers, qui avaient été prévenus de son départ, avaient fait le déplacement, même si ce n'était pas leur jour de visite habituel. Clémence, malgré son statut perdu, n'avait pas été oubliée de tous.

En tout cas, pas encore.

Madame Angèle, pour saluer une dernière fois l'une de ses meilleures travailleuses, avait fait les choses en grand. Le quatuor à cordes, que l'on réservait aux grandes occasions, fit de la musique pendant toute la soirée, installé dans un coin du premier salon. Dorine, en prévision d'un achalandage inhabituel, avait prévu d'innombrables plateaux de viandes froides, de petits-fours, de fruits confits et de gâteaux. L'alcool coula à flots et entama sérieusement la réserve de champagne de la maison.

Paradoxalement, Porcelaine monta très peu l'escalier, ce soir-là. On la préférait en bas, dans les salons, à jouer les hôtesses mondaines et à faire entendre une dernière fois son rire et ses répliques cinglantes. On la réclamait partout, on l'embrassait, on la saluait, on évoquait des souvenirs, on lui offrait des cadeaux d'adieu, on lui souhaitait bonne chance. On n'aurait pas mieux fait pour le départ d'une grande vedette.

Il n'y eut pratiquement que des habitués du *Magnolia* — les nouveaux clients, mal à l'aise par cette fête très personnelle, montaient rapidement avec une fille, puis quittaient la maison en attendant un jour plus propice pour passer du temps dans les salons. Armand, Edmond, Jean, Augustin, ils étaient tous là, les bras chargés de cadeaux et la bouche pleine de promesses d'aller retrouver la belle blonde dans sa nouvelle maison. Un jour, peut-être, sans doute…

Au centre de toutes les attentions, comme elle aimait à l'être. C'était dans des soirs comme celui-là que les émotions se dévoilaient. Certains de ses clients, sincèrement attachés à elle, lui faisaient leurs adieux avec des gestes émus, une voix à peine chevrotante. Peut-être aurait-elle même pu recevoir une proposition de mariage, ou au moins une offre pour devenir la maîtresse exclusive de l'un ou de l'autre, mais cela n'arriva pas.

— À quoi bon tout cela ? fit Laurent, un bras passé autour de la taille de Victoire, en observant un groupe d'hommes agglutiné autour de la belle blonde. Elle sera oubliée demain.

— Tu n'en sais rien ! protesta Victoire. Clémence est restée longtemps ici, elle a eu le temps de nouer beaucoup de liens.

— Je ne doute pas de leur nombre, mais de leur solidité.

— Je te trouve dur… Si j'étais à sa place, est-ce que toi aussi tu m'oublierais aussi vite ?

Laurent lança à la jeune femme un regard goguenard, mais il ne répondit pas. Au lieu de cela, il la prit par la main et l'emmena à l'étage, dans la chambre orientale.

* * *

Porcelaine brilla une dernière fois.

Et lorsque la maison ferma ses portes, au petit matin, elle alla s'endormir seule, dans sa chambre, au milieu de ses cadeaux.

Chapitre 2

Les doigts de Victoire tâtonnaient le long du mur, en arrière de la tête du lit. Elle ne sentait rien d'autre que les aspérités de la couche de plâtre qui couvrait la paroi et qui n'avait visiblement pas été rafraîchie depuis bien longtemps. Il était clair que le grenier où vivaient les filles n'était pas une priorité pour leur patronne.

Avec un soupir déçu, la jeune femme reprit ses recherches un peu plus loin. Elle finit par pousser une petite exclamation : elle venait de découvrir, au dos de la table de nuit, un motif de bois légèrement enfoncé où il serait possible de cacher quelques billets, à condition de fabriquer une enveloppe et de l'y fixer. Ce serait une affaire de rien.

Victoire soupira de soulagement.

Elle venait de s'installer dans la chambre de Clémence, où elle allait pouvoir enfin dormir seule — un véritable luxe dans cette maison où l'on vivait en communauté. Mais à peine avait-elle rangé ses vêtements et menus objets dans l'armoire qu'elle s'était affairée à dénicher une nouvelle cachette pour y serrer sa cagnotte. Consciencieuse, elle dépensait le moins possible les pourboires qu'elle recevait en douce de la part de ses clients, de sorte que la petite bourse de velours grossissait tranquillement.

Alors qu'elle dissimulait celle-ci sous l'armoire, en reproduisant le même système qui lui avait déjà si bien réussi dans la chambre qu'elle partageait auparavant avec Toinette, elle avait réalisé qu'elle ne serait bientôt plus seule et qu'il serait sage de commencer à économiser aussi pour son enfant. À la sagesse s'ajouta la prudence : mieux valait chercher une seconde cachette, au cas où la première serait découverte. Comme la pièce, nue, manquait de relief, la jeune femme avait longtemps cherché avant de trouver l'emplacement en arrière de la table de nuit.

Elle avait plus que jamais besoin d'amasser autant de pécule qu'elle pouvait à l'abri des griffes sans pitié de Madame Angèle.

Sa grossesse marquait le point de départ d'une course contre la montre pour gagner le plus d'argent possible et quitter le bordel avant de s'y faire enterrer pour de bon.

* * *

Clémence était restée au *Magnolia* pendant plus de trois ans, elle en avait été la favorite presque aussi longtemps, et son absence se fit sentir. Son rire manquait tout autant que ses regards furieux ou méprisants.

Ses compagnes étaient troublées. Elles connaissaient toutes la réalité des filles de maison, contraintes à passer d'un bordel à un autre au gré des négociations de leurs patronnes, et elles savaient que le transfert de Clémence n'avait rien d'exceptionnel, mais cela ne les empêchait pas de trouver la situation perturbante. Cela leur rappelait avec dureté qu'elles seraient peut-être elles-mêmes les prochaines à partir vers on ne savait où.

Comme dans toute période difficile, la solidarité dont elles faisaient habituellement preuve les unes envers les autres fut mise à mal. Des disputes éclatèrent pour des broutilles — une lotion empruntée par erreur, un client qui vous échappe au profit d'une autre, un commentaire un peu trop sec, une moquerie — et Madame Angèle dut intervenir en personne à plusieurs reprises pour ramener le calme dans sa maison. Adéline, en particulier, avec son air boudeur, fut la cible de railleries mordantes.

Même Anne et Dorine, qui côtoyaient les filles toute la journée, se repliaient sur elles-mêmes et sur leurs tâches quotidiennes, et l'amitié chaleureuse dont elles faisaient habituellement preuve envers les pensionnaires se transforma pour un moment en simple politesse : c'était une manière pour elles de ne pas prendre parti.

Dans ce contexte, Victoire se montra prudente. Elle préféra attendre que la tension diminue avant d'annoncer aux clients qu'elle était enceinte. Eux aussi avaient été bousculés dans leurs habitudes — ils grimaçaient lorsqu'ils se rendaient compte qu'il n'y avait plus de belle blonde sur qui jeter leur dévolu — et ils n'apprécieraient probablement pas de voir encore un autre désagrément perturber leurs soirées festives.

Raoul, le seul qui, jusqu'à présent, avait spontanément percé le secret, ne laissa pas s'ébruiter la nouvelle. Il fréquentait trop peu les autres clients pour faire courir à Victoire le moindre risque. Comme il ne changeait rien à ses habitudes et qu'il continuait de venir la voir régulièrement, elle se détendit. Elle n'avait rien à craindre de ce côté-là.

Son corps, en revanche, ne l'entendait pas de cette oreille. Que lui importait, à lui, de devoir retarder ou non cette annonce ? Le bébé se développait bien et il était déterminé à prendre sa place.

— Rhabille-toi, ma chérie, lui avait chuchoté Toinette à plusieurs reprises, sinon les hommes vont finir par se douter de quelque chose...

Victoire prit donc l'habitude de ne plus retirer son corset. En début de soirée, dans la grande salle de bain, elle demandait de l'aide pour le nouer aussi serré que possible, et elle ne l'enlevait que lorsqu'elle montait s'effondrer sur son lit, au petit matin. Pour être bien certaine qu'on ne l'ennuierait pas à ce sujet, elle se mit même à porter exclusivement des corsets qui laissaient sa poitrine à découvert. De cette façon, ceux qui payaient plus cher pour la voir totalement nue ne pouvaient guère protester pour quelques centimètres carrés de chair sans importance : tant qu'ils avaient des seins et des fesses à portée de main, le reste était secondaire.

À ces clients, qui s'étonnaient de ne pas pouvoir la déshabiller à leur aise, la jeune femme rétorquait avec une moue ennuyée qu'elle était fatiguée, que son corset était trop long à renouer et qu'elle n'en avait pas le courage. L'excuse était assez banale pour faire illusion. Les hommes ne se doutèrent de rien.

— Tu dois avoir chaud, là-dessous, lui dit Jean-Baptiste un soir. Tu es certaine que tu ne veux pas que je te l'enlève ? J'aimerais te caresser…

— Dans ce cas, mes fesses sont à toi, lui répondit Victoire avec un sourire espiègle. Mais laisse donc mon corset, je n'ai pas envie de me casser la tête.

— Tu n'auras qu'à ne pas le remettre ensuite.

— Madame n'aimerait pas ça. Il est encore trop tôt pour que je me déshabille complètement.

Le discours était sans appel et Jean-Baptiste n'insista pas.

Il n'aurait pas su, de toute façon. Toujours aussi doux, dominé par la personnalité de la belle Sainte à qui il vouait une véritable adoration, il se soumettait avec plaisir, heureux de lui laisser prendre les choses en main. S'il lui arrivait de demander quelque chose, c'était avec ce petit air gêné qui le rendait touchant, presque implorant. Le plus souvent, Victoire le lui accordait de bonne grâce, car elle l'aimait bien. Jean-Baptiste était un tendre, de ceux dont il fallait prendre soin.

Avec lui, Victoire se comportait en maîtresse des lieux. La chambre était son domaine et le jeune homme n'y était qu'un invité.

C'était aussi le cas avec les autres clients, en particulier les nouveaux. Ceux-là fanfaronnaient en public, étalant leur virilité à grand renfort de plaisanteries douteuses, mais une fois seuls dans la chambre, ils faisaient moins les fiers. Souvent, un malaise s'installait.

D'expérience, Victoire avait appris à reconnaître cet instant fragile où l'homme, dérouté, hésite. Doit-il se jeter sur la fille ? Ou attendre qu'elle fasse son travail d'elle-même ? Va-t-elle se mettre à crier s'il la brusque ? Après tout, elle est une inconnue, et la maison a bonne réputation. Il paraît qu'on ne traite pas les filles n'importe comment, ici…

Ce moment arrivait la plupart du temps juste après que la porte de la chambre se fut refermée sur les bruits du couloir. Les deux protagonistes, cette fois, étaient bien obligés de se faire face, pas encore déshabillés, mais déjà à nu. Et c'était cet instant précis qui, presque toujours, décidait de la future relation qui allait se nouer entre l'homme et la fille.

Victoire avait aiguisé ses sens. Même lorsqu'un client la choisissait dans l'antichambre, parmi toutes les autres filles alignées, et qu'elle n'avait pas eu le temps de faire sa connaissance autour d'un verre ou d'une partie de cartes, elle profitait des quelques minutes où ils montaient l'escalier ensemble pour le jauger. Elle le classait rapidement dans la catégorie des hommes dominants ou faibles, aimables ou simples consommateurs impersonnels, et elle se trompait rarement. Et lorsqu'ils s'enfermaient dans la chambre, elle attrapait au vol ce fragile instant d'hésitation pour prendre l'initiative. Elle imposait son statut de putain, de favorite, de fille qu'il fallait respecter malgré tout et qui, en échange, vous promettait des plaisirs inoubliables. Elle montrait qu'elle était chez elle, et que c'était elle qui mènerait la danse.

Cela ne l'empêchait pas de répondre aux désirs de ses clients, de leur donner ce pour quoi ils étaient venus, dans les positions qu'ils souhaitaient, mais elle ne perdait jamais le contrôle. C'était là toute la délicatesse du métier de putain : faire croire au client qu'on se soumettait à ce qu'il désirait, mais sans se laisser soi-même dominer. Consciente de la violence dont certains pouvaient faire preuve à la moindre frustration, Victoire gardait donc la tête froide, analysait constamment les réactions et le langage corporel de l'homme avec lequel elle se trouvait pour s'assurer qu'il n'allait pas lui faire de mal. Elle n'avait pas oublié Henri, dans l'escalier, ni Guillaume et sa façon de l'attacher, et elle mettait tout en œuvre pour ne jamais revivre ça.

Jean-Baptiste la regardait toujours avec ses grands yeux humides. Sous ses mains caressantes, la jeune femme se détendit.

Lui, elle le savait, ne lui ferait jamais de mal.

* * *

— Il y a une nouvelle!

Le cri d'alarme d'Olivia fit sursauter tout le monde, dans la cuisine, à l'heure du souper.

— Quoi? Déjà! s'exclama Fatima.

— Elle n'a pas perdu de temps, la madame! ajouta Éloïse avec aigreur. Ça ne fait même pas deux semaines que Clémence est partie!

— Elles sont en train de discuter dans le hall, avec Madame Rainville, rapporta Olivia. Je viens de les voir…

En effet, on entendit bientôt un bruit de pas et Madame Angèle entra dans la cuisine, suivie d'une jolie blonde.

— Mesdemoiselles, voici Marie-Louise, notre nouvelle pensionnaire. Vous serez gentilles de lui expliquer comment fonctionne la maison. Quant à toi, reprit-elle en se tournant vers l'étrangère, tu peux t'asseoir et manger, tu ne travailles pas ce soir. Je m'occuperai de toi plus tard pour finir les papiers.

Victoire songea aussitôt que Clémence serait furieuse si elle voyait avec quel empressement sa patronne l'avait remplacée. Elle qui avait été, pendant si longtemps, l'incontournable chérie de la maison, on allait l'oublier aussi rapidement que Ninon ou n'importe quelle fille ordinaire.

D'autant que Marie-Louise, très à l'aise, faisait déjà preuve d'un certain caractère.

— C'est une belle maison, ici, commença-t-elle en s'asseyant sans qu'on l'y invite à la seule place vide qui restait autour de la table. La nourriture est bonne, j'espère ?

— Délicieuse, lui répondit-on avec une pointe de réserve tandis que la petite Anne se frottait les mains sur son tablier et apportait une assiette.

— Tant mieux, rétorqua l'autre d'un ton badin. Je déteste les maisons où la patronne nous donne à manger de la soupe et nous reproche ensuite de n'être pas assez grasses pour les clients…

Les autres se regardèrent, les sourcils levés, avec un air de dire : « Mais pour qui se prend-elle, celle-là ? »

Elles avaient beau être toutes logées à la même enseigne, enfermées dans une maison où on les poussait à travailler le plus possible chaque soir, il s'agissait tout de même de leur foyer et elles y étaient attachées. Le *Magnolia*, en particulier, était une maison très chic dont elles tiraient un certain orgueil, surtout en comparaison des autres maisons où certaines d'entre elles avaient travaillé. Le commentaire désobligeant et un peu trop familier de Marie-Louise les mit sur la défensive, et la réponse ne tarda pas.

Joséphine se leva de table.

— Si ça ne te plaît pas, tu n'as qu'à retourner d'où tu viens. C'est une maison « bien », ici, fit-elle avec un air méprisant.

* * *

Marie-Louise, qui n'avait pas sa langue dans sa poche, ne se formalisa pas de l'accueil qu'on lui fit. Contrairement à Victoire ou à Adéline, qui s'étaient faites toutes petites à leur arrivée pour s'intégrer au groupe sans faire de vagues, la nouvelle venue avait l'habitude des maisons — elle en était à sa quatrième — et elle ne se laissait pas impressionner par les pensionnaires qui y vivaient.

Lorsqu'elle commença à travailler, elle fit très vite sensation auprès des hommes, qui avaient trouvé là un ersatz de leur jolie Porcelaine. Marie-Louise, qui affirma haut et fort qu'on devait la surnommer Violetta, avait elle aussi les cheveux blonds, les yeux très bleus et la peau laiteuse, quoiqu'elle soit d'une taille plus élancée. Les anciens clients de Clémence y trouvèrent leur compte et, presque sans y penser, passèrent de l'une à l'autre. Aucun d'eux n'avait suivi Clémence dans sa nouvelle maison; en quelques semaines, ce fut presque comme si cette dernière n'avait jamais vécu au *Magnolia*.

Laurent avait raison, c'était là la dure réalité des filles de maison: aussitôt parties, aussitôt oubliées.

* * *

Pour Madame Angèle, l'arrivée de cette nouvelle recrue expérimentée et n'ayant pas froid aux yeux était une bénédiction.

Le départ mal justifié de Ninon, quelques mois plus tôt, puis le changement de maison de Clémence avaient perturbé les clients. Il était indispensable qu'une nouvelle fille redresse la situation; comme Adéline, trop soumise de caractère, n'avait pas assez de talent pour remplir ce rôle, Marie-Louise s'avéra être une candidate idéale. Rapidement, le niveau de satisfaction générale revint, illustré par les états de compte du *Magnolia*, de nouveau à la hausse.

Pour Victoire, en revanche, cette arrivée fut une catastrophe. Elle avait soigneusement attendu que les choses se calment après le départ de sa concurrente pour pouvoir imposer sa grossesse auprès des clients, et voilà qu'elle se faisait couper l'herbe sous le pied. Elle était furieuse.

— Tu crois que je dois attendre encore un peu avant de l'annoncer? demanda-t-elle à Toinette.

— Tu n'as plus vraiment le choix. Tu ne pourras pas cacher ton bébé indéfiniment.

Victoire analysait sa situation dans tous les sens, sans parvenir à trouver le moment opportun, lorsqu'un évènement inattendu lui offrit l'occasion qu'elle cherchait.

Alors qu'elle se trouvait, un soir, dans la chambre orientale, les cuisses grandes ouvertes face à un Gabriel qui s'acharnait sur elle sans parvenir à trouver son plaisir, on entendit soudain des cris angoissés au rez-de-chaussée. Olivia appelait à l'aide.

— Que se passe-t-il ? s'inquiéta Gabriel, distrait pour de bon de son affaire.

— Je ne sais pas… souffla Victoire.

Alors que son client, le sexe à demi mou, commençait à relever son pantalon, la jeune femme bondit sur ses pieds, se glissa dans le jupon qu'elle avait abandonné sur le sol, au pied du lit, et fonça dans le couloir. Elle y croisa Marie-Louise et Fatima, qui passaient la tête par la porte entrebâillée des chambres voisines, le regard affolé. Toinette, pour sa part, descendait l'escalier en trombe, à moitié nue. Victoire lui emboîta aussitôt le pas.

— Qu'est-ce que c'était ? Qu'est-ce qu'il y a ? cria Fatima sans obtenir de réponse. C'est la police ?

En bas, les hommes se bousculaient dans le couloir pour savoir de quoi il était question, ils se pressaient à la porte du premier salon sans tenir compte de Thelma, qui tourbillonnait comme une poule sans tête en leur criant de s'éloigner.

Fatima avait craint une descente de la brigade des mœurs, mais il n'y avait aucun uniforme de police parmi tous ces hommes. En revanche, Olivia continuait de vociférer.

— Je ne sais pas ! J'étais à côté de lui, et soudain il est tombé ! Oh, mon Dieu, j'espère qu'il n'est pas mort ! Je vous en supplie, mon Dieu !

Toinette se faufila parmi les hommes, talonnée par Victoire. Ensemble, forçant leur chemin s'il le fallait, elles parvinrent enfin à l'intérieur du second salon, où un attroupement s'était formé.

Le vieux Lucien était effondré sur le tapis, au pied du sofa où il passait la majorité de ses soirées. Son visage était gris. À genoux près de lui, sa jupe de satin noir ouverte en corolle tout autour d'elle, Madame Angèle affichait une mine très inquiète. Elle tenait la main du pauvre homme, cherchant un pouls qu'elle avait visiblement de la difficulté à sentir. Olivia, quant à elle, se tordait les mains sur sa robe, affolée.

— Il a eu un malaise? Il est mort? s'alarma Toinette.

— Il s'est étouffé? enchaîna Victoire.

Autour, les témoins s'agitaient, racontaient la scène, la commentaient, dans un brouhaha général où perçait seulement la voix d'Olivia, rendue suraiguë par la panique.

— Il est vivant, il respire, annonça Madame Angèle. Appelez le médecin!

L'ordre, qui aurait dû se rendre jusqu'à Thelma, dans le couloir, ne dépassa pas le premier rang de curieux. Tous ces corps, serrés les uns contre les autres, faisaient masse, encombraient la salle et rendaient l'atmosphère irrespirable.

Victoire, voyant qu'on n'arrivait à rien, poussa un soupir exaspéré.

— Dehors! cria-t-elle en s'énervant. Dehors, tous! Allez attendre dans le couloir!

Sa voix portait si fort et son ton était si autoritaire que les hommes, surpris, reculèrent. Elle en profita pour les repousser pour de bon, aidée de Toinette.

— Allons, messieurs! Reculez! Sortez d'ici, Lucien a besoin d'air! Thelma! Thelma, il faut aller chercher le docteur, le plus vite possible!

Cette fois, la bonne reçut le message et disparut dans la rue. Victoire, qui venait d'apercevoir Joséphine et Éloïse, les appela en renfort.

— Tenez nos invités à distance, je ne veux voir personne dans le salon! Olivia? Cesse de t'agiter comme ça et va plutôt chercher des linges et de l'eau fraîche! Vite! Et dis aux filles qui sont en haut de descendre!

On lui obéit sans broncher. Comme le pauvre Lucien laissait échapper une sorte de râle, Madame Angèle se releva et se tourna vers Victoire.

— Veille sur lui, je m'occupe du reste…

La tenancière se tourna alors vers les clients, qu'elle entraîna après elle, dans le hall.

* * *

Ce n'est que lorsque le médecin arriva enfin que Victoire, étonnée par le regard scandalisé qu'il lui lança, réalisa qu'elle avait toujours la poitrine à découvert et qu'elle ne portait que son corset et son jupon. Même ses bas étaient restés à l'étage, autant dire qu'aux yeux du notable elle était à peu près nue. Mais la jeune femme ignora son coup d'œil réprobateur. L'heure n'était pas aux commentaires désobligeants.

Victoire avait laissé Lucien allongé sur le tapis. Elle l'avait seulement aidé à se mettre sur le dos et avait posé un coussin sous sa tête et un autre sous ses genoux pour qu'il soit un peu plus à l'aise. Le vieil homme, qui respirait avec difficulté, ne parvenait qu'à ânonner quelques syllabes inintelligibles, mais il serrait la main de la jeune femme avec tellement de force qu'elle ne pouvait pas se dégager.

Elle n'en avait de toute façon pas l'intention. Il y avait une telle angoisse dans le geste du vieil homme qu'elle ne pouvait qu'essayer de le rassurer par tous les moyens possibles. Elle n'avait pas lâché sa main depuis l'instant où elle s'était agenouillée près de lui, et elle lui parlait doucement pour le calmer.

À Olivia, qui avait fini par revenir avec des linges propres et un broc rempli d'eau, elle avait demandé d'ouvrir la fenêtre, au-dessus du sofa, pour faire circuler un peu d'air frais. Dans cette situation d'urgence, Victoire se moquait bien d'enfreindre le règlement qui voulait que les fenêtres du bordel restent soigneusement closes pendant la nuit. On verrait bien si Madame Angèle lui en tiendrait rigueur.

On finit par comprendre un peu mieux ce qui s'était passé. Le vieux Lucien, venu passer la soirée au *Magnolia* comme il en avait l'habitude, s'était installé dans un sofa, un verre à la main, pour bavarder avec quelques connaissances et pour profiter des filles qui se trouvaient à sa portée. Soudain, en plein milieu de la soirée, il s'était mis à grimacer de douleur. Le voyant en difficulté, Olivia s'était approchée pour voir ce qui n'allait pas, mais le vieil homme s'était agité, respirant par saccades, puis il avait essayé de se lever — peut-être pour trouver de l'air frais au-dehors — avant de s'effondrer mollement sur lui-même.

Parmi les paroles indistinctes que Lucien avait prononcées par la suite, Victoire avait compris qu'il ressentait une forte douleur à la poitrine, qui l'empêchait de respirer. Un malaise cardiaque, sans doute, mais contre lequel il n'y avait malheureusement pas grand-chose à faire, à part s'en remettre au médecin. La jeune femme s'était donc efforcée d'apaiser le malheureux, en ouvrant sa chemise et en déboutonnant son pantalon pour qu'il soit plus à l'aise pour respirer, et en baignant son visage de linges humides pour le rafraîchir. Elle se sentait misérable de ne pouvoir en faire plus et fut soulagée de voir enfin le médecin arriver.

Ce n'était pas le docteur Hémon, qui venait pour les visites mensuelles, mais un autre homme, plus jeune. En écoutant les explications, claires et précises, que lui donnait Victoire, il se détendit. Son regard changea.

— Vous avez bien agi, mademoiselle, reconnut-il. Vous avez de bons réflexes.

— Est-ce qu'il va s'en sortir?

— Je ne sais pas. Cela dépendra de son cœur, de sa santé générale. Il n'est plus tout jeune…

Alors, quand, un peu plus tard, on emmena le Lucien sur un brancard, Victoire déposa un baiser sur sa vieille main ridée et la serra très fort une dernière fois. Elle ignorait si elle le reverrait.

* * *

Le lendemain soir, la nouvelle de l'incident avait déjà fait le tour des clients. On s'inquiéta. Lucien était un habitué du *Magnolia* depuis si longtemps qu'il faisait presque partie de la maison. Il avait eu toutes les occasions pour faire connaissance avec ses compagnons, de sorte qu'il était familier avec quasiment tout le monde. Son malaise causa un véritable émoi.

L'excitation fut plus grande encore lorsqu'on apprit avec quelle vitesse et quelle efficacité Victoire était intervenue, prenant la relève de sa patronne pour organiser les secours au milieu d'une foule agglutinée et étouffante. Dévouée, s'occupant du vieil homme jusqu'au bout, il n'en fallait pas plus pour que la jeune femme soit qualifiée d'héroïque.

Elle revenait de l'étage, suivie de Laurent, son premier client de la soirée, qui alla se verser un verre comme il le faisait toujours après l'amour, lorsque Charles l'attrapa par la taille et la serra contre lui.

— Eh bien, ma chérie, qu'est-ce que j'apprends? Il paraît que, sans toi, ce pauvre Lucien ne serait plus de ce monde aujourd'hui?

Victoire, surprise de l'accueil, rougit et bafouilla une modeste explication. Elle n'avait pas pu faire grand-chose, à part le soulager et le rassurer du mieux qu'elle pouvait en attendant l'arrivée du médecin. Mais les hommes, dans le salon, levaient déjà leur verre pour la féliciter.

— Notre Sainte n'a jamais si bien porté son nom! s'exclama François avec un large sourire. Je salue ton dévouement, ma chère!

— Un décès dans une maison comme celle-ci, vous imaginez un peu si ça s'était produit! Heureusement que notre belle amie a de la suite dans les idées…

— Nous sommes en sécurité, ici, mes amis! proclama Charles à la ronde, sur le ton de la plaisanterie. Sainte Victoire, veille sur nous!

La jeune femme eut un sourire un peu pincé. Si Lucien était encore vivant — et on espérait que ce soit le cas, car Madame Angèle n'avait pas eu de nouvelles depuis qu'il avait quitté son établissement sur une civière —, rien n'indiquait qu'il se remettrait de son malaise. Qu'importe. Les clients, d'humeur festive et bien décidés à s'amuser plutôt qu'à parler de choses graves, préférèrent s'attarder sur la jeune femme plutôt que sur le sort incertain du vieil homme.

— N'empêche, j'aimerais bien être malade, moi aussi, pour qu'elle prenne soin de ma petite personne, comme elle sait si bien le faire… lança Simon-Pierre avec un clin d'œil en direction de Victoire.

— Et moi donc! renchérit Gustave. Je m'imagine dans un lit toute la journée, avec Victoire pour me dorloter…

Les hommes, visualisant la scène, se mirent à rire et chacun y alla de sa petite plaisanterie.

La jeune femme sauta sur l'occasion. Tous les regards étaient braqués sur elle, le moment semblait bien choisi.

— C'est de moi, bientôt, qu'il faudra prendre grand soin, répondit-elle en allant s'asseoir sur un sofa, au milieu d'eux. Avec ce qui m'attend dans les prochains mois, j'espère que vous saurez vous montrer prévenants…

— Que veux-tu dire? Tu n'es pas malade, tout de même? s'alarmèrent plusieurs d'entre eux.

— Non, c'est encore mieux: je suis enceinte! annonça la jeune femme avec un large sourire. N'est-ce pas merveilleux?

Victoire savait qu'elle devait donner l'impression qu'elle était particulièrement heureuse de cette future naissance si elle souhaitait s'en faire un atout précieux. Le moindre air ennuyé — ou même seulement résigné — renverrait automatiquement l'image de la prostituée prisonnière de son destin, avec tout ce que cela impliquait de sordide et de misérable. Or, les hommes du *Magnolia* voulaient continuer à croire que les filles étaient pleinement épanouies dans leur rôle de petites marchandes de plaisir, et il était dans l'intérêt de Victoire de préserver cette illusion.

Elle avait donc mis tout son entrain et sa joie de vivre dans cette annonce, mais elle fut quand même accueillie par une stupeur générale, aussitôt suivie de quelques sourcils froncés ou lèvres pincées. Laurent, qui revenait avec un verre de cognac, se figea en plein mouvement.

Pendant une seconde, qui sembla une éternité, les hommes hésitèrent sur l'attitude à adopter. Pourtant rompus aux devoirs sociaux, aux mines et aux paroles de circonstance, ils ne savaient pas, cette fois, comment réagir. On sentit dans la salle un flottement désagréable avant que l'un d'eux ne se lance, aussitôt imité par tous les autres.

— Alors, ça ! Si je m'y attendais !

— Mais tu en es sûre ?

— Tu n'en as vraiment pas l'air, pourtant !

— Tu nous l'avais bien caché, dis-moi !

Comme Victoire confirmait la nouvelle, Simon-Pierre finit par lâcher :

— Mais alors, il faut te féliciter !

Et il se leva pour venir embrasser la jeune femme sur les deux joues, avant de lever son verre afin que chacun porte un toast.

Par courtoisie, on se força à se réjouir, mais la scène souffrait d'un réel enthousiasme. Victoire ne manqua rien des expressions dubitatives qu'elle lisait sur les visages, mais elle feignit de ne rien remarquer. Au contraire, elle leur distribua des baisers et des sourires éblouissants, comme pour compenser le peu d'entrain général.

Elle ne reçut que quelques félicitations bredouillées du bout des lèvres, mais elle fut forcée de s'en contenter. Laurent, de son côté, grommela :

— Je suppose que ça devait bien finir par arriver...

Madame Angèle observait tout cela depuis le couloir, où elle se tenait auprès de son fils, bavardant avec lui à mi-voix. Était-elle en train de jauger l'accueil que faisaient les clients à cet enfant pas encore né ? Certainement. Mais quelles en étaient ses conclusions, Victoire n'aurait su le dire. Rendue nerveuse par le comportement de sa patronne, la jeune femme redoubla de sourires et de débordements affectueux envers les hommes qui l'entouraient, afin de masquer le malaise général.

C'est François qui, sans le savoir, dénoua la situation. La mine légèrement sombre, il s'approcha à son tour pour lui demander :

— Mais alors... Cela veut dire que tu as un amoureux ?

D'abord un peu interloquée par la question, Victoire réalisa que cette porte de sortie, qui venait de s'ouvrir, pourrait lui permettre d'alléger l'ambiance.

Il y avait, dans les bordels, une sorte de croyance qui voulait qu'une fille ne tombe enceinte que de son amant de cœur. Comme les grossesses étaient rares — en tout cas celles que l'on menait à terme —, il était plus simple pour tout le monde d'imaginer que cet enfant avait été engendré par le véritable compagnon de la demoiselle, plutôt que par un de ses clients. La fille pouvait ainsi se convaincre que son enfant était légitime, puisque conçu avec amour, et les clients étaient convaincus de n'être jamais pris pour cibles dans des histoires de paternité, avec tout ce que cela impliquait de chantages possibles. Quant à l'amoureux, lorsqu'il y en avait un, il lui était bien pratique, à lui aussi, de se persuader que l'enfant qu'il élèverait peut-être un jour était bien le sien.

Victoire ne comprenait pas comment son ventre pouvait faire la différence entre les hommes afin d'accepter la semence de l'un en particulier, plutôt que celle d'un autre. Avec les cinq ou six clients qu'elle faisait chaque nuit, mois après mois, son corps n'avait que l'embarras du choix pour concevoir un enfant.

— Tu sais, lui avait alors expliqué Fatima, ce qui change tout, c'est quand tu as du plaisir au lit. Si tu as du plaisir, tu vas tomber enceinte. C'est pour ça qu'on peut l'être seulement avec un amoureux.

La jeune Marocaine avait l'air convaincue de ce qu'elle avançait, mais Victoire n'avait acquiescé que par politesse. Pour elle, tout cela n'était qu'une fumisterie. En revanche, elle avait très vite compris que cette croyance permettait de mieux supporter une situation difficile.

En l'occurrence, c'était une excuse toute trouvée pour elle.

Alors que François la regardait toujours avec ses yeux mi-surpris, mi-inquiets, elle affirma avec beaucoup d'aplomb, haussant volontairement la voix pour que chacun l'entende :

— Bien sûr que j'ai un amoureux, voyons !

— Vraiment ? s'étonna l'homme.

— Évidemment ! Mais ne compte pas sur moi pour te dire qui c'est. De toute façon, ce n'est pas un client…

Elle gratifia les hommes qui l'entouraient d'un sourire mutin, pour faire laisser planer le mystère.

La stratégie, très simple, fonctionna bien au-delà de ses espérances, car l'atmosphère se détendit subitement. Maintenant qu'on savait que l'enfant avait un père connu, les choses rentraient dans l'ordre. Bien sûr, il y eut bien quelques plaintes jalouses de la part de Simon-Pierre ou de Charles, qui prétendaient tout haut avoir une relation privilégiée avec la jeune femme et qui étaient déçus d'apprendre qu'elle avait donné son cœur à un autre, mais c'étaient des dommages mineurs en comparaison de l'avantage que la jeune femme avait gagné.

La nouvelle était passée. Elle pouvait maintenant se détendre, abandonner ses corsets et afficher sans complexe l'épanouissement de son ventre.

Laurent, en revanche, ne la quittait pas du regard. Ses yeux avaient retrouvé la teinte grise et froide qu'elle n'aimait pas chez lui.

* * *

— Tu as bien manœuvré, admit Madame Angèle le lendemain matin, alors que Victoire venait lui porter son salaire de jetons de bronze. Est-ce que je me trompe ou ces messieurs ont été plus généreux que d'habitude ? Figure-toi que j'ai même reçu des pourboires, pour toi, de la part de Gustave et d'Armand…

Victoire l'ignorait et elle se retint de montrer qu'elle était troublée. Ses clients préférés lui laissaient des billets en main propre, alors que ceux que la tenancière venait de toucher à sa place resteraient probablement pour une bonne partie dans sa poche à elle. De l'argent perdu.

— Je suppose qu'ils ont voulu fêter dignement la nouvelle, répondit la jeune femme avec un sourire aimable.

— Et ils ont eu bien raison, je ne m'en plains pas. Mais fais attention, ma fille : ce n'est pas parce que tu as joliment su leur présenter ta situation et la leur faire accepter que tu es tirée d'affaire. Marie-Louise vient seulement d'arriver, et tu sais comment sont les hommes avec les nouvelles. Il te reste plusieurs mois avant d'être débarrassée de ce bébé…

Cette fois, Victoire fit une grimace en entendant cela, mais elle ne répondit rien. Elle avait appris depuis longtemps à ne pas relever les provocations de sa patronne.

— Ne vous inquiétez pas, la rassura-t-elle, je ferai ce qu'il faut.

Après quoi elle tourna les talons, laissant Madame Angèle seule face à son grand registre.

* * *

Circé, sèche et encadrée, prit enfin place dans sa nouvelle demeure. Laurent, impatient de dévoiler l'œuvre à ses amis, organisa aussitôt un souper chez lui.

Depuis le séjour à Knowlton, ces petites réceptions privées s'étaient multipliées, pour le plus grand bonheur de Victoire, qui recherchait toutes les occasions possibles de sortir du *Magnolia* et de se faire des contacts. Elle fit les yeux doux à François, qui l'invita plusieurs fois à souper dans un restaurant, ainsi qu'à Wilfrid et à Samuel, qui l'emmenèrent parfois pour une promenade de quelques heures à la campagne, mais Laurent était le seul à la réclamer à domicile. Une situation que Madame Angèle encourageait, c'était bon pour ses affaires.

Chez lui, Victoire retrouvait toujours le même groupe d'amis, au moins en ce qui concernait les hommes. Si, à l'occasion, l'un d'eux était tenu par d'autres engagements et manquait à l'appel, on le revoyait généralement au souper suivant. C'était plutôt les femmes qui changeaient. Thaïs, jugée trop naïve et peu intéressante, n'avait jamais été réinvitée depuis le soir du tableau vivant. En remplacement, Malvina et Camille se relayaient. Quant à Georgina, elle ne venait plus depuis quelques mois. Victoire avait appris qu'elle était séparée de Simon-Pierre et qu'elle s'était installée en ménage avec un autre de ses amants.

– Grand bien lui fasse, mon portefeuille ne s'en portera que mieux! s'était exclamé Simon-Pierre d'un ton sarcastique lorsqu'il avait annoncé la nouvelle. Je souhaite bien du plaisir à ce Monsieur Lemelin…

Ce soir-là, on allait donc faire honneur au portrait de Circé, et Laurent se réjouissait de réunir autour de sa table à la fois l'artiste et le modèle. Pour une fois, il accueillit Victoire en personne lorsque cette dernière se présenta chez lui.

— Tu as ta chambre habituelle, lui dit-il en déposant un baiser sur sa tempe. Tu trouveras sur le lit une robe que j'aimerais que tu portes ce soir.

En entendant cela, la jeune femme fut intriguée. Allait-il lui offrir une toilette, comme l'avait fait François avec la somptueuse toilette blanche griffée ? Cela ne lui ressemblait pas...

Effectivement, lorsqu'elle pénétra dans la chambre, ce fut pour trouver sur le lit non pas une toilette d'opéra, mais la tunique bleu céruléen et les rubans dorés qu'elle avait portés pendant de longues heures pour le portrait de Circé. Il ne lui restait plus qu'à relever ses cheveux pour prendre de nouveau les traits de la magicienne de l'Antiquité.

* * *

— Mon Dieu, qu'elle est belle, soupira Madeleine en observant la peinture.

— Mais quelle férocité dans le regard ! Je ne voudrais pas avoir affaire à une telle femme ! s'exclama Eugène en riant. Je ne connaissais pas notre jolie Victoire sous ces traits-là !

Cette dernière, sur un signe de tête de Laurent, avait pris place près du tableau pour laisser les invités comparer les deux Circé, l'une immortalisée sur la toile et l'autre bien vivante. Les commentaires allaient bon train, que ce soit envers Victoire ou Émile.

— Mon cher ami, c'est une œuvre de maître que vous avez peinte là ! Je vous savais doué, mais tout de même... Je suis sans voix !

Les compliments étaient sincères. La toile était réellement très réussie. Émile acceptait tout cela avec le sourire, mais sans bomber le torse, et Victoire voyait bien, dans ses yeux, qu'il était déjà ailleurs. Il ne s'animait réellement que lorsqu'on lui parlait de son modèle et de la façon dont il était parvenu à la mettre en valeur. À ses yeux, les compliments sur son talent personnel n'avaient aucune valeur, seuls comptaient les efforts qu'il avait fourni pour transfigurer Victoire et l'élever, elle, au rang d'œuvre magistrale.

* * *

C'est surprenant cette façon qu'il a de se sentir valorisé lorsque ce sont les autres qui le sont grâce à lui. N'importe qui, à sa place, s'enorgueillirait d'avoir un tel talent, mais pas lui. La toile est terminée et elle ne l'intéresse plus. Ce n'est qu'un objet, alors que lui tire son plaisir et sa fierté du bien qu'il fait autour de lui, des rires qu'il provoque, de l'amour que les gens lui portent en échange de ce qu'il fait pour eux. Il veut qu'on m'admire, moi, sur sa toile. Son propre travail est secondaire.

Je me souviens, quand j'étais avec lui dans son atelier, ou bien quand il m'a emmenée au théâtre, de toutes ces petites attentions qu'il avait pour moi. Il n'était jamais aussi heureux que lorsque j'étais, moi, heureuse par ses soins.

Drôle d'orgueil. On dirait qu'il ne s'aime pas pour lui-même. Il s'aime par ce que lui renvoient les autres. C'est un effet de miroir.

* * *

De son côté, avec ses seins nus, ses hanches apparentes sous la tunique échancrée et ses cheveux dénoués où flottaient ici et là quelques rubans, Victoire s'attirait tous les regards. Laurent, Simon-Pierre et Émile, qui connaissaient son corps par cœur, ne se laissaient pas trop perturber, mais Eugène et Charles s'en mettaient plein les yeux, et ce, sans le moindre complexe. C'est à peine s'ils s'efforçaient de déguiser leur désir derrière une admiration d'amateurs d'art.

Victoire songeait à la jeune Thaïs, qui, dans une situation analogue, s'était dévêtue avec si peu de pudeur, sous prétexte d'incarner une Lady Godiva. Les hommes avaient beau parler art, littérature et mythologie, le résultat était le même : ils jouaient avec le corps des femmes. Ils les déshabillaient, les mettaient en scène comme des poupées pour leur propre plaisir.

Amusée par les mines sérieuses que les invités faisaient lorsqu'ils dévoraient son corps des yeux — sous prétexte de comparer la Circé vivante avec l'œuvre d'Émile —, Victoire joua le jeu jusqu'au bout. Après la présentation de la peinture, au lieu de s'éclipser pour passer une robe plus décente, elle vint s'asseoir avec les autres convives autour de la table dressée comme pour un souper mondain, le regard fier et la poitrine en avant.

À présent qu'elle n'était plus là pour présenter une toile d'artiste — et qu'elle ne se trouvait pas non plus dans un salon du *Magnolia* entre deux passes —, il ne fallut que quelques minutes avant que ses seins nus ne deviennent subitement indécents, en particulier au milieu de ces invités si élégamment vêtus et pas encore assez saouls pour que la soirée se transforme en orgie.

Consciente de son audace, Victoire surveillait les réactions de Laurent du coin de l'œil pour s'assurer qu'il approuvait sa conduite, mais celui-ci ne lui lançait que des regards bienveillants. Il ressentait probablement une certaine fierté à exhiber ainsi la femme qu'il mettrait dans son lit à la fin de la soirée. À sa droite, Simon-Pierre ne se laissait pas perturber. Comme toujours, il se désintéressait totalement de la jeune femme, préférant patienter jusqu'au prochain soir où il pourrait s'enfermer avec elle dans une des chambres du *Magnolia*. Émile, lui, était paisible. Le comportement de Victoire lui était égal, il la connaissait pour ce qu'elle était et ne se formalisait de rien.

En revanche, les autres invités regardaient Victoire avec un air un peu interloqué. Celle-ci ne les avait pas habitués à tant d'effronterie et ils se demandaient si tout cela n'était pas une mise en scène annonçant d'autres surprises. À mesure que le repas se déroulait sans que rien ne se produise, l'incompréhension fit place à un doux malaise. Pourquoi la jeune femme n'était-elle donc pas allée se rhabiller avant de passer à table? Cela ne se faisait pas!

Aimable, souriante, bavardant avec naturel, Victoire faisait semblant de rien. Mais elle ne perdait rien des regards perplexes que s'échangeaient ses voisins. L'effet que provoquait son corps à demi nu et hors de son contexte l'amusait beaucoup.

* * *

Eh bien? C'est tout ce que cela leur fait?

Se rendent-ils compte à quel point ils sont ridicules de faire autant de simagrées autour d'une simple paire de seins? Il faut les montrer, les cacher, les suggérer, les montrer encore… Selon le contexte, c'est tout un code de conduite qu'il faut appliquer. Mais ce ne sont que des seins. Ils sont une partie de mon corps, tout comme ma tête, mes épaules, mes mains, mes pieds…

C'est drôle de les sentir aussi mal à l'aise. Il ne leur a pas fallu si longtemps pour s'y habituer, pourtant. Voilà qu'ils ne les regardent presque plus. Sauf Eugène, bien sûr, qui doit mourir d'envie d'y mettre la main. Ce sont des seins ordinaires, certainement pas les premiers ni les derniers qu'ils verront dans leur vie.

Ne comprennent-ils pas que je suis bien plus que cela? Que ce n'est pas parce que je leur montre mes seins que, pour autant, je leur dévoile qui je suis? N'ont-ils pas encore saisi que je n'appartiens qu'à ceux à qui je décide de me donner et qu'ils ne pourront jamais me prendre de force?

Ah, ils les voudraient bien, ces seins, pourtant! Les hommes, ça leur donne envie de me mettre dans leur lit. Les femmes, ça les rend jalouses, ça les renvoie à leur propre image, à la façon dont elles se voilent ou se dévoilent devant leurs amants. Ça les choque de voir que j'assume mon corps, que j'offre mes seins à leurs regards comme si c'était la chose la plus naturelle du monde.

Peut-être parce que, justement, c'est bien la chose la plus naturelle du monde. Ils sont là, ils sont doux, bien ronds, tout tendres avec leurs petites pointes si délicates. Ce n'est qu'un peu de chair, pas grand-chose, au fond. Tout dépend toujours du regard qu'on pose sur eux.

Émile, lui, quand il observe et qu'il peint mes seins, on dirait qu'il y voit la Terre entière. C'est pour ça qu'il n'a pas besoin de les regarder, en ce moment, comme s'il devait en avaler le plus possible avant que je décide de me rhabiller. Il sait bien, lui, qu'il pourra les envelopper de ses mains ou de ses lèvres dès que nous serons de nouveau seuls, lui et moi.

Et si je lui donne cette possibilité-là, c'est simplement parce qu'il est bien le seul qui sait voir au-delà.

Il me voit, moi, pas mes seins.

* * *

Pendant tout le repas, ce fut comme si Victoire, portée par un sentiment de plénitude et de confiance inexpliqué, se laissait aller. Elle se sentait bien, ici, assise à cette table, entourée de ses compagnons. Elle avait Émile auprès d'elle, mais aussi Laurent, à qui elle avait appris à faire confiance même si elle ne parvenait pas toujours à percer son caractère. Quant aux autres, c'étaient des amis — des connaissances, au moins — qui ne lui voulaient aucun mal et qui l'acceptaient comme si elle était l'une des leurs.

Était-ce la présence de son enfant en elle qui la faisait soudain se sentir si pleine, si satisfaite, comme repue, tandis qu'elle bavardait avec ses voisins de table ? Bien que son ventre ait commencé à enfler doucement, il était bien caché sous la tunique bleue assez ample qu'elle portait. Laurent et Simon-Pierre tenaient leur langue, Émile n'était toujours pas au courant, et personne ne pouvait deviner la présence de cet enfant. Ce soir encore, Victoire se donnait l'illusion qu'elle maîtrisait parfaitement le cours de sa vie.

Malheureusement, sa satisfaction ne dura qu'un temps.

Après le souper, c'est à Camille que revint la tâche de divertir l'assemblée en se mettant au piano. De son côté, Victoire, sur une suggestion d'Eugène, fit un dernier rappel de Circé en prenant différentes poses pour accompagner la musique. Ce n'était pas vraiment une danse, mais plutôt une suite de mouvements entrecoupés d'instants où elle se figeait comme une statue, un peu comme lors de ses séances de croquis avec Émile, au tout début de leur collaboration.

Les invités, eux, y trouvèrent leur compte.

— Cette fille est magnifique! ne cessait de répéter Eugène. Regardez-moi cette poitrine! Regardez-moi ces hanches!

Les femmes souriaient, mais elles ne disaient rien. Victoire, croisant leur regard à quelques reprises, surprit quelques airs suspicieux qui lui rappelaient qu'elle devait s'assurer de cacher dans les plis de sa tunique son ventre un peu trop bombé. Laurent et Simon-Pierre étaient les seuls à être au courant de son état; tous les autres devaient continuer de l'ignorer. L'enfant d'une putain n'avait pas sa place dans un souper mondain.

— Elle a pris de l'aisance, on voit qu'elle est habituée à poser pour vous, remarqua Malvina à l'intention d'Émile. Je me demande si je serais capable d'en faire autant, moi aussi... Cherchez-vous d'autres modèles? Parce que j'aimerais assez qu'on m'immortalise sur la toile sous les traits d'un grand personnage, comme vous l'avez fait avec Victoire...

À ces mots, Victoire sentit sa gorge se nouer. Elle se souvenait très bien de Malvina et d'Émile sortant de la maison de Knowlton main dans la main, après avoir visiblement passé ensemble une nuit délicieuse. Elle avait aussi remarqué que Malvina continuait ses avances auprès du peintre à chaque occasion qu'ils avaient de se revoir. Si cette dernière devenait maintenant son modèle, Victoire n'était pas certaine de pouvoir retenir son amant auprès d'elle.

Émile, lui, se mit à rire.

— Seriez-vous prête à endurer de longues heures dans mon atelier sous les combles, glacial en hiver et étouffant en été? demanda-t-il.

— Si notre chère Victoire y est parvenue, pourquoi pas moi? répliqua Malvina. Il ne resterait plus qu'à me trouver un personnage…

Victoire lui jeta un regard noir. Les deux femmes avaient beau avoir sympathisé au fil du temps, la loyauté de la courtisane semblait n'aller qu'à elle-même.

Autour de la table, on s'emballa, l'idée paraissait excellente. Malvina, loin de la maladroite Thaïs, avait su se tailler une place dans le groupe, et ses amis l'encourageaient. Émile, lui, continuait de sourire. D'habitude, il n'aimait pas qu'on lui impose un modèle ou un sujet de tableau, mais il se laissa pourtant tenter par l'aventure en acceptant l'offre de la courtisane. Laurent et Eugène se proposèrent en même temps pour acheter la toile, ce qui donna lieu à un autre débat, copieusement arrosé de liqueurs ainsi que de compliments et de politesses en tous genres.

— Permettez-moi d'être jaloux de votre Circé, mon ami, déclara Eugène. Si je peux, à mon tour, posséder une toile de notre talentueux artiste ici présent, croyez-moi, je ne veux pas manquer l'occasion!

— Mais Laurent est depuis toujours le mécène attitré d'Émile, intervint Madeleine. C'est normal qu'il cherche à acquérir toutes ses œuvres…

— Raison de plus! Ne peut-il pas en laisser quelques miettes à ses amis? rétorqua Eugène avant de se tourner vers Émile. Allons, mon cher, faites-moi cette faveur!

Tandis que le sujet prenait de plus en plus d'ampleur, entre le client, le modèle et le peintre, Victoire se contentait de boire son vin à petites gorgées, sans s'en mêler. C'est à peine si elle se força à lancer quelques sourires à la ronde pour montrer qu'elle se sentait concernée. Mais étrangement, elle n'avait plus envie d'exhiber ses seins, et, l'air de rien, elle ramena ses longs cheveux par devant pour les couvrir avec plus de pudeur.

Après le souper, alors que les invités retournaient au salon, elle trouva le moyen de s'isoler quelques minutes avec Émile.

— Qu'est-ce que c'est que cette histoire de faire poser Malvina pour toi ? lui glissa-t-elle.

Émile eut un sourire amusé. Selon toute apparence, il s'attendait à ce que Victoire réagisse.

— Tu es déjà jalouse ? plaisanta-t-il.

— À toi de me dire si je dois l'être, répliqua la jeune femme, acerbe. Est-ce que tu n'avais pas parlé de me faire poser de nouveau, pour ta prochaine toile ? Tu n'en peins qu'une seule à la fois, que je sache ! Et ôte-moi ce sourire de ton visage, veux-tu ? Tout ça n'a rien de drôle !

Le sourire d'Émile s'élargit encore, et le fait qu'il essaye de compenser par un air piteux fit en sorte que le tout prit un fâcheux air de moquerie.

— Je suis désolé, s'excusa-t-il. C'est juste que… Tu es adorable quand tu es en colère ! Ça doit bien être la première fois que je te vois comme ça !

— Moque-toi si tu veux, mais tu ferais bien de dire à Malvina qu'elle va devoir patienter… répliqua sèchement la jeune femme.

Elle s'apprêtait à tourner les talons lorsque Émile poussa un profond soupir.

— Oh oui, rassure-toi, elle risque de patienter longtemps, fit-il. Je n'ai pas les moyens de la faire poser. Déjà que je n'ai pas les moyens de t'avoir, toi…

— Que veux-tu dire ? Je croyais que tu voulais commencer les croquis bientôt ?

— Je ne demande que ça, mais tu me coûtes cher, mon amour. Et même si tu voulais poser pour moi gratuitement, ta patronne ne serait pas d'accord.

– Mais tu viens de vendre une toile ! Laurent t'a payé, non ?

Émile sourit de nouveau et, après avoir vérifié que personne n'arrivait, il se permit même de prendre le sein de Victoire dans sa main pour le caresser doucement, un pli gourmand sur les lèvres. Voir la jeune femme sans pouvoir la toucher à son aise à cause de la présence de Laurent mettait sa patience à rude épreuve.

– Il ne m'en reste plus grand-chose. Entre les restaurants, la soirée au théâtre, l'hôtel, et ces deux costumes sur mesure que je me suis fait faire…

Stupéfaite, Victoire ne chercha même pas à se dégager.

– Tu n'as déjà plus rien ?

– Non. L'occasion était trop belle, il fallait en profiter !

Cette fois, des pas se firent entendre. Laurent approchait et Émile retira précipitamment sa main.

* * *

Victoire était furieuse. Pendant tout le restant de la soirée, elle ignora délibérément Émile. Un bras passé autour du cou de Laurent, elle lui volait des baisers de temps à autre et tentait de faire bonne figure.

Laurent lui-même était tendu. Lorsque la soirée s'acheva et qu'ils se retrouvèrent seuls dans la chambre d'invités où était logée la jeune femme, il lui demanda tout de go :

– Il s'est passé quelque chose avec Émile, tout à l'heure ?

– Non, rien, pourquoi cette question ?

– Tu as l'air de lui en vouloir. Tout allait bien au début de la soirée, et soudain tu as presque cessé de lui parler.

– Ce n'est rien. C'est qu'il a l'intention de faire poser Malvina, alors qu'il m'a promis la prochaine toile, répondit la jeune femme pour se tirer d'embarras.

Laurent eut l'air d'accepter l'argument. Mais l'instant suivant, il demanda d'une voix sombre :

— Tu couches avec lui, n'est-ce pas ?

Avait-il surpris le geste d'Émile, dans la salle à manger ? Victoire n'aurait su le dire. Mais visiblement, les efforts de discrétion des deux amants n'avaient servi à rien : Laurent n'était pas dupe.

Pour toute réponse, la jeune femme rougit.

— Je couche avec pas mal de monde, tu sais… répondit-elle en essayant une pointe d'humour.

C'était peine perdue. L'humour n'avait jamais été son fort et le regard de Laurent, à cet instant, montrait bien qu'il n'appréciait pas la plaisanterie.

— Rappelle-toi que tu es à moi, Victoire, fit-il d'un air dur. Pendant tout le temps où je te paye, tu es à moi. Oublie le reste.

La jeune femme se soumit. Elle n'avait pas d'autre choix. Mais se laisser prendre par Laurent, ce soir-là, lui parut moins agréable que les fois précédentes.

Elle aurait tout aussi bien pu se trouver au *Magnolia*, avec un inconnu.

* * *

Déçue par la tournure qu'avaient pris les évènements alors que la soirée chez Laurent avait si bien commencé, Victoire, de mauvaise humeur, rumina pendant plusieurs jours.

Au-delà du ressentiment qu'elle éprouvait pour Laurent et outre la façon dont il lui avait rappelé qu'elle n'était qu'une putain à son service, c'était à Émile que la jeune femme en voulait le plus. Avec tout le remue-ménage qui avait eu lieu ces derniers mois au *Magnolia*, elle s'était toujours sentie soutenue par le peintre, certaine de pouvoir compter sur son affection. Elle avait avec lui une relation privilégiée et il était important pour elle que ça le reste.

Or, le comportement d'Émile faisait chanceler ses certitudes. Il avait accepté avec bien trop d'enthousiasme la proposition de Malvina, lui qui, d'ordinaire, ne se laissait jamais dicter quoi que ce soit en ce qui concernait son art. Victoire se rendait bien compte qu'avec Malvina, nue, dans son atelier, Émile ne résisterait pas longtemps. Ils avaient déjà passé la nuit ensemble, à Knowlton, il ne faudrait pas grand-chose pour que cela se reproduise.

Et Victoire, dans tout cela ? Que lui resterait-il de ce jeune amour qu'elle chérissait tant si Malvina le lui enlevait ?

Émile, malgré tout, dut sentir l'inquiétude de son amie, car il se présenta quelques jours plus tard, à la porte principale du *Magnolia*.

On était mardi. Les filles s'agitaient autour des articles que Madame Grenon, la vendeuse de toilettes, leur avait apportés. Marie-Louise fit la fine bouche et se contenta de regarder tout cela d'un œil critique sans toucher à rien, tandis que Victoire et Éloïse s'extasiaient devant les échantillons de tissus, que Fatima essayait une robe d'intérieur en velours en réclamant l'opinion de ses voisines et que Toinette et Joséphine faisaient le plein de cigarettes. Les unes accouraient des quatre coins de la maison, d'autres, succombant à une dépense imprévue, grimpaient l'escalier quatre à quatre pour chercher dans leurs cachettes quelques billets supplémentaires. Il y avait tellement d'allées et venues dans l'antichambre que les quelques coups à la porte passèrent presque inaperçus. Mais enfin, Anne alla ouvrir, puis appela Victoire.

— Une visite de ton amoureux, fit la jeune bonne sans cacher son ton réprobateur. Il ne s'est pas gêné pour venir à la porte principale, mais heureusement qu'il n'a pas osé sonner la cloche. Imaginez ce que dirait Madame si vos amoureux passaient par la grande porte chaque fois !

— Encore faudrait-il qu'on en ait, des amoureux ! rétorqua aussitôt Éloïse. Je ne crois pas en avoir vu très souvent, par ici…

— Encore heureux! Qu'est-ce qu'on dirait d'une maison de femmes, où des hommes passeraient leur temps à entrer et sortir! ajouta Joséphine en éclatant d'un rire moqueur.

— Où est-il? Il est reparti? s'enquit enfin Victoire auprès d'Anne.

— Bien sûr que non. Je lui ai seulement demandé de passer par l'arrière.

Comme Victoire, encore surprise, lançait des regards à droite et à gauche sans lâcher le coupon de soie qu'elle avait dans les mains, Anne s'agaça.

— Allons, bouge-toi un peu! Tu diras à Dorine d'ouvrir la cour.

Alors, Victoire abandonna enfin son morceau de tissu et fila hors de l'antichambre.

* * *

Émile était bien là, tout beau dans un des costumes neufs qu'il avait fait tailler lorsqu'il avait vendu Circé. Il avait un bouquet de roses à la main et un air un peu penaud qui firent instantanément fondre les réticences de Victoire à son égard.

— Je suis venu m'excuser, dit-il avec un sourire adorable.

Ils s'assirent sur le banc branlant où Victoire avait déjà reçu son frère, une éternité auparavant. Ces quelques planches de bois instables semblaient destinées à voir passer les grandes nouvelles dans la vie de la jeune femme.

Alors qu'Émile se lançait dans des explications enflammées, où il jurait ne pas vouloir d'autre modèle que Victoire, n'accorder aucune importance à Malvina et, surtout, ne pas vouloir risquer d'abîmer ce qu'il y avait entre eux, la jeune femme l'écoutait à peine. Les mots étaient superflus à partir du moment où Émile était là, devant elle. Les gestes comptaient bien plus.

— Je vais commencer une nouvelle toile, payer d'autres séances dans mon atelier, termina Émile. J'ai plusieurs idées intéressantes.

Je veux te revoir, je veux qu'on continue comme avant. Laurent achètera tout ce que je lui proposerai, ça n'a pas d'importance.

Mais alors qu'Émile achevait ses confessions, Victoire le coupa en lui annonçant brutalement :

— Je suis enceinte.

Il fallait bien en arriver là.

Le peintre resta silencieux pendant quelques secondes. Aucune émotion ne passait sur son visage.

— Que vas-tu faire ? demanda-t-il enfin.

— Le mettre au monde, tout simplement. Madame est au courant, les filles et les clients aussi.

— Mais que vas-tu en faire ? Tu comptes le garder ? Ta patronne va te laisser faire ?

— Quand il sera en âge, je le mettrai en nourrice.

Mais alors qu'Émile approuvait d'un signe de tête, Victoire ajouta aussitôt :

— Il n'y restera pas toute sa vie, tu sais ! Dès que je quitterai cette maison, je le reprendrai avec moi pour l'élever correctement. Je veux une vie et une famille ordinaires, comme tout le monde.

— Mais pour les poses, comment va-t-on faire ? Ma nouvelle toile ?

Victoire ravala la soudaine acidité qui lui était montée dans la gorge.

— J'imagine qu'il faudra attendre après la naissance de l'enfant, répondit-elle.

* * *

Il n'a pas eu l'air de comprendre. Ce bébé est important pour moi, mais lui, ça ne lui fait ni chaud ni froid.

Moi qui me rongeais les sangs parce que je ne savais pas s'il serait content ou au contraire furieux, me voilà bien avancée. Il n'a tout simplement pas réagi. Il pense à sa prochaine toile.

Il faut dire qu'il était sous le coup de la surprise. C'est difficile, pour lui, d'imaginer que je vais avoir un enfant. Mais quand le bébé sera là, ce sera différent.

* * *

Malheureusement, dans les semaines qui suivirent, Émile ne donna pas de nouvelles.

De son côté, Victoire était bloquée au *Magnolia*. Elle se morfondait. Non seulement, avec sa grossesse qui avançait, il n'était plus question d'aller poser pour une nouvelle toile, mais les soupers chez Laurent se déroulèrent eux aussi sans la jeune femme.

Au début, Victoire ne s'était pas rendu compte qu'elle avait été écartée du groupe d'amis. C'est en bavardant avec Simon-Pierre, un soir, dans la chambre japonaise, qu'elle apprit que Laurent avait organisé un autre repas, dont elle n'avait jamais entendu parler.

— Laurent ne t'a pas prévenue? Je croyais que tu ne pouvais tout simplement pas t'absenter...

— Non, je n'étais pas au courant, répondit Victoire.

Comprenant qu'il venait de commettre un impair, Simon-Pierre se mordit les lèvres et se prépara à excuser son hôte, mais Victoire le coupa.

— Est-ce qu'il y avait quelqu'un d'autre?

— Où ça?

— À ma place. Est-ce que Laurent avait invité une autre fille pour me remplacer?

Simon-Pierre secoua la tête et essaya de plaisanter en prétendant que Victoire était de toute façon irremplaçable.

Cela la consola un peu.

— Tu sais, je crois qu'il attend simplement que ton enfant soit né. Dans quelques semaines, tu reviendras avec nous comme si de rien n'était…

Simon-Pierre avait raison, et Victoire le savait bien. Autour de la table de Laurent, les femmes étaient toutes des prostituées — qu'elles se fassent appeler maîtresses ou concubines ne changeait rien au fait que leurs amants les payaient pour les faire vivre — et il n'y avait pas de place pour une femme enceinte. Cette image de maternité, qui était désormais celle de Victoire à mesure que son ventre se révélait aux yeux de tous, entrait en collision avec son statut.

Le raisonnement était simple : puisque les mères ne pouvaient pas être des putains, les putains ne devaient pas être mères non plus.

* * *

— Madame ? Avez-vous pris des nouvelles de Lucien, finalement ? demanda Victoire, un soir que les filles s'habillaient dans la grande salle de bain.

— Oh oui ! Qu'est-ce qu'il est devenu ? Pourquoi est-ce qu'il ne revient pas nous voir ? renchérit aussitôt Fatima.

— Il n'est pas mort, dites ? s'inquiéta Toinette.

Madame Angèle secoua de la tête.

— Non, je vous rassure, il n'est pas mort. Il a mis un moment à se remettre de son attaque, mais il va mieux, maintenant.

— Alors, il va revenir ? insista Fatima.

— Je ne crois pas… répondit la tenancière. Sa famille ne serait pas d'accord.

— Sa famille ? Qu'est-ce qu'elle a à voir avec tout ça ? s'étonna Victoire.

— Nos hommes ne demandent la permission à personne pour venir nous voir, que je sache ! fit Fatima.

La tenancière eut un petit soupir.

— Mes pauvres chéries, vous savez comme moi que ce n'est pas si simple, expliqua-t-elle. Si Lucien avait eu une attaque chez lui, nous n'aurions pas eu d'ennuis. Malheureusement, c'est chez moi qu'il s'est effondré et tout le monde a su que même un pauvre vieux monsieur comme lui fréquentait les bordels. Cette histoire a mis toute sa famille dans l'embarras.

— Pourtant, c'est à lui de décider, insista Victoire. Que sa famille approuve ou non ses fréquentations, c'est une chose, mais peut-elle lui interdire de revenir ?

— Je suppose que oui, puisqu'ils l'ont fait. Quand j'ai écrit pour demander de ses nouvelles, sa fille m'a simplement répondu qu'il allait bien, et elle m'a fait comprendre qu'il ne reviendrait pas et que je ne devais plus les contacter.

— Oh… Pauvre Lucien, gémit Toinette. Il était si gentil… On l'aimait toutes !

— Et lui, il adorait passer ses soirées avec nous ! Il était tout le temps là ! ajouta Fatima.

— Je sais bien. Vous allez lui manquer, c'est certain, conclut Madame Angèle.

Lorsque la nouvelle circula, les autres filles s'apitoyèrent à leur tour. Non pas sur leur sort à elles — bien qu'elles soient une fois de plus considérées comme une peste à éviter —, mais sur celui du vieux Lucien, car elles s'étaient attachées à l'homme.

— C'est toujours la même histoire. Un homme passe ses soirées au bordel et voilà la honte sur la famille, soupira Joséphine. Ils le tolèrent plus ou moins tant que ça reste discret, mais dès que ça se sait dans le voisinage, c'est la panique, le scandale, et tout le tralala…

— Madame a raison, renchérit Éloïse. Comme Lucien a eu son malaise ici, il a bien fallu expliquer où il se trouvait et ce qu'il y faisait. Si ça n'était pas arrivé, il serait encore avec nous.

— Est-ce qu'ils le savent, dans sa famille, qu'il ne bande plus depuis longtemps et qu'il ne nous a presque jamais touchées ? ricana Olivia.

— Si seulement ça pouvait le blanchir, notre Lucien… Moi, j'aimerais qu'il revienne, reprit Éloïse.

— Moi aussi. Il était gentil.

— Je le plains. Il était bien, avec nous, il s'amusait, ajouta Joséphine. C'est vrai qu'il ne montait plus dans les chambres, mais au moins il avait de la compagnie, de la musique, un peu d'animation autour de lui. Maintenant, qu'est-ce qu'il va avoir ? Une dame de compagnie toute sèche, toute rance, pour lui lire pendant des heures des sermons de je ne sais quel prédicateur ?

— C'est sûr, il va falloir sauver son âme, tu comprends ! se moqua Olivia. Pensez donc ! Un homme qui fréquente les bordels, c'est le mal !

Elles n'avaient probablement pas tort. Cette fois, au lieu de punir la putain, comme on le faisait d'habitude, on punissait l'homme, coupable de préférer un lieu de fête et de jouissance à ses devoirs sociaux et à sa famille. Lucien, vieux bonhomme paisible qui venait seulement chercher un peu de plaisir là où il le pouvait, allait être réprimandé comme un enfant.

Il avait longtemps été l'argument idéal pour les filles qui voulaient prendre une pause entre deux clients, tout en donnant à leur patronne l'impression qu'elles continuaient de travailler. Désormais, il leur faudrait trouver une autre combine.

Chapitre 3

Bien que le temps semble n'avoir aucune emprise sur le *Magnolia*, où chaque soir ressemblait au précédent, il faisait malgré tout son œuvre. L'effet de nouveauté généré par l'arrivée de Marie-Louise s'estompa rapidement, car la jeune femme, rompue au métier, avait perdu depuis longtemps sa fraîcheur de jeune fille innocente, celle qui avait tellement plu aux hommes lorsque Victoire ou Adéline avaient fait leur entrée. La belle blonde avait pris sa place dans la maison et on avait déjà l'impression qu'elle y vivait depuis toujours.

Dans les salons, les clients s'habituaient progressivement aux changements qui s'opéraient sur le corps de Victoire. À l'occasion, on lui flattait le ventre, on la taquinait sur la petite bosse de son nombril qui commençait à pointer à mesure que la peau s'étirait.

— Regardez ça, elle est tendue comme un petit tambour...

— Qu'y a-t-il de plus beau qu'une femme qui porte un enfant ? Sans le ventre de nos femmes, le monde n'existerait pas...

— Et sans nos queues pour les remplir non plus !

Il fallait sourire, ne pas montrer sa fatigue, surtout ne pas ennuyer les hommes avec des considérations matérielles ou hygiéniques, des détails venus de l'univers du foyer maternel, celui-là même qu'ils fuyaient en venant s'encanailler dans des bordels comme le *Magnolia*. On ne permettait à Victoire d'être enceinte que dans la mesure où son rôle de putain passait avant celui de future mère. Les deux images ne devaient surtout pas aller de pair, sous peine de créer un malaise dans la tête des hommes.

Émile, quant à lui, avait suspendu ses projets de nouvelle toile avec Victoire — au moins jusqu'à la naissance de l'enfant. Comme cela supprimait par la même occasion toute possibilité aux deux amants de se revoir, ils commencèrent à s'écrire.

La jeune femme s'adapta progressivement à cette nouvelle situation et elle se mit à faire des projets. Son ventre arrondi, plein de promesses, l'encourageait à chercher toutes les solutions possibles pour quitter la maison et se hisser vers un meilleur destin.

De préférence en conservant Émile et son enfant auprès d'elle.

* * *

Je n'ai jamais proposé à Simon-Pierre de me prendre pour maîtresse. Je devrais. Je suis certaine qu'il accepterait.

Il dit toujours qu'il est ravi de ne plus avoir Georgina dans son lit parce qu'elle lui coûtait trop cher. Il se plaignait qu'il n'arrivait pas à la voir quand il voulait, qu'elle le menait par le bout du nez, il raconte à qui veut l'entendre qu'il est content d'en avoir enfin fini avec elle. Mais moi, il m'aime bien. Il ne dirait peut-être pas non si je lui proposais de la remplacer.

De toute façon, j'ai encore un peu de temps avant de jouer cette carte-là. Il faut au moins que j'attende après la naissance. Est-ce qu'il accepterait de prendre en charge l'enfant en plus de moi ? C'est ça qui est délicat. Mais quand je vois à quel point il est affectueux avec moi, je me dis que tout n'est peut-être pas perdu, même avec un bébé.

Laurent ne serait pas contre, non plus, je pense. Il faudra que je tâte un peu le terrain.

N'empêche... Ça pourrait être une belle vie.

Si j'arrive à faire comme Malvina et à devenir la maîtresse à la fois de Simon-Pierre et de Laurent, je pourrai vivre confortablement tout en gardant mon bébé avec moi. S'ils ne veulent pas le voir, ils ne le verront pas ! Je peux m'en occuper dans la journée et le faire garder par les domestiques quand je sortirai ou que j'aurai de la visite. Malvina a bien réussi à gérer quatre amants, alors pourquoi pas moi ? Et s'ils trouvent qu'avec l'enfant je leur coûte trop cher, et qu'ils préfèrent appeler un autre de leurs amis pour mettre la main à la poche, ça ne sera pas un problème. Cette vie-là en vaudra bien une autre. Ce sera toujours plus séduisant que de rester au Magnolia !

Et puis, au moins, j'aurais assez d'argent pour pouvoir voir Émile quand je le voudrais…

* * *

La jeune femme avait reçu bon nombre de pourboires pour fêter la venue du bébé. Quelques clients lui avaient apporté des bijoux, et Armand, toujours délicat dans ses cadeaux, lui avait même offert une timbale en argent qu'elle pourrait faire graver au nom de son enfant le jour où il serait baptisé. Mais la plupart lui avaient simplement glissé un billet ou quelques pièces dans la main, parfois même en catimini, au détour d'un salon, sans même coucher avec elle.

Et c'était bien là le problème.

Depuis qu'elle était devenue la favorite, la jeune femme n'avait jamais chômé. Les soirs où le bordel était plein, on la réclamait sans arrêt, et il y avait toujours quelques déçus qui, n'ayant pas réussi à avoir leur tour, devaient se contenter d'une autre fille et patienter jusqu'à la prochaine fois.

Or, maintenant qu'elle avait pris du poids et remisait ses corsets pour afficher son ventre bien rond, les choses avaient changé. Elle était toujours aussi appréciée pour sa compagnie dans les salons, mais les propositions pour monter à l'étage se faisaient plus rares. Toinette avait raison : tous les hommes n'étaient pas à l'aise avec l'idée de venir se répandre dans un ventre déjà occupé.

Victoire fut forcée de constater que ce qu'elle redoutait était en train de se produire : le nombre de ses clients diminuait. Non seulement on l'invitait de moins en moins à grimper à l'une des chambres, mais elle commençait à essuyer quelques refus lorsqu'elle allait elle-même proposer son commerce à ses habitués.

— Pas ce soir, ma chérie, lui répondait-on.

— Ah, une autre fois, j'ai déjà promis de passer un moment avec Éloïse.

— Tu es bien belle, ma chère Victoire, mais ce soir je crois que j'irai plutôt essayer Olivia…

Si on se moquait facilement du père supposé de l'enfant — dans les conversations, il devint sujet à bon nombre de plaisanteries —, il n'y avait aucun mépris ni répulsion envers le bébé en lui-même. Le pieux mensonge de la jeune femme le mettait à l'abri des quolibets. Néanmoins, il était évident que sa présence dérangeait, et certains hommes admirent volontiers qu'ils attendraient après la naissance pour recommencer à coucher avec Victoire. D'ici là, ils la priaient de bien vouloir se tourner vers quelqu'un d'autre. Même Léontine, pourtant considérée comme la moins attirante de toutes les filles, semblait soudain faire assez de clients, alors que Victoire peinait à compléter ses gains de la soirée.

À mesure que les jours passaient, se transformant en semaines, la situation de la jeune femme devint de plus en plus précaire. Elle dut rivaliser d'astuce et d'esprit pour donner l'illusion que, malgré les refus de certains hommes, elle restait toujours aussi populaire. C'était essentiel si elle voulait garder l'attachement de ses habitués en dépit du fait qu'ils refusaient sa compagnie pour le moment.

Parfois, pour ne pas rester trop longtemps dans les salons et risquer de révéler qu'elle faisait tapisserie, il lui arrivait d'aller se cacher dans la cuisine ou dans la salle de bain, donnant ainsi l'illusion de s'être absentée pour un tête-à-tête avec un client. Cela fonctionnait assez bien pour maintenir des apparences de normalité auprès des hommes, mais le tour de force consista aussi à ne pas éveiller les soupçons de ses compagnes. Il n'aurait pas fallu que Marie-Louise ou Joséphine découvre les déboires de leur amie, sous peine d'en profiter pour lui voler sa place de favorite. La solidarité des filles se dissolvait aisément face à l'appât du gain, et ces deux-là en particulier étaient assez opportunistes pour tenter leur chance au moindre signe de faiblesse.

Victoire se consola comme elle put auprès des hommes qui lui étaient restés fidèles. Laurent, par exemple, ne changea absolument rien à ses habitudes. Il fut bien un peu hésitant les premières fois, à présent qu'il la savait enceinte, mais il se ressaisit rapidement et continua d'exiger que la jeune femme le fasse passer en premier lorsqu'il venait au *Magnolia*. Gustave, Wilfrid, François et Jean-Baptiste ne firent pas non plus trop de difficultés.

En revanche, elle croyait avoir en Simon-Pierre une valeur sûre, jusqu'à ce qu'elle tombe nez à nez avec lui, sortant de la chambre orientale où il avait visiblement passé un excellent moment. Occupé à reboutonner son col de chemise, il tressaillit en apercevant la jeune femme, qui arrivait au bras d'un client.

— La place est libre… dit-il avec un sourire qui se voulait espiègle.

Mais comme Victoire, stupéfaite de le trouver là, le regardait fixement sans répondre, il baissa les yeux, pris en faute comme un gamin. Le malaise s'accentua l'instant suivant, lorsque Joséphine sortit à son tour de la chambre.

Elle, en revanche, ne perdit pas ses moyens. Désignant le trio figé devant la chambre — Simon-Pierre, Victoire et le client qui l'accompagnait et qui ne comprenait rien à ce qui se passait —, elle lança d'un ton joyeux :

— Eh bien ! Vous tenez concile dans le couloir ? Allons, allons, circulez…

Puis, prenant le bras de Simon-Pierre, elle l'entraîna à sa suite dans l'escalier.

— Nous y allons? demanda alors l'homme qui escortait Victoire, pour la faire réagir.

La chambre orientale était la seule de libre à cet instant, aussi la jeune femme dut-elle faire son travail dans des draps où elle reconnaissait le parfum de Joséphine mêlé à celui de la cire des cheveux de Simon-Pierre. Le tout dans une atmosphère lourde de stupre.

Cela lui fit un drôle d'effet.

* * *

Cela faisait des mois qu'il ne couchait qu'avec moi. Il disait même que Georgina, avant qu'elle ne le quitte, l'ennuyait tellement qu'ils passaient plus de temps à se disputer qu'à faire l'amour.

Et maintenant, le voilà avec Joséphine? Il a passé la soirée entière à bavarder, à m'offrir à boire et à réclamer que je lui chante des chansons, et pourtant c'est avec elle qu'il est monté? Je n'avais même pas vu qu'il avait quitté le salon!

C'est déjà assez dur de ne pouvoir compter que sur un petit groupe de clients pour gagner ma vie, que se passera-t-il si ceux-là aussi m'abandonnent? Qui sera le prochain? Laurent? Sans compter que si Simon-Pierre commence à m'éviter, il n'y aura pas moyen pour moi de lui proposer qu'il me sorte de la maison.

Et cette vache de Joséphine… Elle le sait bien que Simon-Pierre est à moi! Elle ne s'amuse pas à me voler mes clients, d'habitude! Elle croit peut-être que je vais me laisser faire? Elle n'a encore rien vu, celle-là… Je vais lui passer un de ces savons! Je ne la laisserai pas comme ça sans réagir, c'est certain!

* * *

Pourtant les menaces ne furent jamais mises à exécution.

Aussitôt que le stress de la rencontre fut retombé, la raison prit le pas sur les émotions et Victoire se modéra d'elle-même.

Si elle avait été à la place de Joséphine, elle n'aurait probablement pas refusé de monter avec le client d'une autre fille et de se faire un peu d'argent. Chacune songeait d'abord à son propre intérêt, c'était compréhensible. Quant à Simon-Pierre, sans doute dérangé par cette grossesse avancée, il ne pensait sûrement pas à mal. Tout cela s'expliquait. Il n'y avait aucun manque de respect envers Victoire, elle ne devait pas se formaliser de ce léger écart de conduite.

C'est en tout cas ce dont elle parvint à se convaincre.

Car, en vérité, c'était plutôt de sa part une forme de couardise. Victoire savait prendre un ton autoritaire ou élever la voix lorsqu'elle était en colère, mais elle était incapable d'affronter directement une personne, de la regarder dans les yeux pour lui dire des choses désagréables. Cela la mettait profondément mal à l'aise et c'est pourquoi elle évitait autant que possible les conflits. Alors qu'elle se croyait adepte de la diplomatie avant tout, elle avait plutôt la faiblesse de se taire même face à une situation où elle était en droit de réclamer des comptes.

Il était beaucoup plus facile de se dire que c'était à elle, Victoire, de veiller à ne pas perdre l'intérêt de ses clients, plutôt que de s'emporter contre une amie. Du coup, elle serra les dents et laissa passer l'affront.

Et le flot de ses clients continua de se tarir.

Au début, Madame Angèle encaissa sans rien dire le butin de jetons de plus en plus maigre que Victoire lui apportait, se contentant de noter avec soin la baisse de recettes qu'accusait la jeune femme. Aucun pincement de lèvres, aucun regard suspicieux. Jusqu'au jour où, avec un soupir, elle reposa sa plume.

— Je crois que tu en es consciente autant que moi, ma fille, déclara-t-elle doucement. Les choses ne sont plus comme elles étaient.

Victoire baissa les yeux. Qu'y pouvait-elle ?

— Je sais que c'est une période délicate pour toi, continua sa patronne, et je veux bien faire preuve d'un peu de souplesse. Je te laisse encore une semaine ou deux pour rectifier la situation. Mais tu dois te débrouiller pour faire au moins trois clients par soir, sans quoi je serai obligée de prendre une décision.

La tenancière n'était ni en colère ni menaçante. En tout cas, pas encore. En revanche, elle pourrait fort bien le devenir si Victoire ne parvenait pas à rapporter plus de jetons. Madame Angèle avait un établissement à gérer et elle ne pouvait pas se permettre d'entretenir indéfiniment une fille qui ne faisait plus rentrer assez d'argent dans sa caisse.

Les multiples avertissements que Victoire avait reçus se confirmaient. Si elle s'en était bien tirée avec l'annonce délicate de sa grossesse, cela ne lui donnait pas pour autant l'assurance qu'elle conserverait sa place, et encore moins son statut de favorite. Or, sans ce statut qui lui garantissait quelques avantages et, dans l'ensemble, de meilleurs revenus que ses compagnes, elle risquait de ne jamais pouvoir quitter le métier et, pis encore, d'être revendue à un autre bordel où les conditions seraient pires.

* * *

Sans autre solution, Victoire continua de donner le change par tous les moyens possibles. Cela lui demandait beaucoup d'énergie — elle devait sans cesse surveiller ses faits et gestes pour s'assurer de maintenir son image de favorite —, et elle n'était pas certaine de pouvoir tenir ainsi jusqu'à la fin de sa grossesse. Elle ne faisait que s'accrocher, soir après soir.

Les amis qui lui étaient restés fidèles ne tardèrent pas à se douter qu'elle éprouvait des difficultés.

— Charles n'est pas allé avec toi, ce soir ? Ça m'étonne de lui…

— Il est près de minuit et je ne suis que le premier ?

— Tu es bien câline, ce soir, ma chérie. D'habitude, tu es plutôt pressée de redescendre pour te trouver un autre partenaire…

Comme Victoire, prudente, ne confirmait jamais leurs soupçons, ils se contentaient de faire un petit geste, souvent un pourboire, parfois un jeton supplémentaire. Laurent fut le seul à aborder le sujet de front.

— Si tu veux, je pourrais faire un chèque à ta patronne, déclara-t-il. Cela couvrirait les caprices de tous ceux qui te boudent en ce moment. Ce n'est pas que je m'en plaigne, cela dit, j'aime quand je peux t'avoir plus longtemps rien que pour moi, mais tu dois quand même gagner ta vie…

— De quoi parles-tu ? répondit Victoire d'un air innocent.

— Ne me prends pas pour plus bête que je ne suis. J'ai bien vu que ce petit intrus dans ton ventre en dérange plus d'un, en bas. Ils en discutent, parfois, quand tu n'es pas là. Alors, comme tu dois avoir un manque à gagner, je te propose de le combler, c'est tout.

Victoire commença par protester avec vigueur, niant tout ce qu'elle pouvait, mais Laurent ne lâcha pas le morceau.

— Ne sois pas si capricieuse et accepte donc ce que je te donne, petite sotte ! insista-t-il, agacé.

Elle finit par céder. L'idée de dépendre financièrement de Laurent ne lui plaisait pas beaucoup, mais risquer sa place pour n'avoir pas gagné assez d'argent l'effrayait encore plus.

— D'accord, puisque tu y tiens. Mais je ne veux pas que tu payes directement Madame Angèle.

— Tu veux des billets ? Très bien…

— Non, le coupa Victoire alors qu'il portait la main à son gilet. Je préfère des jetons. Si tu veux payer plus, c'est très bien, et je t'en remercie, mais fais-le en jetons.

Le jeune homme lui lança un coup d'œil perplexe. Puis, il sourit.

— Oh, je vois… Ça te permettra de faire croire à ta patronne que tu as eu plus de clients que tu n'en as réellement eus. C'est ingénieux!

Dorénavant, Laurent paya chacun des moments qu'il passait avec Victoire en lui donnant le triple de jetons. Ce fut un soulagement, car c'était, quoi qu'il arrive, l'assurance de remplir au moins le minimum requis par la tenancière, quel que soit ensuite le déroulement de la soirée. Laurent ne venait pas tous les jours, mais c'était déjà, de sa part, une aide plus que bienvenue.

En revanche, lorsqu'il n'était pas là, Victoire devait continuer de se débrouiller autrement. Et, parfois, cela passait par des choses dont elle n'était pas très fière.

C'est ainsi qu'elle se retrouva, un soir, face à une tentation à laquelle il lui fut bien difficile de résister. Elle s'était cachée dans la salle de bain, prétextant vaquer à sa toilette intime après un client — bien qu'en réalité il n'y ait eu personne d'autre que François, et qu'il était parti depuis belle lurette — lorsqu'elle croisa Marie-Louise, venue elle aussi procéder à ses ablutions.

Les deux femmes se côtoyaient en bonne entente, mais Marie-Louise était un peu trop envahissante pour que Victoire s'en fasse une amie. Elle avait du mal à supporter cette façon qu'avait la nouvelle de toujours tout ramener à elle, de ne pas pouvoir écouter qui que ce soit parler d'un sujet sans se sentir obligée de faire part à tout le monde de son opinion — censée être la meilleure, bien entendu. En comparaison, Clémence aussi avait aimé briller, mais c'était surtout le soir, sous le regard des hommes, alors que Marie-Louise était constamment en train de raconter sa vie, de vanter ses exploits et de s'imposer partout.

Sans compter que Victoire redoutait, chez la belle blonde, une rivale sérieuse.

C'est à cause de ce manque d'amitié que Victoire se mit à regarder avec une soudaine curiosité la robe moirée que Marie-Louise avait accrochée à une patère avant de se nettoyer.

Dans ce geste, le tintement étouffé de quelques jetons avait retenti. Sur le moment, Victoire n'y prêta pas trop attention. Son ventre la fatiguait et elle préférait attendre un peu avant de reparaître dans les salons, histoire de faire croire une fois de plus qu'elle s'était absentée avec un client.

Ce n'est qu'au moment où Marie-Louise quitta la salle de bain que Victoire avait réalisé que cette dernière n'avait pas renfilé sa robe, restée suspendue à la patère.

C'était tentant.

Victoire s'approcha et soupesa le vêtement, cherchant parmi les plis la poche où se trouvaient les jetons. Et bientôt, elle eut dans les mains une demi-douzaine de piécettes de bronze.

Allait-elle oser lui en voler quelques-unes ? D'une poche à une autre, ce serait vite fait...

* * *

Voyons, c'est de la folie... Marie-Louise sait bien combien elle a eu de clients et combien ils l'ont payée. Elle se rendra compte tout de suite s'il lui manque des jetons et, avec son caractère, elle va faire un esclandre de tous les diables et retourner toute la maison. Madame Angèle se doutera aussitôt que c'est moi qui l'ai volée, parce qu'elle sait bien, elle, que je ne lui rapporte plus autant de jetons qu'avant...

Par contre, si je n'en prends qu'un, ça pourra passer inaperçu. Au pire, ça sera une pièce qui sera tombée, se sera glissée sous un lit ou entre les plis d'un fauteuil. Ça arrive de temps en temps qu'Anne retrouve des jetons sous les meubles, quand elle fait le ménage des chambres, non ?

Un seul jeton, ça pourrait aller. Ce n'est pas une fortune, mais c'est toujours ça de pris. Et puis, ça ne serait pas un trop grand risque à courir.

* * *

Le sens de la morale ne joua pas beaucoup dans sa décision. Victoire n'aurait jamais imaginé escamoter quoi que ce soit à Toinette, par exemple, ni même à Joséphine — quand bien même elle lui avait pris Simon-Pierre. En revanche, elle ne se sentait unie par aucune amitié envers Marie-Louise, et par conséquent elle faisait moins preuve de respect à son égard. Alors, en remettant les petites pièces dans la poche de la robe, Victoire en garda une pour elle.

Une autre fois, un samedi, qui était d'ordinaire une soirée de grande affluence, Victoire réalisa à minuit passé qu'elle n'avait pas encore couché avec qui que ce soit. Elle avait bu, chanté, joué aux cartes, dirigé un jeu de mimes, accueilli avec tous les égards un trio de nouveaux clients, mais elle n'était pas encore montée une seule fois à l'étage.

— Tu n'oublieras pas de travailler un peu, tout de même, lui souffla Madame Angèle en la croisant dans le cadre d'une porte.

Victoire avait grimacé. Elle détestait demander directement aux clients s'ils voulaient d'elle — elle avait bien trop peur de se faire rabrouer en public! —, et elle attendait généralement d'y être obligée par la pression du temps qui passe et par la menace de n'avoir pas assez de jetons en poche à la fin de la nuit.

Elle se tourna alors vers Étienne, un homme grisonnant, au front luisant et aux moustaches bien cirées, qui accepta. Mais il ne réclama qu'une fellation, autant dire un salaire de misère.

— Allons, mon cul ne te plaît pas? s'informa Victoire en minaudant, pour essayer de faire grimper les prix. Laisse-moi te montrer ce que je sais faire...

Mais l'homme ne céda pas, prétextant que, s'il venait dans une maison de luxe et s'il était prêt à payer cher, ce n'était sûrement pas pour coucher avec une fille grosse qui lui rappelait sa femme; rien de ce que la jeune femme ne put lui dire ne parvint à le faire changer d'avis.

Si la passe fut rapide, la récompense fut bien maigre. Ce n'était pas avec de simples fellations, qui ne valaient qu'un dollar, que la jeune femme pourrait payer sa patronne. Heureusement, en descendant l'escalier, elle tomba sur Jean-Baptiste, qui venait d'arriver.

— Oh, mon chéri! s'exclama-t-elle en se jetant à son cou, tout heureuse de voir enfin un visage qu'elle connaissait bien. Tu m'as manqué, depuis la dernière fois!

La venue du jeune homme lui faisait toujours un petit velours.

— On monte? lui glissa-t-elle amoureusement, entre deux baisers.

Au lit, il n'était pas très adroit, mais Victoire avait su le mettre en confiance, et il avait appris à se servir de ses mains pour lui donner des caresses divines. C'était toujours un plaisir de passer du temps en sa compagnie et, ce soir en particulier, où personne ne voulait d'elle, la jeune femme en avait grand besoin pour se rassurer sur ses charmes.

Elle fut vite apaisée. Vu la fougue dont il faisait preuve, Jean-Baptiste la trouvait encore extrêmement séduisante, en dépit de sa taille déformée par la grossesse.

Après l'amour, ils restèrent allongés quelques instants. Victoire, roulée en boule, Jean-Baptiste, étendu derrière elle, se laissait caresser le dos avec délice. C'était un moment d'intimité qu'elle ne partageait qu'avec lui et qu'elle n'aurait cédé pour rien au monde.

Dans les chambres voisines, on s'agitait dans les lits. Victoire reconnut les cris d'Éloïse, toujours un peu trop forts, ainsi que les paroles indistinctes de Fatima et d'un client. Il y avait des gémissements, le bruit d'une commode qu'on tape contre un mur à intervalles réguliers, les craquements du plancher ou des lits sous le poids des corps, bref, tout ce qui faisait du *Magnolia* un bordel. Et dans le couloir, les talons de Madame Angèle, reconnaissables entre mille pour toutes les pensionnaires de l'établissement. La tenancière effectuait sa ronde.

En l'entendant arriver, alors qu'elle était confortablement lovée contre Jean-Baptiste, Victoire se prit à espérer que sa patronne ne la forcerait pas à quitter la chambre, comme c'était le cas lorsqu'on s'attardait trop. Mais non, les talons s'éloignèrent et la patronne disparut dans l'escalier.

Victoire s'apaisa, s'endormit presque, bercée par le souffle régulier de Jean-Baptiste. Elle sentait le bébé bouger doucement dans son ventre tandis que les tensions de son dos se dénouaient. Avec le poids de son ventre et le déséquilibre que cela lui créait, le bas de son dos la faisait presque constamment souffrir, sauf lorsqu'elle était couchée, de sorte qu'elle profitait des moindres occasions pour dérober quelques minutes de soulagement.

La trêve fut de courte durée. Ils furent de nouveau tirés de leurs rêveries par le bruit de deux voix, dans le couloir — probablement les nouveaux que Victoire avait accueillis un peu plus tôt et qui sortaient au même moment de leurs chambres respectives.

— Alors ? Qu'en avez-vous pensé ? demanda le premier.

— On m'a dit beaucoup de bien de cette maison, fit le second, mais un bordel demeure un bordel. Le meilleur moment reste encore quand on monte l'escalier derrière la fille.

— Quoi ? Pour la reluquer ? Tant qu'à faire, je préfère encore attendre d'être seul avec elle ! ajouta l'autre avec un rire.

— Non, pas simplement pour la reluquer, mais pour imaginer tout ce qu'on va lui faire. Les filles sont belles, ici, mais finalement on en revient toujours à ça : une fois consommées, elles n'ont plus aucun intérêt. Alors, disons que je préfère monter l'escalier plutôt que de le redescendre une fois que tout est terminé…

Les pas s'estompèrent à leur tour et la conversation se perdit. Dans la chambre, Victoire, qui n'avait pas bougé, entendit Jean-Baptiste pousser un soupir. Lui aussi avait tout suivi.

— Ces idiots n'ont pas compris que le meilleur moment, c'est quand on s'attarde au lit, chuchota-t-il en déposant un baiser sur la nuque de Victoire.

Celle-ci eut un frisson délicieux.

— Tout le monde n'a pas ta délicatesse, mon chéri, lui répondit-elle avec un petit sourire narquois.

— Tu en as souvent, des rustres comme ceux-là ?

— Oui. La majorité des hommes pensent comme eux. Ils ne sont pas méchants, simplement ils viennent pour se défouler. Et nous, nous sommes là pour travailler.

— Alors… Avec moi aussi, c'est simplement du travail ?

Victoire soupira. Ce n'était jamais facile de briser le mythe de la prostituée qui se donne par amour, d'autant qu'elle avait réellement des relations privilégiées avec certains de ses clients et une sincère affection pour Jean-Baptiste. La plupart des hommes posaient cette question sans être dupes, ils savaient très bien que la fille leur inventerait un doux mensonge, auquel il leur serait agréable de croire, ou bien une vérité édulcorée, mais il y avait dans la voix de Jean-Baptiste une lueur d'espoir qu'il ne fallait pas entretenir.

Elle devait garder ses distances avec lui, pour son propre bien, comme elle le faisait avec tous les autres. Déjà peu sociable et facilement influençable, il valait mieux pour Jean-Baptiste ne pas s'imaginer vivre une grande histoire d'amour avec une putain.

Mais si Victoire était lucide, elle avait par ailleurs cruellement besoin d'argent. Ce serait si confortable, pour elle, de laisser Jean-Baptiste dans ses illusions…

— Je ne sais pas, fit-elle. Tu es différent.

— Est-ce que ça t'arrive de penser à moi quand je ne suis pas là ?

— Tu me manques, quand tu n'es pas là, Jean-Baptiste.

Elle prit la main du jeune homme pour la serrer contre sa poitrine.

Celui-ci ne répondit pas, mais Victoire imagina sans peine le sourire ému qui devait fleurir sur ses lèvres. Elle touchait une corde sensible et elle le savait.

— Mais tu sais, ajouta-t-elle, il faut aussi que je travaille, comme toutes les autres. Alors, ces hommes-là — ces rustres, comme tu dis —, je suis bien obligée de m'en accommoder. La vie n'est pas facile, ici, tu sais… Et avec le bébé qui arrive, j'ai besoin d'argent…

— J'en ai, moi, de l'argent ! s'exclama aussitôt Jean-Baptiste en se dressant sur un coude. Tu n'as qu'à me le demander et je te donnerai tout ce dont tu as besoin !

Victoire sourit, se tourna vers lui et l'embrassa.

— Tu es un amour, chuchota-t-elle.

Lorsque Jean-Baptiste quitta la chambre, un peu plus tard, ce fut en déposant plusieurs billets dans une coupelle.

* * *

Pauvre garçon.

Je ne suis pas Clémence, moi. Ni Joséphine ni Éloïse. Elles, elles n'ont pas de scrupules à caresser leurs clients dans le sens du poil, à leur faire miroiter je ne sais quelle grande passion pour conserver leur fidélité. Et leur argent, avant tout, bien entendu.

Ninon aussi était très douée à ce jeu-là. Entre son livreur de bois et ses clients favoris, elle essayait de mettre le grappin sur le premier parti honorable qui se présentait, et elle se moquait bien de leur faire des accroires. Les faibles, elle les flairait à cent lieues et elle avait toujours une petite combine pour leur soutirer un peu plus de sous qu'ils ne lui devaient.

Quelque part, je les comprends, ces filles. C'est vrai que c'est tentant. Ils en ont, de l'argent, eux ! Et s'ils viennent chez nous, c'est bien pour le dépenser, alors pourquoi ne pas en profiter, après tout ?

Mais Jean-Baptiste… C'est différent. Il me donnerait la lune, si je la lui demandais. Et je l'aime bien. Est-ce qu'on peut exploiter sans remords les gens qui nous sont chers ?

* * *

Des remords, Victoire en avait. Elle n'était pas fière de profiter ainsi de la faiblesse de Jean-Baptiste, en particulier après l'avoir si souvent conseillé pour lui éviter de se faire plumer par ses « amis », dont les motivations à l'égard du jeune homme étaient douteuses. Jean-Baptiste, trop crédule, tenait pour parole d'évangile tout ce qu'on lui disait, et il lui arrivait souvent de prêter de l'argent ici ou là, sans que jamais il puisse en revoir la couleur. Voilà que Victoire, désormais, faisait partie de ces profiteurs.

Elle était prête à beaucoup de choses pour gagner de l'argent et faire vivre son enfant dans des conditions décentes, mais elle savait que certaines limites seraient difficiles à franchir. La manipulation sentimentale envers un jeune homme trop naïf en était une, car elle ne se sentait pas très à l'aise avec la situation. Visiblement, la vie de bordel ne l'avait pas encore rendue cynique au point de ne plus respecter les gens qu'elle aimait.

Par chance, elle put compter sur une aide aussi surprenante qu'inespérée.

Un soir, alors que Victoire, désœuvrée, se cherchait une fois de plus un client conciliant, elle s'approcha de Louis, le capitaine de marine. L'homme, vantard, tricheur aux cartes, l'agaçait au plus haut point, mais cela faisait un moment déjà qu'elle avait revu ses critères à la baisse. Elle ne pouvait plus se permettre de choisir ses clients.

Elle s'assit donc sur l'accoudoir du sofa où s'était installé le jeune homme, et elle se pencha vers lui en faisant pigeonner ses seins — un détail un peu superflu, car ils avaient déjà considérablement augmenté de volume. Ils bavardèrent un moment de choses et d'autres tandis que la jeune femme déployait ses charmes, puis elle lui proposa de monter.

— Ah, non merci! déclara aussitôt Louis d'une voix franche. Je préfère attendre que ton petit invité soit sorti!

Ignorant le battement de cœur qui lui avait manqué en entendant ces mots, Victoire fit semblant de le prendre à la légère.

— Ça peut être long, tu sais! fit-elle en riant. Et je ne garantis pas que mes seins seront aussi beaux à ce moment-là. Tu ferais mieux d'en profiter maintenant…

Mais Louis secoua la tête. Victoire dut essuyer un nouveau refus avec autant de bonne grâce que possible.

— Moi, je commence à avoir hâte qu'il sorte, cet enfant, ajouta Joseph en s'immisçant dans la conversation. Veux-tu un garçon ou une fille, ma belle?

— Ce n'est pas moi qui décide, répondit Victoire avec un sourire.

— Pourvu que ce soit une fille et qu'elle soit aussi belle que sa mère! s'exclama à son tour Gustave en prenant la main de la jeune femme pour y déposer un baiser.

— Je suis d'accord, reprit Louis. Et dans ce cas, je voudrais bien des deux!

Les hommes se mirent à rire.

— Comment ça? protesta sèchement Victoire en lançant une tape sur le bras du capitaine. Tu crois peut-être que je vais laisser ma fille, si c'en est une, devenir putain comme moi?

— Est-ce que ce n'est pas ce qui arrive, la plupart du temps? répondit Louis, goguenard.

— Mais non!

Cette fois, Victoire se mit en colère. Les hommes paraissaient trouver la chose toute naturelle et plutôt drôle, mais elle, en revanche, était scandalisée.

* * *

Rien de plus normal, à leurs yeux, que l'enfant d'une putain devienne putain à son tour. Comme si, maintenant que je suis entrée dans cette maison, j'avais engagé toute ma descendance avec moi!

Et en plus, ça les amuse!

Ah, ils peuvent bien jouer aux compagnons charmants, aux bons amis venus se détendre, aux amoureux qui nous poursuivent avec leurs soupirs et leurs regards lubriques... La limite est claire: je ne fais pas partie de leur monde. Il y a les gens «normaux», et puis il y a les putains, et chacun se reproduit de son côté. On se mélange pour le plaisir, mais il ne faudrait surtout pas que mon bébé soit l'un des leurs, ça leur poserait un inextricable cas de conscience.

Pourtant, est-ce que je n'étais pas une fille comme eux, avant? Savent-ils seulement que mon père est un luthier renommé, respecté, le plus connu de sa profession? Ils paieraient cher pour posséder un violon de mon père, et ils ne me regarderaient pas avec autant de condescendance si j'étais encore sa fille. Alors, pourquoi rire de mon enfant? De leur enfant? Car ils oublient un peu vite qu'au fond, c'est leur enfant à tous!

Mon bébé naîtra dans un bordel, c'est un fait. C'est la situation dans laquelle je me suis mise toute seule et je l'assumerai jusqu'au bout. Mais jamais il ne connaîtra ce que moi je connais. Si c'est une fille, elle n'ira pas se donner chaque soir en échange de piécettes de bronze. Si c'est un garçon, il n'ira pas courir les rues et vivre de petits larcins, comme ils voudraient bien le croire. Ils auront un foyer confortable et aimant, ils auront une bonne éducation, et ils feront leur chemin dans la vie comme ils l'entendront, sans jamais avoir besoin de s'abaisser à ce que je fais. Jamais ils n'iront quémander de l'argent ou voler du pain pour manger!

On ne me fera pas croire que mon enfant sera condamné à une vie de misère par ma faute, parce que je l'aurais accouché dans une maison comme celle-ci. Je refuse d'y penser; qu'ils ne s'avisent pas, ceux-là, les hommes, les clients, de plaisanter à ce sujet!

* * *

Alors que Victoire continuait de s'énerver et haussait soudain le ton à l'encontre des hommes qui l'entouraient — et qui, visiblement, s'amusaient bien plus de la voir en colère que des propos qu'ils tenaient —, la jeune femme reçut un soutien inattendu.

— Victoire a raison, messieurs, s'interposa le juge Édouard. Elle rêve d'un bel avenir pour son enfant et je la crois assez raisonnable pour faire ce qu'il faut afin de le lui offrir.

— Encouragez-la si vous le voulez, mon ami, remarqua Charles avec un air sceptique, il n'empêche que la situation est ce qu'elle est. Cet enfant aura peut-être bien un toit et un minimum d'éducation, mais la tentation ne sera-t-elle pas plus grande de suivre le mauvais chemin, en comparaison d'un enfant né dans une maison convenable ?

— Comment ça ? s'insurgea Victoire, furibonde. Est-ce que je ne suis pas née, moi-même, dans une famille respectable ? Cela ne m'a pas préservée du fait que, pour gagner ma vie, j'ai été obligée de venir travailler ici ! Pourquoi l'inverse serait-il vrai ?

Madame Angèle, qui surveillait la conversation animée depuis l'autre bout du salon, foudroya sa pensionnaire du regard. Comme piquée au vif, elle se précipita vers le groupe, prête à faire diversion.

En s'aventurant sur ce terrain-là, Victoire frôlait en effet l'incident diplomatique. La vie privée des filles ne regardait en rien les clients, elles avaient ordre de ne jamais dévoiler qui elles étaient ou de quel milieu elles venaient. Non seulement il ne fallait pas ennuyer les hommes de détails sordides en leur racontant les malheurs qui avaient poussé les filles à se prostituer, mais en plus il ne fallait pas qu'ils s'imaginent en train de coucher avec une demoiselle qui pouvait tout aussi bien être la nièce d'un de leurs partenaires d'affaires ou bien la fille d'un voisin. Les clients du *Magnolia* payaient cher pour une soirée de plaisirs en compagnie de filles propres, éduquées, délurées, belles comme des images, mais capables de conversations intéressantes, et ils ne voulaient surtout pas entendre parler de ce qui se passait le reste du temps, une fois la fête terminée.

La tenancière, sur le point d'interrompre la discussion, se fit devancer par le juge qui rétorqua, en prenant la défense de Victoire :

— Elle a raison. Il n'y a pas de raison pour qu'un enfant bien élevé, qui ne manque de rien, devienne un jour une mauvaise graine. Notre chère amie sera, à n'en pas douter, une excellente mère, ses propos nous le prouvent. Et d'ailleurs, je ne peux que l'en féliciter ! Notre pays a grand besoin de mères courageuses comme elle, prêtes à faire des enfants sains et forts, qui pourront ensuite servir la nation. Nous ne pouvons pas nous permettre de mépriser ces petits, sous prétexte qu'ils sont nés de nos belles putains…

Face à ses compagnons, un peu ébranlés, le juge se lança dans un long débat où il louangeait Victoire et, à travers elle, toutes les prostituées de la ville qui, une fois mères, travaillaient avec un dévouement et une abnégation remarquables afin que leurs enfants ne suivent pas la même voie.

— Voyez-vous, ces mères connaissent bien les difficultés de la vie et elles font tout pour en préserver leurs enfants. N'est-ce pas là la plus belle noblesse de cœur que l'on puisse reconnaître chez une femme ? J'en ai vu passer, au tribunal, de ces pauvres filles abîmées, dont le regard s'illuminait dès qu'on leur parlait de leurs enfants. Elles les faisaient élever en nourrice, au bon air de la campagne, s'assuraient qu'ils étaient toujours bien mis, mangeaient à leur faim et allaient à l'école. N'est-ce pas là la rédemption idéale pour nos belles filles ? Nous avons besoin d'elles pour nous faire des enfants solides, sains, résistants, qui feront prospérer le pays. Avec tous ces Anglais qui nous envahissent, nous n'aurons jamais assez de ventres pour mettre au monde de bons Canadiens français !

Les hommes, autour de lui, furent bien forcés d'acquiescer, autant parce qu'ils se laissaient convaincre que par simple respect envers le juge. Comme les autres, Louis ravala son air insolent et, haussant les épaules pour montrer qu'il abandonnait le débat, il retourna à sa partie de cartes.

Édouard, lui, continuait ses déclarations, suivies par quelques autres.

– J'ai bien plus confiance en une Victoire comme la nôtre pour élever son enfant avec tous les soins dont il aura besoin, plutôt qu'à une de ces pauvres filles perdues qui se retrouvent avec un enfant sans père. Celles-là ne cherchent qu'à se trouver un homme qui voudra bien d'elles malgré leur faute, et cette course effrénée au mari se fait souvent au détriment de l'enfant. S'il gêne leurs projets, elles s'en débarrasseront. Et quand bien même elles le garderaient, elles le négligent plus facilement…

Pour sa part, Victoire, à la fois surprise par l'enthousiasme d'Édouard à son égard et abasourdie par les énormités qu'il proférait, ne dit plus rien. Soutenue par le juge, qui l'avait fait asseoir à ses côtés, elle acheva de se calmer en vidant presque d'un trait le verre de champagne qu'il lui versa. Elle fut bien tentée de participer une fois de plus au débat, mais elle croisa au passage le regard de sa patronne, Madame Angèle, et elle comprit qu'elle n'échapperait pas à une amende pour les propos qu'elle avait tenus un peu plus tôt. Tant pis. Elle ne regrettait pas d'avoir défendu son point de vue, mais mieux valait ne pas en rajouter, d'autant que le juge avait fait la morale aux autres clients et que ce soutien pourrait bien aider la jeune femme à passer le reste de sa grossesse dans de meilleures conditions.

Malgré cela, le reste de la soirée fut difficile. Victoire songeait sans arrêt aux échanges qui avaient eu lieu, et, blessée par le regard que portaient les hommes sur elle, elle n'avait plus l'humeur à la fête. Même Édouard, qui joignit le geste à la parole en montant avec elle et en lui laissant un généreux pourboire, l'avait échaudée.

* * *

Ils ne se rendent vraiment pas compte de la portée de leurs paroles. Ce soir, aucun d'entre eux ne valait mieux que mon père. Ils m'adorent pour un soir, quand je suis disponible, quand je suis la belle fille qu'ils peuvent chevaucher à tout moment, mais ils me méprisent dès qu'il s'agit de juger de ce que je fais de ma vie.

Quant à Édouard, ses intentions sont nobles, mais lui aussi a un regard limité sur les choses. Son beau discours patriotique, il peut le garder… Il voit la vie à travers le prisme de son petit monde, fait de lois et de règles établies pour le bien de la communauté, et il ne s'attarde pas à tout ce qui ne cadre pas dans son joli portrait. C'est bien beau, cette vision de mère parfaite, entièrement dévouée à ses enfants, mais c'est complètement faux. Dans quel monde vit-il? Et que dirait-il s'il apprenait que j'ai déjà laissé un bébé entre les bras d'une religieuse? Est-ce qu'il me louangerait toujours autant?

Ce soir, ils étaient presque aussi méprisants que les ouvriers de l'usine, quand ils me voyaient enceinte et sans mari. Qu'est-ce qui est le mieux, alors, quand on se retrouve seule avec un enfant? Être une fille honnête? Ou une putain? À entendre Édouard, il a plus de respect pour les putains que pour les filles-mères… Mais, et moi, alors? Moi qui suis les deux en même temps?

* * *

Malgré les griefs de Victoire, qui rumina pendant un bon moment le fait de vivre dans un monde où la femme était frappée du sceau de l'infamie ou de la rédemption avec autant de facilité, l'intervention du juge fut une bénédiction.

Simon-Pierre, encore un peu penaud d'avoir été surpris en compagnie de Joséphine, revint auprès de Victoire pour faire amende honorable.

— Est-ce que tu veux monter ? lui proposa-t-il.

Dans la chambre, il s'excusa.

— Tu comprends, je n'ai jamais couché avec une fille enceinte. Ça se voit tellement, maintenant, que ça me fait un drôle d'effet, il ne faut pas m'en vouloir.

Pourtant, il ne lui fallut que quelques instants pour reprendre ses esprits… et ses habitudes. Et comme pour se faire pardonner son incartade, il laissa un pourboire généreux. Victoire dut lui sortir alors le même discours qu'à Laurent et Jean-Baptiste.

— Tu sais, lui dit-elle doucement, si tu veux m'aider, je préférerais que tu me payes avec d'autres jetons…

Le stratagème pour donner à sa patronne l'illusion qu'elle recommençait à faire autant de clients qu'avant fonctionnait plutôt bien. Avec la protection dont elle bénéficiait désormais de la part du juge Édouard, qui encourageait ses compagnons à payer généreusement Victoire pour prendre soin de l'enfant à venir, la tenancière ne pouvait pas s'étonner que les recettes de Victoire, un temps à la baisse, reprennent de plus belle.

Simon-Pierre ajouta donc deux jetons supplémentaires et ne fit pas d'histoires. Les autres clients à qui elle demanda la même chose non plus. Ainsi, Victoire put conserver l'illusion qu'elle avait pleinement retrouvé son statut de favorite.

Ses clients fidèles, qui l'avaient boudée, revinrent peu à peu. Finalement, on s'habitua à voir la jeune femme pousser son gros ventre devant elle. Elle en fit même un jeu, s'amusant avec Fatima à y dessiner des motifs orientaux au henné, jouant de voiles et de corsages savamment dénoués pour le mettre en valeur à certaines occasions, le cacher à d'autres. Afin que son corps déformé ne soit pas un frein pour les hommes qui la croisaient dans les salons, elle faisait tout pour mettre en valeur sa poitrine — qui grossissait presque autant que son ventre — et ses autres atouts. Elle prenait garde à ne jamais avoir les yeux cernés, à être toujours enjouée, motivée pour se lancer dans des récitals improvisés, des jeux ou des parties de cartes. À aucun moment elle ne devait ressembler à ces femmes épuisées par leur grossesse et alanguies toute la journée sur des sofas en se plaignant de douleurs et de maux en tous genres. Ces petites plaintes, Victoire les réservait pour la journée seulement. Le soir, elle était flamboyante.

Sa popularité regrimpa tranquillement. Elle avait toujours moins de clients qu'auparavant, mais ils lui faisaient bon accueil dans les salons, de sorte que sa réputation était préservée. Aussi longtemps que ses amants fidèles la payaient un peu plus cher et compensaient les pertes, la jeune femme s'en tirait.

En outre, elle bénéficiait toujours de la protection du juge Édouard. Chaque fois qu'il le pouvait, ce dernier y allait de son petit discours moralisateur sur le courage des putains qui élèvent leurs enfants — ou, plutôt, qui payent de leur corps pour les faire éduquer par d'autres, de saines nourrices ou d'irréprochables religieuses. Dans sa bouche, Victoire était une sainte, une vraie pieuse qui avait préféré donner la vie à un solide gaillard — car, il en était convaincu, c'était un garçon — plutôt que de résoudre la question par un passage chez la faiseuse d'anges.

Lorsqu'elle l'écoutait parler, la jeune femme se retenait parfois de lever les yeux au ciel. Le juge n'avait rien compris. Elle voulait seulement garder son enfant, et cela n'avait rien à voir avec ce discours teinté de patriotisme et de piété qui l'agaçait. Elle ne faisait qu'obéir à un instinct primaire, et peut-être aussi un peu à la culpabilité d'avoir abandonné l'enfant de Germain sur les marches d'un couvent. Tout le reste relevait, selon elle, du ridicule ou de la mauvaise foi.

Quoi qu'il en soit, le juge était une excellente carte à conserver dans son jeu, car non seulement il avait une influence notable sur ses compagnons, mais il était aussi une voix favorable pour la jeune femme auprès de sa patronne, dont il était un ami proche. Tout cela fit que Victoire était on ne peut plus disposée à faire d'Édouard un client régulier, ce qu'elle réussit à faire sans trop de mal. Chaque fois que celui-ci se présentait, elle se montrait aimable, attirante, disponible pour lui ; comme il tenait à donner l'exemple et à exécuter ce qu'il recommandait aux autres hommes, il montait systématiquement avec elle, lui laissant de généreux pourboires.

— Il t'aime bien, le juge, on dirait !

— Est-ce que je rêve ou bien il est encore monté avec toi, hier ? Ça fait un moment que je ne l'ai pas eu, moi…

Avec le soutien d'Édouard et celui de ses clients inconditionnels, les choses s'amélioraient pour la jeune femme. Le comportement des gens changeait à son égard. Laurent en personne commença même à se montrer curieux envers l'enfant qu'elle portait. Il n'était pas le genre d'homme à lui caresser le ventre familièrement en la taquinant sur le bébé qui s'y trouvait — comme le faisaient parfois Charles ou Gustave —, mais il posait des questions et s'intéressait à la façon dont la jeune femme supportait sa condition.

— Tu as encore grossi, depuis la dernière fois. Tu changes à vue d'œil, maintenant, remarqua-t-il un soir, amusé.

— Tu exagères peut-être un peu, non ? Les filles disent que je ne suis pas si grosse…

— Oh que si ! Regarde-toi ! Tu as même du mal à te lever du lit, maintenant !

Victoire ne savait jamais si, dans la bouche de Laurent, c'était une taquinerie ou un véritable reproche, et elle se contenta de hausser les épaules.

— C'est la raison pour laquelle tu ne m'invites plus chez toi ? attaqua-t-elle.

Contre toute attente, le jeune homme ne chercha même pas à nier poliment.

– Je ne tiens pas à ce qu'ils apprennent que tu es enceinte, répondit-il en toute simplicité. Ils se demanderaient forcément qui est le père et cela créerait un malaise dont je ne veux pas. Il n'est pas question non plus qu'ils se demandent pourquoi je continue à te fréquenter, ou bien si cet enfant est de moi et si je compte l'entretenir. Ce sont mes affaires, ça ne les regarde pas. Tu pourras revenir quand ton petit sera né, mais pas avant, ma jolie, je regrette.

Victoire en resta comme deux ronds de flan. C'était la première fois que Laurent dévoilait son point de vue par rapport à cette grossesse.

– Tu penses vraiment qu'ils pourraient te croire le père de cet enfant ? répéta-t-elle, stupéfaite.

Il se tourna alors vers elle en fronçant les sourcils.

– Oui, c'est possible. Qu'est-ce que ça a de si surprenant ? répondit-il sèchement. Ça pourrait très bien être le cas, il me semble, non ? Et ne me parle pas de cette histoire d'amoureux, je n'y crois pas une seule seconde…

Déstabilisée, et voyant Laurent plus sensible que d'ordinaire, la jeune femme préféra éluder le sujet.

Elle ne savait pas ce qui la mettait le plus mal à l'aise : d'imaginer que Laurent puisse être le père de son enfant, ou bien que celui-ci s'en persuade pour de bon.

* * *

Durant tout ce temps, Émile et Victoire continuèrent de s'écrire.

On voyait souvent la jeune femme s'isoler dans un coin de la maison, avec le joli papier teinté qu'elle achetait à Madame Grenon, pour rédiger de longues lettres qu'elle glissait ensuite dans le tablier de Dorine ou d'Anne avec mission de les déposer à la poste. C'était pour elle des moments précieux où elle pouvait prendre son temps pour expliquer, par écrit, à mots choisis, à quel point Émile lui manquait. Les semaines étaient devenues des mois depuis la dernière fois qu'il l'avait serrée dans ses bras, et elle trouvait le temps long.

Émile lui répondait en des termes similaires. Il lui parlait aussi de quelques projets sur lesquels il travaillait, des visites occasionnelles de Laurent dans son atelier et de tout ce qu'il prévoyait faire avec Victoire dès que celle-ci serait de nouveau disponible.

Puis, incapables de se passer l'un de l'autre, ils finirent par se revoir : Émile, le seul à être libre de ses mouvements, prit l'habitude de rendre visite à Victoire au *Magnolia* durant la journée.

Au début, le jeune peintre se présenta à la porte d'entrée principale, où il fut accueilli par Anne, qui, conformément aux ordres de sa patronne, lui enjoignit de faire le tour et de passer par la cour arrière, car l'entrée principale était réservée aux clients. Émile s'excusa alors d'un sourire irrésistible et fit docilement le tour du bâtiment.

Or, la semaine suivante, et toutes celles qui suivirent, il revint de nouveau frapper à la grande porte. Au début, Anne s'agaça qu'il soit à ce point sourd aux instructions qu'elle lui donnait, mais comme ce petit manège perdurait, elle finit par comprendre que le jeune homme se moquait gentiment d'elle. La petite bonne eut beau s'énerver, menacer de ne plus lui répondre s'il s'obstinait à se présenter comme un client, Émile s'amusait de plus en plus. Le plus drôle fut sans doute le jour où il tendit à une Anne médusée un ravissant bouquet de fleurs pour se faire pardonner ce qu'il appelait son « étourderie d'artiste ». On ignora toujours où il était parvenu à trouver des fleurs fraîches en plein hiver. Quant à la petite bonne, désarmée, elle ne savait plus comment se comporter face à un tel énergumène, aussi charmant qu'exaspérant.

À Victoire, qui lui demandait si c'était pour taquiner Anne qu'il s'entêtait à désobéir aux instructions, Émile répondit avec un sourire :

— Ne suis-je pas aussi honnête et respectable que tous ceux qui franchissent cette porte, le soir ? La seule différence entre eux et moi, c'est la quantité de billets dont je dispose dans mon porte-feuille, rien d'autre. Alors pourquoi devrais-je accepter qu'on me traite comme un domestique ?

Ces visites avaient quelque chose d'à la fois doux et un peu pathétique. Victoire était habituée à voir évoluer Émile dans son atelier ou parmi les amis de Laurent, et elle connaissait de lui son tempérament vif, enthousiaste et bon enfant. Mais dans la cour arrière du *Magnolia*, c'était autre chose. Il était calme, presque sombre. Après les longues missives qu'ils s'étaient échangées, ils essayaient tous deux de se comporter en amoureux, mais le charme des journées passées dans le grenier du peintre avait disparu, et leurs gestes, tout comme leurs paroles, sonnaient un peu faux.

L'hiver était tombé sur la ville et avait apporté avec lui des quantités de neige que Dorine pelletait courageusement après chaque averse, pour se frayer un chemin jusqu'à la cuisine. Le vieux banc tout branlant était enfoui sous une couche blanche de plus en plus épaisse, de sorte que Victoire et Émile n'avaient nulle part où s'asseoir. Comme on n'acceptait pas les invités dans la maison, ils étaient bien forcés de rester dehors, debout dans le froid. Tout cela n'avait rien de très romantique.

— Je passais dans le quartier…

— J'ai retrouvé ce livre dont je t'avais parlé. Alors, je suis venu te l'apporter…

— Ça fait beaucoup trop longtemps que je ne t'ai pas vue ! Il fallait que je vienne…

Émile ne donnait pas de rendez-vous. Il se présentait toujours spontanément, à un moment où elle ne l'attendait pas. Il ne restait pas non plus très longtemps, car le froid avait souvent raison de la patience des deux jeunes gens. Ils ne faisaient guère plus qu'échanger quelques baisers, quelques caresses réconfortantes et se raconter leurs journées.

Ils n'élaboraient pas de projets. Émile se contentait de répéter qu'il ferait de nouveau poser la jeune femme dès le printemps, qu'il avait beaucoup d'idées, qu'il était impatient. Mais il ne parlait jamais de « après la naissance du bébé ». À vrai dire, il n'évoquait jamais l'enfant lors de leurs entretiens, et leurs embrassades avaient ceci de particulier : Émile semblait faire totalement abstraction du ventre encombrant de Victoire lorsqu'il la serrait contre lui.

La jeune femme ne savait quoi en penser et cela la frustrait terriblement. Lorsqu'elle discutait de ses projets à elle, concernant son enfant et la vie qu'elle espérait pour lui, Émile l'écoutait sans rien dire, mais saisissait la première occasion pour faire dévier la conversation vers un autre sujet. Alors, Victoire, au bout du compte, se mit à en parler de moins en moins, elle aussi.

Lorsque Émile la quittait, elle restait toujours avec une désagréable amertume dans la gorge.

Chapitre 4

La fin de la grossesse de Victoire fut particulièrement pénible.

Dans la journée, la jeune femme faisait des siestes, s'allongeait sur son lit ou s'étendait sur les sofas de la maison pour soulager ses jambes lourdes — qui enflaient rapidement lorsqu'elle restait debout — ainsi que son dos, malmené par tout ce poids excédentaire.

Les filles la taquinaient souvent sur la taille et la forme de ce ventre qui pointait vers l'avant.

— Tu le portes en avant. C'est un garçon, tu verras! affirmait Fatima.

Plus que jamais, Victoire se délecta de pouvoir dormir seule. Le soir, après ses nuits de travail, elle s'effondrait sur son matelas, se roulait en boule en repliant ses genoux autour de son ventre, et elle s'endormait là, sans bouger, épuisée.

Les autres pensionnaires s'impliquaient de plus en plus dans l'arrivée de ce bébé. Il était un sujet idéal pour lancer des tricots et des travaux de couture, et Victoire s'était déjà fait offrir de nombreux langes, des robes et des brassières dans lesquels elle pourrait l'emmailloter.

Elle reconnaissait certaines de ces douleurs, qui lui rappelaient, comme un rêve, des souvenirs de sa première grossesse. Elle avait l'impression que tout cela appartenait à une ancienne vie, et cela la surprenait toujours de voir surgir dans sa mémoire des souvenirs de ses après-midi interminables dans les ateliers de Goudreau, du tramway où elle restait souvent debout et de la main caressante de Madeline sur son ventre. Elle se rappelait les escaliers de sa pension qui la fatiguaient avant même qu'elle ait posé le pied sur la première marche, les seins douloureux, le dos, l'inconfort de tous les gestes du quotidien qu'il fallait effectuer en traînant un ventre lourd et encombrant.

L'enfant bougeait différemment selon les moments de la journée. Malheureusement, le soir, il était souvent bien réveillé alors qu'elle se trouvait avec ses clients, et elle détestait ça. Elle se sentait presque épiée ; elle devait même faire un effort conscient pour ne pas se laisser distraire par cette présence permanente.

À cela s'ajoutaient des contractions qui se déclenchaient sans qu'elle sache bien pourquoi et qui lui compliquaient sérieusement les choses.

— Qu'est-ce que tu as ? demanda Toinette, lorsqu'elle vit son amie redescendre l'escalier, un soir, en grimaçant.

— Rien, répondit cette dernière. Seulement de nouvelles crampes. C'est parce que j'étais avec Albert. Il y a été un peu fort, ce soir...

Toinette s'alarma.

— Ce n'est pas la première fois que ça t'arrive, on dirait !

— Non, c'est vrai. Hier, avec le nouveau — tu sais, celui avec la barbe un peu rousse — c'était la même chose, mais les douleurs se sont vite calmées. Ça va passer, ne t'en fais pas.

— Tu devrais faire attention, ma belle, fit Toinette en fronçant les sourcils. Tu étais dans quelle position ?

Un peu surprise par la question, Victoire répondit tout de même :

— À quatre pattes, lui derrière.

— Je vois...

Elle réfléchit encore, puis tira Victoire par le bras pour l'emmener dans un coin du couloir, derrière une tenture, où elles seraient plus tranquilles.

— Ça m'a fait la même chose quand j'étais enceinte de Suzanne, expliqua-t-elle. Si les hommes te provoquent des contractions, alors tu dois absolument changer de position, te débrouiller autrement. Il paraît qu'on peut accoucher avant l'heure si le monsieur est trop vigoureux.

— Tu crois? s'étonna Victoire, un peu alarmée par le ton catégorique de son amie.

— Oui. De toute façon, les contractions, ça n'est jamais bon signe, en tout cas pas avant le jour de la naissance... Fais attention!

Ce n'était pas chose facile. Outre le fait que les clients, emportés par leur désir, ne laissaient pas toujours une grande marge de manœuvre à la fille qui les accompagnait, pour Victoire, la position à quatre pattes était souvent la plus facile à gérer à cause de son gros ventre.

Dans les jours qui suivirent, inquiète et cherchant à résoudre ce qui était désormais un problème pour le bien-être de son bébé, Victoire alla jusqu'à remettre ses petites éponges — sans vinaigre, cette fois — dans l'espoir d'absorber les chocs que lui imposaient les clients et qui étaient à l'origine des contractions.

Ce fut pour elle un souci supplémentaire, de ceux auxquels Madame Angèle, malgré toutes ses mises en garde, ne l'avait pas préparée. Elle devait serrer les dents : elle avait voulu cette grossesse, il lui fallait maintenant en subir les conséquences sans se plaindre.

* * *

Accroche-toi, ma fille. Ce n'est qu'une mauvaise période à passer. Ce bébé finira bien par sortir, de toute façon, alors ce n'est qu'une question de patience...

* * *

Cela faisait plusieurs jours que Victoire avait des contractions. Elles se déclenchaient sans prévenir, souvent en fin de journée, ou au beau milieu de la soirée, ce qui rendait toujours plus délicats ses rapports avec ses clients. Cela pouvait durer une heure ou deux ; chaque fois, Victoire se demandait si c'était là le début de son accouchement, mais les douleurs finissaient toujours par s'estomper, la laissant dans l'incertitude. Entre les estimations pour le moins évasives du docteur Hémon et les commentaires de ses amies qui trouvaient que son ventre n'était pas très gros et qu'elle en avait sans doute encore pour quelques semaines, Victoire était incapable de prédire la naissance de son enfant.

Le moment tant attendu finit pourtant par arriver.

Elle avait eu mal au dos une partie de l'après-midi, mais c'est le soir que les choses s'accélérèrent. Alors qu'elle se trouvait à califourchon sur Arthur, une violente crampe la prit par surprise et la fit se plier en deux. L'homme s'inquiéta bien un peu pour elle, mais la jeune femme reprit son souffle, lui fit signe que tout allait bien et elle continua sa besogne tant bien que mal.

Ce fut ensuite au tour de Charles et d'un certain Louis-René, que Victoire rencontrait pour la première fois. Les crampes ne passaient pas.

Pour soulager son dos, qui la faisait toujours autant souffrir, elle descendit au salon et se pelotonna sur un des sofas en faisant mine de participer à un jeu de charades que Joséphine et Fatima avaient entrepris. À demi étendue, genoux relevés plus haut que ses épaules, elle endurait la douleur en serrant les dents.

Le répit fut de courte durée, car Joseph lui demanda bientôt si elle voulait monter et elle dut s'exécuter.

— Je suis un peu fatiguée ce soir, déclara-t-elle à son client. Est-ce qu'on peut faire ça couchés ?

Accommodant, Joseph acquiesça et il prit Victoire dans le lit, couchée sur le côté. À défaut de pouvoir monter s'étendre dans son lit et se reposer pour de bon, c'était au moins une position bien plus confortable pour la jeune femme.

Après l'amour, ils restèrent étendus un long moment, collés l'un contre l'autre. Joseph était bavard, il aimait bien raconter sa journée ; Victoire le laissait parler tout seul, faisant à peine mine de l'écouter, trop heureuse de voler encore quelques minutes, allongée dans un lit. Joseph essaya bien de la caresser un peu, mais elle le repoussa d'un geste agacé. Son ventre était si dur et si douloureux que même elle ne pouvait pas y toucher. Les crampes lui arrachaient des grimaces, qu'elle cachait dans l'oreiller.

Ce fut Madame Angèle qui les rappela à l'ordre. Jugeant qu'ils étaient trop longs, elle finit par donner quelques coups dans la vitre du miroir sans tain, pour faire sortir les deux amants et libérer la chambre.

En haut de l'escalier, ces derniers croisèrent Léontine, qui s'était assise sur une marche, hors de vue de la tenancière, le temps de fumer une cigarette en toute tranquillité tout en sirotant une bouteille de vin à même le goulot. Joseph lança aux deux filles une ultime plaisanterie, puis il redescendit demander son manteau.

— Ça va ? fit Léontine.

— J'ai encore mal au ventre, répondit Victoire en grimaçant.

Dans le hall, la petite horloge se mit à sonner onze heures trente, et les deux filles soupirèrent dans un bel ensemble. Elles étaient déjà épuisées, mais il était encore tôt et elles savaient qu'elles ne pourraient pas aller se coucher avant un bon moment.

Laissant là son amie, elle se dirigea vers la salle de bain. Elle aussi avait bien besoin de quelques minutes de calme, avant de redescendre — encore — dans les salons pour se trouver un autre client. Elle ne rêvait que de son lit.

Debout devant un des lavabos de faïence, Victoire fit couler un peu d'eau et commença à se nettoyer. La tâche n'était pas facile, car son ventre prenait toute la place et la douleur ne lui laissait pas de répit. Soudain, alors qu'elle enfonçait ses doigts dans ses entrailles, elle sentit, tout au fond, une bosse inhabituelle. Son corps avait changé. Alors qu'elle tâtonnait du bout du doigt pour saisir ce qui se passait, elle sentit soudain un liquide chaud lui couler le long de la main. À cet instant, elle se rappela la scène dans l'atelier de Monsieur Goudreau, où elle s'était retrouvée, stupéfaite, au milieu d'une petite flaque, et elle comprit : cette fois, le travail était amorcé.

Pour ne pas céder à l'affolement, elle se força à prendre une grande inspiration. Le bébé allait bientôt naître, mais elle avait encore un peu de temps devant elle pour s'organiser.

Elle attendit que le liquide finisse de suinter, s'essuya avec un linge et se dirigea vers la porte de la salle de bain, qu'elle entrouvrit pour passer la tête dans le couloir. Par chance, Léontine était toujours assise au même endroit, sa cigarette à la main.

— Appelle Madame Angèle, le bébé arrive !

— Mais, je croyais que… commença Léontine en ouvrant de grands yeux.

— Appelle Madame Angèle, je te dis ! coupa Victoire.

Cette fois, la fille dégringola les marches.

Quelques minutes plus tard, la tenancière entrait dans la salle de bain.

— Ramasse tes affaires, ordonna-t-elle en pointant les vêtements de tous les jours que les filles accrochaient au mur. Je te ramène dans ta chambre. Depuis combien de temps as-tu tes douleurs ?

— Ça a commencé il y a environ trois heures.

La tenancière prit un air soulagé.

— Tant mieux. Nous avons un peu de temps devant nous… Il y a encore des clients dans la maison, et je ne veux pas les ennuyer avec nos problèmes. Tu vas monter te mettre au lit et attendre que le travail avance.

— Allez-vous prévenir la sage-femme? demanda Victoire, soudain anxieuse.

— Je la ferai venir quand il sera temps. Maintenant, suis-moi et ne te fais pas remarquer. Je dirai aux hommes que tu es avec un client.

* * *

Alors que Victoire grimpait les dernières marches, elle entendit la porte du grenier se refermer derrière elle. Madame Angèle l'avait de nouveau verrouillée.

À tâtons, dans la pénombre, la jeune femme se dirigea vers son lit. Elle passa devant la chambre ouverte d'Olivia, dont c'était la soirée de repos et qui se retourna sur son matelas en l'entendant passer.

— Tu es déjà là? Les filles vont monter? fit-elle d'une voix un peu endormie.

Elle pensait visiblement qu'il était déjà l'heure pour le *Magnolia* de renvoyer chez eux les derniers clients attardés. Mais Victoire la détrompa.

— Non, il est trop tôt. Moi, j'arrête pour ce soir, je vais avoir mon bébé, répondit-elle en se laissant lourdement tomber sur son matelas, dans la pièce voisine.

— Oh, mon Dieu! s'exclama Olivia d'une voix étouffée.

Alors que Victoire s'enveloppait dans ses couvertures, ses genoux repliés autour de son ventre douloureux, la mulâtre quittait son lit pour venir la rejoindre.

— Tu as besoin d'aide? Qu'est-ce que je peux faire? demanda-t-elle.

— Pas grand-chose pour le moment, il faut attendre, hoqueta Victoire alors qu'un spasme lui coupait le souffle.

Néanmoins, la présence d'Olivia avait quelque chose de réconfortant. Même si la jeune métisse n'avait jamais été une amie très proche, Victoire était contente de l'avoir auprès d'elle. Pour une fois, elle ne mettrait pas son enfant au monde, seule et en proie à la panique, comme elle l'avait fait la première fois. Les femmes de la maison lui montraient leur soutien chaque jour ; à présent que la naissance approchait, elles resserraient encore plus les rangs.

* * *

Presque trois heures plus tard, alors que Victoire souffrait comme une damnée chaque fois qu'elle se tournait et se retournait dans son lit, trempée de sueur, le *Magnolia* ferma enfin ses portes. Dans l'escalier qui menait au grenier, les filles se précipitèrent.

— Alors, comment vas-tu, ma chérie ? demanda doucement Toinette en s'asseyant sur le lit, suivie de Fatima et de Joséphine, et des autres qui s'attroupaient à la porte.

— Où est la sage-femme ? Elle n'est pas avec toi ? s'étonna Éloïse.

Olivia qui s'était recroquevillée sous une couverture, dans un coin de la chambre, se redressa et répondit à la place de Victoire, dont le visage contracté indiquait l'arrivée d'une nouvelle vague de douleur.

— Personne n'est venu. Je lui ai donné un peu d'eau, mais c'est tout. Je ne savais pas quoi faire d'autre.

— Il n'y a pas grand-chose à faire tant que ce n'est pas le moment de la délivrance, soupira Toinette. Tu n'as jamais vu d'accouchement ?

Olivia secoua la tête.

— Moi non plus ! ajouta Adéline, les yeux agrandis par la curiosité.

Toinette soupira et leva les yeux au ciel.

— Ça n'a rien d'aussi excitant que tu sembles le penser, ma jolie, fit-elle à Adéline. C'est surtout long et douloureux.

— N'empêche, il est temps qu'il y ait enfin un bébé dans cette maison, ajouta Fatima avec un sourire.

— Un bébé vivant, tu veux dire ! corrigea Léontine, la bouche amère.

— Ah, franchement ! Ce n'est pas le moment de parler de ces choses-là ! la coupa Toinette.

Léontine haussa les épaules, insensible au reproche qu'on lui avait lancé.

— Bon courage, Victoire, lança-t-elle à l'adresse de la future maman. J'espère que ça ira vite et bien. Mais si ça ne vous fait rien, les filles, moi je vais dormir. On le saura bien assez tôt quand le bébé sera là.

Puis, elle s'éloigna, suivie de Marie-Louise et d'Olivia, qui en profita pour se dérober. Les autres restèrent au chevet de Victoire.

— Qu'est-ce qu'elle a voulu dire ? demanda ingénument Adéline.

— Que d'habitude, on voit plutôt passer des anges que des bébés, par ici, répondit Éloïse sur le même ton.

— Des anges ?

— Dis donc, est-ce que tu fais exprès d'être aussi naïve ? lâcha Joséphine, agacée.

— Non, se défendit Adéline. Je me pose des questions, c'est tout. Je croyais que c'était grâce aux éponges, qu'elles étaient peut-être si efficaces que personne ne tombait jamais enceinte.

— Alors, c'est bien ce que je pensais. Tu es une grande naïve… répondit Joséphine.

— Ou alors, tu es franchement idiote, renchérit Éloïse. La majorité des filles de maison y passent au moins une fois, parfois beaucoup plus…

— Dites, avez-vous fini de parler de ça ? coupa sèchement Fatima, excédée. Je vous rappelle que c'est pour aider Victoire et son bébé que nous sommes là !

Par chance, cette dernière, trop abrutie par la douleur et l'épuisement, n'avait pas suivi grand-chose de la conversation.

* * *

Madame Angèle tourna le petit bouton qui alimentait la lumière à la porte de sa maison et le gros globe rouge s'éteignit.

Il était un peu plus de quatre heures du matin, le jour n'était pas encore levé. Dans la rue, le pas d'un cheval s'éloignait. Les derniers clients avaient quitté les lieux et les trottoirs étaient déserts. Le *Magnolia* allait reprendre ses allures de maison cossue et paisible, au moins jusqu'au soir suivant.

La tenancière poussa un profond soupir. Pour elle, la nuit n'était pas terminée.

— Les lumières sont fermées? demanda-t-elle à Thelma, la bonne, qui s'affairait dans l'antichambre.

— Oui, Madame.

La bonne connaissait bien son métier et elle travaillait vite, motivée elle aussi par l'envie d'aller enfin se coucher. Alors que les filles, fourbues, montaient enfin au grenier, elle ramassait les bouteilles encore pleines et les restes de nourriture que Dorine pourrait resservir, éteignait les foyers, les bougies et les lampes électriques, et faisait une ronde dans chaque pièce pour vérifier qu'il ne restait personne — il arrivait qu'un client trop saoul s'endorme dans un coin et passe inaperçu. C'était à Anne que reviendrait la tâche, pendant la journée, de nettoyer les salons et les chambres de fond en comble.

— Avez-vous vérifié l'étage? ajouta la tenancière, par habitude.

— Tout est en ordre, répondit Thelma. Un de ces messieurs a oublié son chapeau, je l'ai mis dans l'armoire, comme d'habitude.

— C'est bien, merci. Allez donc dormir.

Thelma fit un signe de tête, mais alors qu'elle se dirigeait vers les appartements des domestiques, elle se retourna.

— Dites… La petite va avoir son bébé cette nuit, vous croyez ? demanda-t-elle.

— Je suppose que oui. Je vais aller voir.

Cette fois, la bonne fit une petite révérence, et s'éloigna. La tenancière, elle, jeta un regard en haut de l'escalier et soupira.

Il n'y avait pas eu d'accouchement au *Magnolia* depuis des années — même Toinette, qui était pourtant la plus ancienne des pensionnaires, n'avait jamais assisté à ça. Les grossesses n'étaient pas rares, mais Madame Angèle s'arrangeait toujours pour les faire disparaître au plus tôt. Les filles, généralement, ne faisaient pas de difficultés. Rares étaient celles qui persistaient à vouloir mettre leur enfant au monde, et on pouvait parfois les convaincre de l'abandonner au plus vite. Mais plus rares encore étaient celles qui entendaient assumer pleinement leur maternité.

Madame Angèle n'était pas une débutante. Depuis près de vingt ans qu'elle tenait son commerce, elle en avait vu passer, de ces entêtées. Mais elle savait qu'il était toujours délicat d'héberger un bébé sous son toit. En dehors des contraintes quotidiennes que cela demandait, cela avait une influence négative autant sur la mère de l'enfant que sur ses compagnes. La présence du nourrisson réveillait leur instinct maternel à toutes et, pour protéger l'intérêt du petit, elles n'hésitaient pas à enfreindre les règles de la maison. Sans compter qu'elles se mettaient à rêver d'une vie de famille, d'un foyer où elles élèveraient leurs propres enfants, et l'effet se propageait. Elles supportaient moins bien leur métier, ou bien se mettaient à faire pression sur certains de leurs clients pour qu'ils les sortent de là.

Soupirant toujours, la tenancière monta l'escalier.

* * *

En haut, on s'attroupait autour de Victoire sans trop savoir quoi faire.

— On ne va pas te laisser comme ça, déclara Joséphine. On reste avec toi.

— Tu veux un peu d'eau ? demanda Fatima.

— Allez chercher un linge, la pauvre est trempée de sueur… ajouta Toinette.

C'est alors que les talons de la tenancière résonnèrent sur le plancher du grenier.

— Eh bien, mesdemoiselles, qu'est-ce que vous faites toutes ici ? Vous n'êtes pas encore couchées ? s'exclama Madame Angèle.

— On est venues pour aider Victoire, répondit Joséphine.

— C'est gentil à vous, mais vous ne pouvez pas faire grand-chose pour elle, rétorqua la tenancière en fronçant les sourcils. Allons, dans vos chambres !

— Mais… On ne peut pas rester ? implora Fatima.

— Si vous y tenez. Mais, les autres, fichez le camp d'ici. Vous ne lui servirez à rien juste à la regarder comme une bête curieuse.

Joséphine, Fatima et Toinette ne bougèrent pas de leur place, mais les autres ne se firent pas trop prier pour retourner se coucher, Adéline en tête. Un accouchement avait beau être quelque chose d'extraordinaire dans leur quotidien, elles n'étaient pas toutes prêtes à lui sacrifier les précieuses heures de repos dont elles avaient besoin pour se remettre de leur soirée de travail.

— Bon, voyons voir où tu en es… marmonna Madame Angèle en s'asseyant sur le lit. Mets-toi sur le dos et remonte les genoux.

Victoire, qui, submergée par la souffrance quasi permanente, ne prêtait qu'une attention confuse à ce qui se déroulait autour d'elle, obéit par réflexe en entendant la voix autoritaire de sa patronne. Dans le brouhaha qui avait précédé, c'était un ordre clair.

Mais c'est en sentant les doigts de la tenancière qu'elle réalisa ce qui se passait. Aussitôt, elle se mit à remuer, cherchant à se dégager.

— Reste tranquille, ça ne va prendre qu'une seconde, lui chuchota Toinette, allongée près d'elle.

— Tu crois peut-être qu'avec une maison comme la mienne je ne sais pas encore assez comment sont faites les femmes ? Tu n'as pas grand-chose à cacher, tu sais, ironisa Madame Angèle.

Elle retira bientôt ses doigts et les essuya soigneusement sur le bord du drap.

— Tu n'es pas encore prête, conclut-elle. Je vais faire appeler la sage-femme, mais, à mon avis, l'enfant ne sera pas là avant encore quelques heures.

Ce à quoi Victoire répondit par une nouvelle grimace de douleur.

* * *

Qu'est-ce qui se passe ? Il me semble que ça n'a pas été aussi long, la première fois !

Mon Dieu, je n'en peux plus… Je veux qu'il sorte… Je veux qu'il sorte !

Sortez-le de moi !

* * *

La sage-femme se présenta à l'aurore. C'était une femme d'une cinquantaine d'années, solidement charpentée, aux cheveux gris fer. Elle avait de petits yeux plissés et des joues rebondies qui lui donnaient un air jovial, mais sa voix rauque trahissait plutôt celle qui est habituée à crier des ordres.

Elle se fit servir un café, puis deux, descendit quelques fois à la cuisine, et ne montra pas le moindre signe d'impatience. Elle attendait simplement que l'enfant se présente.

Victoire était épuisée. Auprès d'elle, ses amies somnolaient, l'une sur le lit, les deux autres sur une paillasse qu'elles avaient installée au sol. Leur présence était réconfortante, mais elle n'améliorait en rien la douleur qui irradiait constamment le ventre de Victoire, repoussant toujours plus loin les limites de ce qu'elle se croyait capable d'endurer.

— Eh bien, que fais-tu là ? lui lança la sage-femme en la trouvant accroupie dans le lit, les mains serrées sur les barreaux de fer et le dos arrondi.

— J'ai mal…

— Ça, je m'en doute, ma toute belle. On passe toutes par là. Est-ce que tu le sens descendre, au moins ?

Victoire hocha la tête. Lorsqu'elle s'étirait le dos en se tenant aux barreaux du lit, elle sentait le bébé descendre entre ses cuisses.

— Bon, alors commence à pousser doucement si tu en as envie. Il va bien finir par sortir, ce malheureux. Toi ! houspilla-t-elle en donnant un petit coup à Toinette, trouve-moi d'autres linges.

* * *

Le jour était levé lorsque Victoire, à genoux sur le lit, les genoux bien écartés et le dos arc-bouté, expulsa son enfant. Épuisée, les jambes tremblantes, elle se laissa retomber en arrière, soutenue par Toinette et Fatima, et ce fut la sage-femme qui posa le bébé sur son ventre.

— Allons ! Allons ! fit-elle en tapotant les fesses et le dos du nouveau-né.

D'abord, il n'y eut rien d'autre que quelques petits hoquets, puis le bébé étira maladroitement ses jambes, grimaça, ouvrit grand la bouche, et, enfin, poussa un véritable cri.

— Nous y voilà ! soupira la sage-femme avec un sourire. Un beau petit mâle en bonne santé !

Il était graisseux et visqueux, le dos couvert d'une sorte de beurre jaunâtre que Victoire se souvenait d'avoir vu lors de son premier accouchement. Il était tout bleu, presque violet, mais la jeune femme ne s'affola pas. Elle savait qu'il changerait de couleur dans les minutes qui allaient suivre, et elle se concentra plutôt à le tenir bien serré contre elle, pour qu'il ne lui glisse pas des bras.

Tandis que la sage-femme s'affairait à couper le cordon et à essuyer l'enfant, les filles s'extasiaient.

— Un petit garçon !

— Qu'il est beau !

Victoire, encore étourdie de constater que son enfant était là, le dévorait des yeux. Il avait sur la tête comme un petit casque de cheveux très noirs, encore englués par les substances dans lesquelles le bébé avait baigné des mois durant, et son corps bleu violacé portait des traces de sang et d'une sorte de beurre blanchâtre assez peu appétissant.

Recroquevillé, agitant maladroitement un bras ou une jambe, le bébé vagissait, son petit ventre secoué de spasmes à chaque inspiration. En réponse, sa mère le serra plus étroitement et tenta de l'apaiser par des caresses. Finalement, elle tira un drap pour l'envelopper et cela eut presque instantanément l'effet recherché : le nouveau-né cessa de pleurer.

— Oh, regarde ! Il ouvre les yeux !

Deux petits yeux noirs clignèrent, cherchant la lumière. Victoire, émerveillée, ne trouvait plus ses mots.

* * *

C'est mon bébé. C'est mon fils.
Il est à moi.

* * *

— Comment tu vas l'appeler ? Tu t'es décidée ? demanda Toinette.

— Félix, répondit Victoire.

Le prénom lui était venu tout naturellement à l'esprit à l'instant exact où Toinette avait posé la question.

– Ah, c'est joli, Félix…

* * *

Oui. Et surtout, ça ne signifie rien de particulier.

Il n'y a aucun Félix, ici. Je ne pourrai jamais penser à un client quand je parlerai de mon bébé. Je n'ai connu aucun Félix quand je travaillais à l'usine, et ce n'est pas non plus le prénom de mon père ni de mes frères. Je crois bien que j'ai un cousin qui se nomme comme ça, mais je ne l'ai jamais vu, alors ça ne compte pas.

Alors, mon fils s'appellera Félix. Parce que c'est un prénom qui n'appartiendra qu'à lui et qu'il sera libre d'en faire ce qu'il voudra.

* * *

Les jours qui suivirent immédiatement la naissance se déroulèrent pour Victoire dans une sorte de brouillard. Son corps, fatigué, lui pesait comme une masse qu'elle traînait avec peine d'une pièce à l'autre. Elle avait des saignements assez abondants, qui ne semblaient pas vouloir tarir, et ses seins douloureux supportaient difficilement les tétées qu'elle donnait à son fils. Elle dormait également très peu, ses nuits se transformaient en siestes de deux ou trois heures, interrompues aussi bien par les pleurs du bébé que par ses camarades, qui continuaient de vivre et de travailler à ses côtés.

Elle n'eut que très peu de temps pour se reposer. Bien avant qu'elle soit tout à fait remise, il lui fallut repasser par la salle de bain de l'étage pour s'habiller, ourler ses yeux de noir et se métamorphoser en gravure de mode dédiée au plaisir des clients. Cacher ses traits tirés et prendre le masque de celle qui retourne avec bonheur à la fête.

Pour camoufler son ventre relâché, mou comme une outre vide, elle recommença aussitôt à porter des corsets bien serrés, qu'elle ne dénouait pas de la soirée. Avec l'illusion d'une taille fine retrouvée et ses seins qui, à cause de la lactation, avaient doublé de volume, elle fit sensation auprès des hommes.

La majorité d'entre eux, la première fois qu'ils la revoyaient après ses quelques jours d'absence, s'enquéraient tout naturellement de sa santé. En revanche, la jeune femme s'étonna du fait qu'on ne lui demandait presque jamais comment se portait son bébé.

* * *

Ils veulent savoir si j'ai arrêté de saigner, et s'ils pourront de nouveau mettre leur sexe en moi. C'est tout ce qui les intéresse. La santé de mon enfant, ils s'en moquent. Ils ne demandent même pas s'il est vivant, si je l'ai gardé ou bien abandonné...

* * *

Seuls ses clients réguliers, ceux avec qui elle avait une vraie relation amicale ou affectueuse, s'informèrent du petit.

— C'est un garçon? Bravo! s'exclama Simon-Pierre, un soir qu'il était monté avec Victoire. Et tu crois qu'il est de moi? ajouta-t-il, l'air moqueur.

Son incartade avec Joséphine était oubliée. Simon-Pierre était de nouveau le client sympathique, l'ami en qui l'on pouvait avoir confiance, qui vous faisait l'amour en vous collant contre les joues la cire poisseuse de ses cheveux.

— Comment veux-tu que je le sache? répondit Victoire avec un petit rire.

– Oh, je ne sais pas… Je me dis que le jour où j'aurai des enfants, je n'aurai que des garçons. De solides gaillards, que j'emmènerai à la chasse.

– Et tu crois vraiment que c'est avec une fille comme moi que tu voudrais avoir des garçons ?

– Bah, je ne sais pas… Après tout, une fille reste une fille. Une fois nues dans un lit, vous êtes toutes les mêmes, non ?

En entendant cela, la jeune femme avait souri. Contrairement à une bonne partie des hommes qui peuplaient les salons du *Magnolia*, Simon-Pierre ne voyait pas les putains comme une race de femmes à part. D'une certaine façon, c'était une sorte de compliment.

– Tu me le montreras, un jour ? ajouta Simon-Pierre.

– Quoi donc ?

– Ton enfant. Tu me le présenteras ?

Il n'était pas le seul à avoir cette curiosité. Laurent aussi fit preuve d'un soudain intérêt pour le nourrisson et fut même à l'origine d'une proposition pour le moins saugrenue, surtout venant de sa part.

– Quand vas-tu le mettre en nourrice ? demanda-t-il un jour.

– Dans quelques mois. Madame Angèle n'aime pas vraiment avoir un bébé dans la maison, mais elle est assez bonne pour comprendre qu'il ne faut pas non plus le séparer de sa mère trop vite. Elle a dit qu'elle me le laisserait pendant environ six mois.

– Est-ce elle qui va s'occuper de lui dénicher un foyer ?

– Je ne sais pas, nous n'avons pas encore parlé de tous les détails pratiques. Félix vient à peine d'arriver, tu sais, il faut me donner un peu de temps…

– Je comprends. Mais sache que lorsque tu auras besoin de le placer, tu pourras compter sur moi. Je lui trouverai une bonne maison et je pourrais payer pour ses soins.

Victoire avait haussé les sourcils, surprise. De la part de Laurent, toujours si distant et peu enclin aux épanchements d'amitié, c'était une proposition pour ainsi dire farfelue. L'offre était néanmoins très séduisante, et la jeune femme se promit d'y repenser sérieusement un peu plus tard, quand.elle serait tenue de placer son enfant.

Pour le moment, elle était trop occupée à faire connaissance avec son nourrisson.

* * *

Victoire avait installé Félix dans sa chambre. Elle lui avait improvisé un berceau dans un des tiroirs d'une vieille commode, qu'elle avait rempli de linges épais pour lui constituer un matelas. Madame Angèle avait accordé à la jeune mère une réserve de bois plus importante qu'aux autres filles, afin que le bébé ne risque pas de souffrir du froid hivernal, mais il arrivait régulièrement que Victoire le prenne avec elle dans son lit pour être bien certaine qu'il reste au chaud. Entre la crainte de l'écraser dans son sommeil ou de l'étouffer sous les lourdes couvertures si elle le mettait dans son lit, et celle de le retrouver bleu de froid, un matin, après une nuit trop froide, la jeune femme ne savait plus quoi penser. C'était la première fois qu'elle était responsable d'un enfant, et la délicatesse de ce petit corps la rendait nerveuse. Elle craignait toujours de lui faire mal ou de ne pas lui donner les soins dont il avait besoin.

– Cesse de te tracasser... Tu t'en occupes très bien, de ton bébé! la rassuraient ses amies.

Mais le fait était que Félix pleurait beaucoup, de jour comme de nuit. Désemparée, ne comprenant pas la signification de ces pleurs permanents, Victoire ne savait pas quoi faire d'autre, à part lui donner le sein. Et cela ne fonctionnait pas toujours.

Le nourrisson était trop jeune, il n'avait aucune régularité, et il était difficile d'établir une routine de sommeils et de tétées. Les premiers soirs où Victoire dut redescendre travailler furent une catastrophe. Gardé au grenier par celle des filles dont c'était le congé, l'enfant hurlait pendant des heures. Victoire, à l'étage inférieur, l'entendait. Affolée, elle finit par aller trouver Madame Angèle et lui demander la permission d'aller passer un moment au grenier pour nourrir son enfant avant de revenir parmi les clients. Fronçant les sourcils, mais consciente du problème, la tenancière accepta de mauvaise grâce. Dès lors, une fois par nuit — mais pas toujours à la même heure, car Victoire ne savait jamais à l'avance quand elle pourrait se libérer —, Madame Angèle la rejoignait au premier étage et déverrouillait discrètement la porte du grenier pour que la jeune maman s'y faufile.

Ces moments passés dans sa chambre, qui auraient pu ressembler à une trêve bienvenue dans sa soirée de travail, étaient pour Victoire une préoccupation supplémentaire. Le plus souvent, elle venait tout juste d'en finir avec un client, et elle apportait avec elle des effluves d'eau de Cologne et de sperme. Le nourrisson, qui ne reconnaissait pas l'odeur de sa mère, continuait à pleurer et il fallait à la jeune femme des trésors de patience pour parvenir à lui faire accepter son sein.

Identifiant rapidement le problème, elle prit dès lors l'habitude de se laver de la tête aux pieds dès qu'elle terminait son travail, au petit matin — chose que la majorité des filles, écrasées de fatigue, ne faisaient jamais. Qu'importe si elle était la dernière à se mettre enfin au lit, cela lui permettait au moins de tracer une frontière nette entre sa vie de putain et celle de jeune maman, et de se sentir «propre» lorsqu'elle s'approchait du berceau. Elle prit aussi l'habitude de se parfumer tout le temps, y compris pendant la journée, en se disant que le bébé, à la longue, finirait par associer les notes de l'*Eau de nuit* à sa mère, et que, peut-être, il reconnaîtrait ce parfum parmi toutes les odeurs des hommes qui la culbutaient.

Mais malgré ces efforts, les tétées nocturnes restaient difficiles.

— Ne pleure pas, ma chérie, la consola Éloïse un soir, alors que Victoire était montée en catimini et que Félix tétait enfin. Tu fais ce que tu peux, tu sais…

— Mais tu ne comprends pas ? Mon bébé ne me reconnaît pas ! hoqueta cette dernière entre deux sanglots.

— Bien sûr que si… protesta doucement Éloïse. Il est un peu perturbé, mais il sait bien que tu es sa mère. Tout va s'arranger avec le temps, vous allez vous habituer l'un à l'autre…

Entre l'apprentissage que toute jeune mère devait faire de son bébé et les contraintes imposées par le cadre de vie dans lequel Félix était né, la situation n'avait rien de facile. Victoire voyait bien qu'elle ne parvenait pas à reprendre pied et qu'elle doutait d'elle-même, se maudissant d'avoir mis cet enfant au monde sous prétexte qu'elle était pour lui une si mauvaise mère. Par moments, épuisée par ses journées et ses nuits morcelées, totalement désorganisée, excédée par les cris incessants du bébé, elle se mettait à crier à son tour. Rendue irascible par la fatigue, l'incompréhension et les inquiétudes permanentes, un rien la faisait sortir de ses gonds. Ses amies découvrirent alors avec quelle facilité elle pouvait hausser le ton, jusqu'à en percer les murs.

— Victoire ! Ne crie pas comme ça ! s'interposa Toinette un jour, en surgissant sans crier gare dans la chambre alors que la jeune femme tournait comme une lionne autour de son lit, où le petit Félix hurlait en gigotant tant qu'il pouvait.

— Mais je ne sais pas ce qu'il a ! s'écria Victoire. Je l'ai langé, je lui ai donné à manger, ça fait des heures que je le berce pour qu'il s'endorme, mais il ne veut rien savoir !

— Les bébés, parfois, c'est comme ça, répondit Toinette d'un ton apaisant, tout en prenant l'enfant dans ses bras pour le consoler.

Félix ne se calmait toujours pas.

— Tu sais, tu devrais l'emmailloter comme il faut, beaucoup plus serré. Ça va l'aider à bien se développer, à lui faire des jambes droites…

Toinette allongea alors de nouveau le bébé sur le lit et commença à réorganiser la couverture de laine qui l'enveloppait pour la nouer correctement autour du petit corps. Comme Félix remuait toujours, elle prenait doucement ses bras et ses jambes pour le contenir sans le brusquer.

— Tu vois ? Tu veux que je te remontre comment faire ?

Victoire, dont la colère et la tension retombaient un peu, hocha la tête avant de s'approcher du lit. Guidée par son amie, elle se mit en devoir d'emmailloter à son tour son bébé.

Soudain, elle se revit dans une position semblable.

Elle se trouvait à Boucherville, dans la maison de son frère Joseph, penchée sur le petit Adémar, âgé d'à peine quelques semaines, étendu sur la grande table de la cuisine. C'était Faustine, très fière de montrer qu'elle était une bonne mère qui prenait convenablement soin de son enfant, qui expliquait à sa belle-sœur comment emmailloter le nourrisson. Victoire n'avait même pas seize ans et elle découvrait avec curiosité le monde de la maternité.

— Oh, quel joli bébé ! s'exclama Sidonie. Et sage, en plus ! N'est-ce pas que tu es sage, mon petit Adémar ?

Victoire entendit la voix de sa mère avec une distinction qui la fit tressaillir. Sidonie était apparue sans prévenir dans ce souvenir insignifiant, aussi gazouillante qu'elle pouvait l'être lorsqu'elle apercevait son petit-fils.

Sauf que Sidonie était morte, à présent. Elle n'était rien de plus que cette présence un peu floue dans cette scène sortie de la mémoire de sa fille.

Le cœur de Victoire, touché, se mit à saigner.

* * *

Maman…
J'aurais tellement voulu que tu sois là…

* * *

Le petit Félix, emmailloté et bercé dans les bras de Toinette, se calmait.

Victoire, elle, s'était effondrée sur le lit. Elle pleurait toutes les larmes de son corps.

* * *

Jusqu'au printemps, Victoire passa une bonne partie de ses journées au chaud dans la cuisine, près du grand poêle et de Dorine. La cuisinière, qui avait élevé six enfants, se révéla toujours prête à dorloter le bébé et à dispenser de bons conseils. Mais pour ce qui était de laver les langes, Victoire devait se passer d'aide… Félix les salissait à une vitesse ahurissante et sa mère, instruite sur la nécessité de garder son bébé bien propre pour lui éviter des maladies, avait si souvent les mains dans l'eau bouillante qu'elle les abîmait presque autant que lorsqu'elle travaillait à l'usine. Et comme la journée hebdomadaire de lessive — où toutes les filles descendaient leur linge et transformaient la cuisine en étuve — ne suffisait pas, Victoire gardait à portée de main le grand chaudron et la soude, et elle avait tendu une corde au-dessus du poêle pour y faire sécher les langes de son bébé. Dans la cuisine, c'était désormais jour de lessive presque tous les après-midi, et il n'était pas rare que l'odeur pénétrante des couches souillées cohabite avec les délicieux effluves des petits-fours de Dorine.

Malgré quelques désagréments — les odeurs de lange ou de lait vomi, les pleurs, les accessoires du bébé égarés un peu partout —, la présence du petit Félix avait rendu la maison chaleureuse. Il y régnait une atmosphère de douceur, de bien-être, quelque chose de comparable à ces moments où la neige, derrière les fenêtres, vous invitait à vous étendre au coin du feu, un livre sur les genoux et les doigts autour d'un thé bien chaud. Maintenant qu'il y avait un bébé auprès d'elles, les filles parlaient doucement, évitaient de claquer des talons ou de faire grincer les planches du parquet, au grenier, pour ne pas le réveiller. Elles babillaient comme des oiseaux au-dessus de son berceau, offraient des poitrines confortables pour le bercer et distribuaient d'innombrables baisers. Pendant les repas, elles se disputaient le droit de prendre l'enfant dans leurs bras pour permettre à Victoire de manger tranquillement, et lorsque celle-ci envisageait de faire une sieste, on lui promettait aussitôt de bien s'occuper de son bébé pendant qu'elle se reposerait. Du matin au soir, on gazouillait, on chantonnait des berceuses, on tricotait de la layette, bref, on pouponnait.

Passées les premières semaines difficiles, Félix se laissa faire avec plaisir. Les tétées devinrent enfin plus régulières, plus agréables autant pour la mère que pour l'enfant, bien que ce dernier soit parfois un peu désorienté à force d'être pris dans les bras et d'être serré contre autant de girons différents. Il n'était pas rare qu'il tourne la tête comme pour prendre le premier sein qui se trouvait à sa portée, ce qui faisait beaucoup rire les pensionnaires.

– Le pauvre chéri a faim! Regardez comme il essaye de me téter!

– Il nous change des clients, en tout cas!

– Allons, redonne-le à sa mère avant qu'il ne se mette à pleurer.

– Quel amour, cet enfant! Tu as faim? Oui? Viens avec moi, mon beau, je t'emmène voir ta maman…

En plus de la présence permanente de ses compagnes pour la soulager dans les soins à apporter à son enfant, Victoire put aussi compter sur la sympathie de ses clients réguliers. Qu'il s'agisse de François, Wilfrid, Charles, Samuel, Joseph et d'autres — mais aussi, bien entendu, de Laurent, Simon-Pierre et du juge Édouard —, ils mirent tous la main à la poche pour encourager financièrement la jeune maman. Le petit trésor qu'elle avait commencé à accumuler derrière sa table de nuit se mit à grossir considérablement.

— Voilà pour toi, lui disait-on souvent en laissant tomber quelques jetons de bronze. Et voilà pour ton garçon, ajoutait-on pour accompagner le froissement d'un ou deux billets.

C'était encore plus vrai lorsqu'elle sortait en ville au bras d'un de ces clients-là. La plupart s'étaient toujours étonnés qu'elle ne réclame jamais rien lorsqu'ils se promenaient dans les rues et passaient devant des vitrines de boutiques alléchantes, mais les choses changèrent après l'arrivée du petit Félix. D'un coup, Victoire vit tout l'intérêt de lancer à son client un regard implorant pour se faire offrir quelques gâteries pour l'enfant, ou bien quelques cadeaux pour elle-même, qu'elle comptait bien revendre afin d'augmenter son pactole. Déterminée à effacer sa dette, Victoire devint cupide. Tous les moyens étaient bons pour obtenir de l'argent, ou n'importe quel objet d'une quelconque valeur.

— Des fois, j'ai l'impression de devenir comme Clémence, confia Victoire à Toinette. Elle parlait tout le temps d'argent, ça me rendait folle… On aurait dit que, pour elle, la vie n'était faite de rien d'autre !

— Et ça t'étonne ? lança Toinette avec un brin de raillerie. Tu es orgueilleuse, ma chérie, et tu oublies que tu ne vaux pas mieux que nous toutes. Toi aussi, tu ne vis que pour gagner le plus d'argent possible…

Se sentant vertement remise à sa place, Victoire se renfrogna. Toinette avait pourtant raison. Même si elles n'en parlaient pas toujours, l'argent était une obsession pour toutes les pensionnaires de la maison et Victoire ne faisait pas exception. Sa morale et ses belles idées ne tenaient pas longtemps face à la nécessité d'accumuler le plus gros magot possible pour se sortir du *Magnolia* et élever convenablement son fils.

Malgré tout, la jeune femme n'était pas encore prête à toutes les concessions. Laurent, par exemple, utilisait l'argent comme prétexte pour s'immiscer toujours un peu plus dans sa vie privée, et elle n'aimait pas du tout ça.

— Quand tu devras le placer en nourrice, lui avait-il dit, je pourrai trouver quelqu'un de confiance, chez qui il sera bien. Et ne t'en fais pas pour lui, je payerai.

Au lieu de se réjouir à l'idée de pouvoir faire entretenir son fils par son ami sans avoir à débourser quoi que ce soit, Victoire avait poliment acquiescé en remettant le tout à plus tard, mais, en son for intérieur, elle s'était raidie. Allait-elle devoir échanger sa subordination à sa patronne contre une soumission à un homme comme Laurent?

* * *

Pourtant, tu es bien naïve. N'était-ce pas cela que tu cherchais en imaginant te faire sortir du bordel par Laurent et Simon-Pierre? Où sont-ils, tes beaux rêves de courtisane richement vêtue et installée dans un grand appartement? Vivre comme Malvina ou Madeleine signifie forcément que tu restes dépendante de l'homme ou des hommes qui payent pour toi...

* * *

Avant même d'entreprendre quoi que ce soit pour parvenir à ses fins, la jeune femme devait déjà redéfinir avec précision quel était le but à atteindre. Obtenir assez d'argent pour effacer sa dette et quitter le *Magnolia* la tête haute, soit, mais pour aller où? Que ferait-elle, une fois sortie?

Pouvait-elle encore rêver d'une petite vie paisible auprès d'Émile, lui à sa peinture et elle avec un emploi honorable pour compléter les revenus de leur ménage? Ou bien de la grande vie fastueuse des courtisanes, qui recevaient leurs amants en toute discrétion ? Ou pouvait-elle encore espérer une vie indépendante, suivant l'exemple que donnait Mademoiselle Émilie, la célèbre couturière qui avait su établir seule son commerce ? Parviendrait-elle à vivre seule, avec son fils, sans que personne ne puisse exercer sur elle aucune pression ?

Ces questions, qui fusaient en tous sens, revenaient toujours rôder autour d'un point incontournable : Émile lui-même. Si la jeune femme réussissait à quitter le *Magnolia*, ce serait forcément pour poursuivre avec le peintre cette étrange relation amoureuse qui était la leur. Elle ne s'imaginait pas autrement.

— S'il m'épousait, ça m'aiderait à coup sûr à sortir d'ici, non ? confia-t-elle à Toinette. Je sais qu'il n'a pas d'argent, mais si je travaille dur et que j'arrive à rembourser ma dette par mes propres moyens, personne n'y trouvera rien à redire qu'il m'épouse ?

— Tu veux épouser un homme sans un sou vaillant devant lui ? Alors que tu as un enfant ? C'est de la folie, ma chérie… avertit Toinette.

— Il n'y a pas que l'argent, dans la vie ! rétorqua son amie, agacée. Je sais bien qu'il en faut pour vivre, mais pour moi, le plus important, c'est d'être avec Émile.

— Penses-y à deux fois. Tu ne te rappelles déjà plus tout ce par quoi tu es passée quand tu travaillais à l'usine ? D'après ce que tu me racontais, ce n'était pas très reluisant… La vie est rude, là, dehors, il faut avoir les reins solides pour s'en sortir !

— Je suis dure à la tâche, je ferai ce qu'il faut. Mais si je veux vivre avec Émile, et si Félix doit avoir un père, il va bien falloir qu'on se marie.

— Je suppose que oui, mais vu la façon dont il s'est comporté pendant toute ta grossesse, ça ne sera sûrement pas facile de lui faire accepter la présence du bébé…

Depuis la naissance du bébé, Émile n'était venu au *Magnolia* qu'une seule fois. Cet après-midi-là, le petit Félix dormait et

Émile s'était empressé de dire à Victoire qu'il ne fallait pas le réveiller inutilement.

Mais quelques jours seulement après la conversation que Victoire tint avec Toinette, le peintre se présenta une nouvelle fois à la porte principale de la maison, s'attirant les foudres d'Anne.

— Victoire! hurla-t-elle dans l'escalier, visiblement excédée. Ton homme t'attend dans la cour! Et tu pourras lui dire que ses yeux de chien battu ne me font aucun effet!

Lorsque Victoire sortit dans la cour, ce fut pour tomber sur les yeux d'Émile tout pétillants de rire.

— Un de ces jours, Anne te claquera vraiment la porte au nez, tu sais, lui dit-elle, amusée. Et sans me prévenir que tu es venu!

— Qu'elle essaye, un peu! s'exclama joyeusement Émile. Je trouverai d'autres moyens de la taquiner, et elle regrettera de ne pas s'être laissée faire!

Puis, il serra la jeune femme contre lui pour l'embrasser.

— Tu m'as manqué, ma toute belle…

— Toi aussi, fit-elle en serrant ses bras autour de son cou et en lui rendant ses baisers avec fougue. Cela fait des semaines que je ne t'ai pas vu!

Émile lui avait en effet écrit pour lui annoncer qu'il partait rendre visite à sa famille, en campagne, et qu'il serait absent plusieurs semaines, mais cela avait coïncidé avec les nuits difficiles de Félix, de sorte que Victoire, trop occupée, ne s'était pas trop inquiétée de ne plus voir son amant.

— Si tu savais comme j'ai envie de toi, chuchota Émile à son oreille, tout en l'entraînant dans un coin du jardin, entre deux arbustes en pots.

Plaquée contre le mur, avec le corps d'Émile irradiant de chaleur pressé contre elle, Victoire ne tarda pas à sentir des bouffées de désir lui réchauffer le ventre. Après avoir materné pendant tout ce temps, mettant en veille ses instincts de femme — rallumés à l'occasion par Laurent ou Jean-Baptiste —, elle avait une furieuse envie de faire l'amour avec Émile.

Les magnolias, dans leurs bacs de bois, faisaient éclore de petites fleurs jaune pâle. C'était le printemps partout, avec ses montées de sève et son petit vent qui annonçaient le temps des amours. Et alors qu'Émile commençait à glisser ses mains sous ses vêtements, Victoire eut le souvenir fugace d'un autre amant, Benoît, qui l'avait prise en pleine nuit exactement au même endroit.

— Oh! Qu'est-ce que…

L'exclamation étouffée d'Émile ramena Victoire à la réalité. Alors que le peintre, tout excité, avait dégrafé son corsage pour prendre ses seins à pleines mains, une grande giclée de lait lui coula entre les doigts.

Victoire se mit à pouffer de rire, à la fois embarrassée et amusée par le ridicule de la situation. À moins que ce ne soit l'expression stupéfaite d'Émile.

— Ah, ce sont des choses qui arrivent! répondit-elle en riant et en essuyant son mamelon avec le pan ouvert de son corsage.

Cela se produisait régulièrement avec ses clients, et elle ne se formalisait plus trop de ce genre d'incident, mais visiblement cela avait coupé toute envie libertine à son amant.

— Eh bien quoi? Ne fais pas cette tête! Tu sais bien que j'ai un enfant, maintenant! ajouta-t-elle en essayant de le taquiner pour dédramatiser.

— Oui, je sais… Mais enfin… Je ne m'y attendais pas, c'est tout! Est-ce que… Ça signifie que tu dois aller le nourrir?

— Pas forcément. Il prend le sein quand ça lui chante. En ce moment, il est avec Toinette, et tant que je ne l'entends pas pleurer, c'est qu'il n'a pas besoin de moi.

Comme ce genre de conversation rompait décidément tout le désir qu'il y avait eu entre eux à peine quelques minutes auparavant, Victoire décida d'en profiter.

— Tu veux le voir? demanda-t-elle.

Cette fois, Émile ne sut pas comment se dérober. Il finit par acquiescer d'un signe de tête. Alors, Victoire, rayonnante, le planta là et se sauva dans la maison pour aller chercher son bébé.

Chapitre 5

Dans la chambre africaine, des volutes de fumée se prenaient dans les voiles blancs qui recouvraient le lit.

Victoire n'aimait pas venir dans cette chambre avec Raoul. L'opium qu'elle fumait avec lui la rendait somnolente, ce qui, en soi, était plutôt agréable, mais avec tous ces masques grimaçants et ces trophées de chasse accrochés aux murs, elle faisait généralement des rêves désagréables.

Elle laissa donc Raoul fumer seul, refusant à deux reprises les pipes que lui tendait la petite Luan.

— Déshabille-toi, intima Raoul, étendu sur le lit. Je veux te voir.

Ignorant la présence de la servante chinoise — elle n'avait de toute façon plus grand-chose à lui cacher, car la gamine avait toujours assisté aux ébats —, Victoire obtempéra et commença à retirer lentement la délicate robe de soie verte et rose qu'elle portait.

— Enlève tout… marmonna l'homme en tirant sur sa pipe.

Victoire dégrafa le devant de son corset et fit passer sa chemise par-dessus sa tête, en prenant tout son temps pour que son client profite du spectacle. Il ne fut d'ailleurs pas long à bander.

La jeune femme grimpa ensuite sur le lit et se tint là, à genoux, les jambes légèrement écartées pour se laisser admirer à loisir.

Victoire était de nouveau fière de son corps et de l'effet qu'il produisait sur les hommes. Son ventre, resté longtemps distendu après l'accouchement, conservait de vilaines zébrures violacées, mais il avait enfin retrouvé sa fermeté, et sa taille s'était affinée. Victoire n'avait plus rien d'une jeune fille, à présent. La maternité avait effacé pour de bon les dernières traces d'adolescence et lui avait laissé un véritable corps de femme, épanoui, porteur de tout un vécu et — en dépit de son étrange travail — d'une sensualité pas encore ternie.

Raoul ne quittait pas ses seins du regard. Ils étaient magnifiques, tendus comme des fruits bien mûrs, avec une peau satinée qui luisait faiblement à la lueur des lampes.

— Tu es pleine de lait… murmura-t-il, fasciné. Je me demande ce que ça goûte. Approche !

Victoire obéit. Comme Raoul ne faisait aucun effort pour se redresser, elle se pencha un peu vers lui. Il en profita pour la saisir par la taille et la forcer à s'approcher encore plus, jusqu'à la déséquilibrer pour de bon. À peine eut-elle le temps de se retenir aux montants du lit qu'il avait déjà englouti son mamelon à pleine bouche.

Aussitôt, la jeune femme se raidit. Elle reconnaissait les sensations que lui donnait Félix lorsqu'elle le nourrissait, mais il y avait dans cette bouche-là quelque chose de cru, de vorace, qui la dégoûtait un peu.

— Arrête, tu me fais mal, prétexta-t-elle en se retirant doucement.

— Approche, je te dis…

— Non, Raoul, je n'aime pas ça.

Elle avait été polie, mais juste assez ferme pour qu'il comprenne qu'il ne fallait pas insister. Pour le distraire, elle se mit plutôt à lui faire les caresses qu'il aimait, et l'homme, déjà à demi assommé par l'opium, se laissa faire en poussant des soupirs de plaisir. Après quelques minutes, il avait déjà tout oublié de cette poitrine qui l'avait tenté et le tout se termina sans encombre.

Ce n'était qu'un incident sans importance, mais Victoire le rumina pendant le reste de la soirée. Elle avait touché là une limite qu'elle ignorait posséder.

Elle pouvait donner son corps aux hommes qui la payaient pour ça, mais ses seins, aujourd'hui, n'appartenaient qu'à son fils. De lui, elle tolérait tout. Les mordillements, les crevasses qu'elle avait endurées au début de l'allaitement, la façon qu'avait le bébé de tirer sur le mamelon sans se soucier s'il faisait mal à sa mère. Mais c'était aussi ses grands yeux qui observaient tout pendant la tétée, et ses petites mains, qui donnaient des caresses maladroites, griffaient et trituraient tout ce qui passait à leur portée.

Les tétées difficiles, les coliques, les pleurs, le boire vomi sur un corsage et qui donnait toute la journée cette odeur écœurante de lait caillé, tout cela n'avait aucune importance face aux moments paisibles qu'elle passait en tête à tête avec son nourrisson, bien lovée dans le creux de son lit, et lui, dans le creux de ses bras.

Se laisser téter par un homme adulte et excité, un client de surcroît ? Non, c'était trop lui demander. Si une giclée de lait sur les doigts d'Émile avait quelque chose de charmant et de drôle, ce qu'elle venait de vivre avec Raoul ne l'était pas du tout.

Elle prendrait garde, à l'avenir, à ne plus se trouver dans une telle situation. Tant que Félix serait allaité, ses seins et son lait n'appartiendraient qu'à lui.

* * *

Depuis qu'il avait pris sa défense, le juge Édouard était devenu un client très assidu de Victoire.

Victoire l'aimait bien. En réalité, il piquait sa curiosité. Elle n'avait pas oublié les propos qu'elle avait surpris entre lui et Madame Angèle, de longs mois auparavant — le juge Édouard connaissait bon nombre de choses sur la jeunesse de la tenancière, et cela le rendait intrigant. Que savait-il, au juste ? Quels secrets se cachaient entre eux ? Quelle vie avaient-ils partagée ?

Dans la chambre, c'était un amant des plus ordinaires, pour tout dire assez ennuyeux, ce qui arrangeait bien Victoire. Elle appréciait ces clients faciles, qui ne lui demandaient pas trop d'effort et qui, en retour, pleinement satisfaits de la performance, la récompensaient copieusement. Non seulement le juge avait assez d'influence pour que Victoire puisse maintenir ses rentrées d'argent, mais il continuait à lui fournir de généreux pourboires afin, disait-il, de parrainer le petit Félix.

— Il faudra me le montrer un jour, cet enfant, disait-il parfois.

Il ne s'agissait que de paroles en l'air, car il comprenait très bien que Madame Angèle interdise tout contact entre le bébé et les clients — c'était même une évidence, Victoire non plus ne l'aurait pas toléré —, mais cela ne l'empêchait pas de s'enthousiasmer les soirs où, tendant l'oreille, il percevait les pleurs du bébé à travers les murs de la maison.

— Il a de bons poumons ! Il m'a l'air d'un enfant en pleine santé, je vous félicite, ma chère amie !

Il demandait des nouvelles, encourageait la jeune mère à raconter par le menu sa vie quotidienne en dépit du contexte qui ne s'y prêtait pas vraiment. Les coliques, les terreurs nocturnes, les diverses irritations, tous ces détails dont les hommes, habituellement, ne s'encombraient pas, lui avait l'air de les trouver passionnants.

Victoire avait vite compris qu'en réalité c'était pour le juge une façon de confirmer qu'elle tenait bien son rôle de mère. Entendre les pleurs du petit était la preuve qu'il était bien là, que la jeune femme était de bonne foi, qu'elle ne l'avait pas tout simplement abandonné à la naissance en empochant les pourboires des clients, comme il aurait été si tentant de le faire.

Étrangement, même si la grande majorité des hommes ne montaient avec elle que pour un moment de plaisir et d'insouciance, la présence invisible du bébé remuait chez quelques-uns les tracas qu'ils rencontraient dans leurs vies personnelles. Aussi incongru que cela puisse paraître, la maternité de Victoire déliait les langues, et on lui fit bon nombre de confidences qu'elle n'aurait pas soupçonnées.

Il y eut entre autres Basile, un nouveau client. Il fréquentait auparavant le *Théâtre des Roses*, mais s'était disputé avec une des filles, de sorte que pour éviter des scènes à n'en plus finir il avait préféré changer de maison. Désormais, c'est avec Victoire qu'il aimait passer du bon temps.

Au bout de quelques visites, il s'étonna.

— Qu'est-ce que j'apprends ? Il paraît que tu viens d'avoir un enfant ? Tu ne me l'avais pas dit !

— J'aurais dû ? fit la jeune femme d'un ton moqueur.

— Eh bien, oui, je pense ! renchérit l'homme. C'est assez important, il me semble !

— Ça, c'est ma vie en dehors du travail, mon joli, ça ne te regarde pas... Mais puisque tu me poses la question, oui, j'ai un petit garçon. Il s'appelle Félix, continua Victoire en songeant avec un sourire attendri au bébé qui, à cette heure-là, devait dormir.

Puis, elle éclata de rire.

— Tu en fais, une tête ! Ça te surprend tant que ça ?

— Un peu, admit Basile. C'est plutôt rare de trouver des enfants dans une maison comme celle-ci.

— C'est parce qu'en général les madames nous interdisent d'avoir des amoureux...

— Mais toi, tu en as un ?

— Bien sûr !

— Et Madame Angèle ne dit rien ?

— Je suis la favorite de la maison, ça offre certains avantages, fit Victoire avec un petit clin d'œil. Lui et moi travaillons fort, et quand nous aurons mis assez d'argent de côté, nous irons nous installer dans une petite maison à la campagne, avec notre bébé, affirma-t-elle.

— Je vois…

Basile resta songeur un instant, puis il soupira.

— Il a de la chance. Ce doit être bien agréable de faire un bébé avec toi…

Victoire, qui avait commencé à se déshabiller, vit bien que son client était plus d'humeur à parler qu'à batifoler. Elle s'interrompit donc et s'assit à ses côtés, sur le lit.

— Que veux-tu dire? relança-t-elle.

— Rien. Je l'envie, ton bon ami, c'est tout. Moi, avec ma femme, ça n'a rien de très plaisant.

— De faire des enfants?

— D'aller au lit, de manière générale.

— Quoi, elle est difficile?

— Je dirais plutôt qu'elle n'est pas très intéressée…

Victoire fronça les sourcils. Elle essayait de comprendre. Soudain, comme s'il était arrivé à un point de bascule, Basile se confia. Le fil de sa vie se mit à dérouler très vite.

— Elle s'appelle Nora. Elle n'avait que dix-sept ans quand je l'ai rencontrée. Si tu savais comme elle était belle! Elle l'est toujours, d'ailleurs. Si douce, si élégante… Elle a toujours un mot gentil pour mettre les gens à l'aise. Et avec ça, une sacrée maîtresse de maison! Tout est toujours parfaitement en ordre, les enfants se tiennent de façon irréprochable, les domestiques travaillent sans se plaindre… Elle s'occupe même du jardin! Elle a aussi fait des études, elle est instruite. Elle vient d'une très bonne famille. Quand elle a accepté de m'épouser, j'étais fou de joie! Je n'imaginais pas que dans ma vie je pourrais avoir une femme comme elle!

Comme il se taisait soudain, sans doute perdu dans de beaux souvenirs, Victoire l'encouragea à continuer.

— Et alors? Que s'est-il passé? Votre mariage a pris l'eau?

— Au début, tout allait bien…

— Mais quoi? C'est dans la chambre que ça ne se passe pas bien?

— Je ne sais pas. Elle se laisse faire, mais j'ai l'impression de coucher avec une morte. Elle, elle attend simplement que tout soit terminé. Au début, ça ne me dérangeait pas. J'avais très envie d'elle, tu comprends, alors ça allait tout seul… Et puis, elle n'y connaissait pas grand-chose, je me disais juste qu'elle serait plus à l'aise avec le temps. Mais ça fait des années, maintenant, et c'est toujours pareil. Elle se met sur le dos, elle tourne la tête et elle attend. Elle ne se plaint pas, non! Elle ne dit rien. Pas un soupir, pas un mot. Rien. Le seul moment où elle s'anime un peu, c'est pour redescendre sa chemise de nuit. Ensuite, elle m'embrasse gentiment et je n'ai plus qu'à retourner dans mon lit.

— Vous faites chambre à part?

— Non, mais nous avons des lits jumeaux. C'est chacun chez soi… Tu sais, on a eu trois enfants. Au début, quand elle était enceinte, elle ne voulait pas que je la touche. Je pensais que c'était à cause du bébé. Le problème, c'est qu'en réalité, elle ne veut jamais que je la touche. Elle ne se laisse approcher que quand elle a envie d'avoir un autre enfant. Un jour, je l'ai même entendue dire à une de ses amies: «Tout de même, le bon Dieu aurait pu trouver une façon plus agréable de faire des enfants.»

— Et en ce moment, elle en veut un autre, justement?

— Oui. Mais tu comprends maintenant que ce n'est pas une partie de plaisir. Alors, quand je vous vois, vous, les filles, ça me fait tout drôle. Vous êtes tellement différentes…

Il y avait dans la voix du jeune homme quelque chose d'infiniment touchant. On le sentait triste, déçu, désemparé de ne pas réussir à faire de son épouse l'amante dont il avait rêvé.

Victoire, pour le réconforter, passa un bras autour de ses épaules et l'embrassa.

— Ça arrive à beaucoup de gens, tu sais. Il ne faut pas trop t'en faire. Parle-lui, à ta femme. Dis-lui que tu l'aimes, traite-la comme une reine et vas-y doucement. Imagine que c'est un petit oiseau effarouché que tu dois apprivoiser…

— Mais je l'aime, elle le sait très bien ! Je le lui ai déjà dit !

— Alors, répète-le-lui. C'est le genre de chose qu'on ne dit jamais assez, crois-moi…

— Mais pour le reste ? Je fais quoi ?

— Tu patientes. Et en attendant, tu en profites tant que tu es là, avec moi, chuchota-t-elle avec un sourire.

Ce soir-là en particulier, elle fut consciente de remplir pleinement son rôle de putain : mettre son corps à disposition, amener au plaisir, mais aussi consoler pour un moment la solitude de ces hommes, pour qui tout dialogue, tout échange avec leurs épouses étaient devenus impossibles.

C'était aussi à cela que servaient les filles comme elle : à écouter les plaintes d'hommes en mal de confiance, peu habitués à partager l'intimité de leur âme, encore moins avec les gens de leur entourage. Les femmes, pour eux, c'était un autre monde, auquel ces dernières ne leur donnaient pas accès ; toutes les questions qu'ils se posaient, c'était aux filles comme Victoire qu'ils les soumettaient, avec une franchise toute simple. Avoir une opinion féminine, enfin. Quelque chose qui leur permettrait peut-être de décrypter le comportement de leurs épouses.

Des putains comme ambassadrices de la cause des femmes, voilà qui aurait fait jaser.

* * *

Mais qu'est-ce qu'elles ont, à la fin, ces femmes-là ? Elles ne sont pas différentes de moi, pourtant, ni de Joséphine, de Toinette ou des autres. Nous aussi nous sommes nées dans de bonnes familles et nous avons été éduquées, au moins un minimum. Si mon père ne m'avait pas jetée à la rue, c'est peut-être un homme comme Basile que j'aurais épousé.

Est-ce que j'aurais été comme sa femme ? Étendue sur le dos, les bras en croix, comme une suppliciée, à attendre qu'il finisse sa petite affaire ? J'espère bien que non !

C'est à croire qu'elles ont pris un peu trop au pied de la lettre les discours des curés et des parents. «Marie-toi et fais des enfants !» Ils ont oublié de préciser qu'elles avaient aussi le droit d'en profiter un peu pour elles-mêmes. Si les hommes ont le droit d'avoir du plaisir, pourquoi les femmes devraient-elles en être privées ? Ça n'a pas de sens !

Moi, j'aime autant être putain. Ça n'est pas drôle tous les jours, mais au moins je suis bien vivante. Je ne suis pas une poupée de cire, tout juste bonne à sourire et à verser le thé.

* * *

La jeune femme se sentait solidaire de ces épouses enfermées dans leurs rôles. C'était d'une tristesse à pleurer. Elles étaient des mères, des maîtresses de maison, de dignes épouses ayant pour obligation de faire honneur à leur mari, mais nulle part on n'avait laissé de place pour leurs aspirations et leurs désirs propres. Puisqu'on exigeait d'elles qu'elles soient le pilier central de leur foyer, elles avaient fini par devenir réellement aussi raides et rigides que des poteaux.

Victoire n'avait pas oublié le regard choqué du curé de Boucherville, lorsqu'il avait compris que c'était par simple plaisir, mêlé de curiosité, qu'elle avait couché avec Germain. C'était à cet instant précis qu'elle avait perdu toute confiance envers ce prêtre, qu'elle admirait pourtant, et qu'elle considérait comme plus éclairé que la moyenne des habitants de la ville. Malgré ses beaux discours, ponctués de mots savants, lui aussi ne faisait que transmettre l'idée selon laquelle les filles honnêtes ne devaient songer qu'à leur époux, leurs familles, leurs devoirs. Leurs temps libres, elles pouvaient les passer à s'occuper gentiment autour d'un travail d'aiguille, de promenades en famille ou de conversations entre amies. Mais leurs pensées secrètes, leurs élans naturels, leur curiosité, l'épanouissement de leur corps et de leur esprit, tout cela était solidement muselé.

Surtout, ne pas penser à soi. Se dévouer aux autres, se soumettre à l'autorité des hommes, au point même de renier toute forme de plaisir personnel.

Personne ne semblait se rendre compte que ce genre de philosophie menait tout droit à des mariages malheureux, comme celui de Basile. Plein de bonne volonté et sincèrement amoureux de sa femme, celui-ci avait joué le jeu dans les règles de l'art en espérant créer un foyer confortable où il ferait bon vivre, mais il n'avait reçu pour récompense qu'une belle poupée sans vie pour orner son salon. Et on s'étonnait, ensuite, que les hommes cherchent à se distraire avec des filles de bordel, plus vivantes, plus spontanées, plus promptes à s'amuser de leur corps sans en faire tout un drame ?

Ces femmes, ces belles bourgeoises comme on en voyait tant dans les théâtres et les salons de thé de la ville, vivaient par devoir. On leur avait inculqué des manières élégantes, mais on ne leur avait jamais dit qu'elles pouvaient aussi s'en défaire. Si elles se soumettaient de bonne grâce à leurs obligations, c'était le plus souvent en étouffant toute forme de spontanéité. Leur opinion personnelle n'avait aucune importance, seules comptaient les leçons bien apprises et correctement appliquées au quotidien.

C'était une éducation que Victoire aussi avait reçue et qui l'avait, la plupart du temps, profondément ennuyée. Elle aimait jouer à la grande dame, mais seulement si cela restait un jeu. Elle n'aurait jamais imaginé être constamment sur ses gardes, contrôlant ses moindres faits et gestes pour s'assurer qu'ils correspondaient à l'image qu'elle devait projeter.

Alors, que pouvaient-elles faire, toutes ces femmes, lorsque arrivait le temps de mettre leur corps et leur âme à nu face à leur mari ? Désarmées, ignorant qui elles étaient au fond d'elles-mêmes à force de ne rien faire d'autre que répéter sagement ce qu'on leur avait enseigné, elles n'avaient rien à montrer et se refermaient comme des coquillages. Stoïques, confrontées sans y être préparées à la sensualité d'un corps qu'elles considéraient la plupart du temps comme repoussante et dégradante, elles s'enfermaient dans leur tête.

Cela n'avait souvent rien à voir avec l'affection que se portaient les époux entre eux. S'il y avait de nombreuses alliances raisonnables, où l'on épousait un statut social et un portefeuille plutôt qu'un homme, il y avait aussi de nombreux jeunes amoureux qui, convaincus de convoler vers des noces merveilleuses, se heurtaient à cette même incompréhension dans l'intimité de leur chambre. On interdisait aux femmes honnêtes d'avoir du plaisir. C'était mal vu. Dans la plupart des esprits, aimer « les choses du sexe » pouvait pousser la bourgeoise à prendre des amants, au détriment du mari. Mieux valait donc la limiter à ses rôles d'épouse ou de mère, où, confinée dans ses foyers, elle ne risquait pas de se laisser tourner la tête.

Mais quelle tristesse, pour son époux comme pour elle !

De ce point de vue, il valait encore mieux vivre dans les couches plus rustiques de la société. Les ouvriers que Victoire avait connus ne s'embarrassaient pas de telles considérations. Lorsqu'on se plaisait, on se mettait rapidement à la colle, on finissait par se marier pour légitimer un bébé ou pour mettre en commun deux revenus professionnels afin de s'assurer un quotidien un peu plus vivable. À la campagne, les fermiers épousaient de bonnes filles solides, autant pour agrandir des terres héritées de la famille que pour s'assurer une génération de bras pour travailler aux champs. Les enfants venaient dans la foulée, sans qu'on se pose de question. On n'était pas des bêtes, mais on suivait le cours naturel de la vie au lieu de s'empêtrer dans tout un tas de considérations religieuses ou sociales.

Voilà pourquoi les maisons de tolérance comme le *Magnolia* étaient aussi indispensables, en dépit de leur image honteuse, pour la bonne société de Montréal. Pour ne pas étouffer dans ce carcan qui leur faisait épouser des femmes mortes de l'intérieur, les hommes venaient chercher des bouffées d'oxygène auprès des prostituées. Considérées comme sales, car leur vie tournait autour du sexe, on les réprimait sans pour autant pouvoir se passer d'elles.

N'étaient-elles pas, au fond, jalousées pour l'idée de liberté qu'elles véhiculaient ? C'était là le paradoxe des putains : vivre enfermées dans des maisons, où l'on essayait de contrôler leurs faits et gestes, alors qu'au contraire elles gagnaient leur propre argent et avaient la liberté de leur corps, couchant avec des centaines d'hommes là où les femmes respectables devaient s'en contenter d'un.

Que dirait Célia, par exemple, si elle voyait ce qu'était devenue Victoire ? L'envierait-elle pour avoir percé les secrets de l'intimité entre les hommes et les femmes — sans doute plus qu'il n'était souhaitable, d'ailleurs ? Célia était-elle, elle aussi, destinée à s'allonger, raide comme une morte, sous le poids d'un mari dont elle ne comprendrait jamais le plaisir qu'il tirait de leurs brèves étreintes ?

Victoire rêvait évidemment d'autre chose que d'une vie de bordel, où elle supportait en silence les assauts de centaines d'hommes, mais elle était, aussi, bien heureuse de ne pas appartenir à cette catégorie de femmes frustrées. Bien sûr qu'elle était écœurée de ces clients qui se succédaient à la chaîne chaque soir, aussi anonymes qu'innombrables, et à qui elle livrait son corps en pâture. Il allait sans dire que, si elle avait le choix, elle préférerait passer ses soirées à autre chose qu'à coucher avec des inconnus toutes les heures, mais cela ne l'empêchait pas, lorsque les conditions étaient réunies, d'aimer faire l'amour, y compris avec d'autres hommes qu'Émile. Les moments passés avec certains clients, comme Laurent, Simon-Pierre ou le timide Jean-Baptiste, avaient un charme tout particulier. Elle tirait de sa relation avec chacun d'eux des choses différentes.

D'une certaine manière, elle s'enrichissait à leur contact, malgré les contraintes qu'imposait sa condition de putain. Elle avait juste assez de recul pour saisir l'ironie de cette grande bourgeoisie qui se pensait plus éduquée que le reste du peuple, mais qui en avait oublié les leçons essentielles de la vie. Le simple bon sens.

De son expérience au *Magnolia*, Victoire avait tiré une leçon que les discours de ses clients malheureux dans leurs mariages ne faisaient que confirmer : la misère sexuelle que vivaient les bourgeois n'était pas moins grave que la misère matérielle des ouvriers. L'âme, tout comme le corps, avait besoin qu'on la nourrisse.

* * *

– Victoire ?... Victoire ?... Chérie, tu devrais te réveiller...

Cette dernière finit par ouvrir un œil. Elle s'était assoupie sur un des sofas du deuxième salon, un livre sur ses genoux. Près d'elle, Éloïse la secouait gentiment par l'épaule.

– Félix pleure depuis un moment, et on n'arrive pas à le calmer. Il doit avoir faim.

– Où est-il ?

– En haut, avec Fatima.

– J'arrive...

Alors qu'Éloïse s'éloignait, Victoire prit le temps de s'étirer, puis elle s'extirpa du sofa en soupirant. Elle profitait sans vergogne de ces moments où une de ses compagnes offrait de garder le bébé et, généralement, c'était pour aller s'étendre dans un coin paisible de la maison et tenter de récupérer quelques précieuses minutes de sommeil.

Dans l'escalier, pas de pleurs. Félix semblait calmé, mais Victoire accéléra tout de même le pas.

Ce qu'elle découvrit, dans la chambre de Fatima, la laissa sans voix.

Confortablement lovée dans son lit, ses genoux repliés vers elle, la jolie Marocaine avait ouvert son corsage et elle se berçait lentement en chantonnant une chanson étrangère. Dans ses bras, accroché à son sein, Félix tétait vigoureusement.

Victoire, stupéfaite, ne réagit que lorsque Fatima tourna enfin la tête vers elle. Il y avait dans ses yeux quelque chose de lumineux qui glaça Victoire jusqu'au sang.

— Qu'est-ce que tu fais ? s'exclama-t-elle.

Fatima rougit.

— Le petit n'arrêtait pas de pleurer. Il essayait sans arrêt de téter, alors je me suis dit que ça allait le calmer en attendant que tu arrives…

— Donne-le-moi ! ordonna Victoire d'un ton sec. À quoi ça rime ! Tu n'as même pas de lait !

— Je sais bien, mais j'ai pensé que ça pourrait quand même le réconforter.

— Eh bien, pense un peu moins, la prochaine fois ! C'est moi, sa mère !

En entendant Victoire, le petit Félix lâcha aussitôt le téton brun et se mit à pleurer.

— Je ne veux jamais revoir personne donner le sein à mon fils, est-ce que c'est clair ? ajouta Victoire, furieuse, en arrachant le bébé des bras de son amie.

Incapable de s'en retourner dans sa chambre, comme elle l'aurait naturellement fait, la jeune femme dévala l'escalier de service et s'affala sur le sofa où elle avait passé une partie de l'après-midi à dormir. Elle était si énervée qu'il lui fallut un bon moment pour se calmer et pouvoir enfin nourrir son bébé.

* * *

Elle est folle? À quoi pense-t-elle? De quel droit?!

Si elle veut à ce point s'occuper d'un bébé, elle n'a qu'à se laisser mettre enceinte et se débrouiller toute seule!

Félix est mon fils, c'est à moi de le nourrir! Il est hors de question qu'il connaisse d'autres seins que les miens!

* * *

Cet épisode jeta un froid entre les deux amies. Le geste de Fatima avait — et de loin! — dépassé les bornes.

Victoire avait bien remarqué que la naissance de Félix avait ravivé les instincts maternels de ses compagnes, mais elle n'était pas prête à leur laisser son fils en pâture. Elle avait trop l'impression que c'était son rôle de mère à elle que l'on dénigrait. Fatima croyait-elle vraiment qu'elle pourrait pallier l'absence temporaire de Victoire en offrant son propre sein au bébé? Ou n'avait-elle pas plutôt laissé libre cours à son propre désir d'enfant en s'abandonnant pour un instant à de douces rêveries?

Mais pour Victoire, la scène avait été choquante. Entre jalousie et remise en cause de son propre statut de mère, elle se referma un peu plus autour de son fils. Pendant les quelques jours suivant l'incident, elle fit plus de difficultés lorsqu'une de ses compagnes demandait à le prendre dans ses bras. Malgré sa fatigue, elle rechignait d'autant plus à le laisser aller que le bébé grandissait. Curieux, il s'intéressait à tout ce qui se passait autour de lui et n'hésitait pas à s'éloigner de sa mère.

Fatima perdit pour un temps le droit de s'approcher de l'enfant. On enterra l'affaire et la vie continua.

* * *

— Ouch! Doucement!

Le cri de protestation était sorti tout seul lorsque Albert, sans se rendre compte à quel point il était grand et lourd, s'était allongé de tout son poids sur le dos de Victoire, la plaquant contre le matelas et lui coupant littéralement le souffle.

Trop préoccupé par son excitation, ce dernier n'en tint pas vraiment compte. Au lieu de se redresser sur les avant-bras, pour permettre à la jeune femme de respirer un peu mieux, il continua à s'agiter avec des gestes frénétiques, irréguliers, lui bavant presque sur l'épaule. Victoire avait l'impression de se faire prendre par un de ces jeunes puceaux énervés qui ne maîtrisent pas ce qu'ils font. Elle s'arc-bouta autant qu'elle le put pour résister à la pression qui pesait sur elle et ménager un minimum d'espace pour sa cage thoracique, le temps de l'exercice.

Heureusement, Albert n'était pas du genre à s'éterniser — il était ici pour jouir, et le plus vite serait le mieux. En peu de temps, la jeune femme le sentit accélérer, chercher son rythme, puis il poussa un râle et s'affala comme un âne mort.

Elle se tortilla en dessous de lui et parvint enfin à le faire réagir et rouler sur le côté. Enfin libérée de ce corps trop lourd, Victoire se retourna sur le dos et reprit son souffle.

— C'était bon ? grogna Albert à travers un sourire un peu graveleux.

— Oh, chéri… soupira Victoire, lasse de répondre sans cesse à la même question, qu'elle jugeait aussi puérile que déplacée.

— Quoi ? rétorqua l'autre, un peu vexé par sa réaction. J'étais si terrible que ça ?

La jeune femme resta muette et, par chance, Albert n'insista pas trop. On aurait dit qu'il demandait cela par automatisme et qu'au fond la réponse lui importait peu.

— Tu me le diras, si un jour tu ne veux plus de moi ? ajouta-t-il.

— Quelle idée ! Il n'y a pas de raison que ça arrive ! s'exclama Victoire.

— Clémence, avant, ne se gênait pas pour nous envoyer sur les roses, quand elle ne voulait plus de nous. Elle disait que c'était un de ses privilèges de favorite.

— Alors, dis-toi que je ne suis pas Clémence… chuchota Victoire, attendrie.

Albert, ce soir-là, fut généreux. En quittant la chambre, sa robe dans ses bras et son jupon débraillé mal attaché sur ses hanches, Victoire emportait deux beaux billets de quatre dollars en plus des jetons de bronze qu'avait coûtés la prestation.

Malheureusement, les billets ne restèrent pas longtemps entre ses mains.

Alors qu'ils se dirigeaient tous deux vers l'escalier, ils croisèrent Madame Angèle, qui se trouvait dans le couloir avec un client, à qui elle faisait admirer les performances de Fatima, dans la chambre voisine, à travers le miroir sans tain. L'abandonnant un instant, la tenancière s'approcha pour échanger quelques mots avec Albert.

— Tout s'est bien passé? demanda-t-elle.

— Parfait, comme toujours, ma chère madame, répondit Albert, sourire aux lèvres. Victoire est une bonne fille, vous savez…

— Je suis ravie. Vous restez avec nous encore un moment, j'espère?

— Merci, mais je vais rentrer. Je reviendrai samedi, comme d'habitude…

Et tandis qu'il saluait et s'éloignait en direction de l'escalier, la tenancière attrapa Victoire par le bras.

— Tu as oublié le règlement, ce soir, ma fille? lui glissa-t-elle. Combien t'a-t-il donné?

— De quoi… commença Victoire.

— N'essaye pas de mentir, je t'ai vue. Donne!

Mais Victoire n'était pas encore prête à abandonner son pourboire.

— Oh, Madame, s'il vous plaît! Albert a juste voulu faire un cadeau pour le petit, implora-t-elle. Ça n'arrive pas souvent!

— Il ne manquerait plus que ça! s'esclaffa la tenancière. Tu auras déjà une amende de dix dollars, demain matin, pour ça. Tu veux vraiment que je la passe à quinze?

— Mais… Félix…

Le regard de la tenancière était sans appel, et Victoire finit par sortir les deux billets des plis de la robe où ils étaient cachés.

— File te laver, maintenant. La nuit n'est pas finie et il y a encore du travail…

* * *

Cela faisait bien longtemps que Félix n'avait plus cet air plissé et un peu malingre des nouveau-nés. C'était à présent un bébé dodu, avec des joues rebondies qui rougissaient au moindre signe de colère, de grands yeux bleu foncé et des mains minuscules qui s'ouvraient et se fermaient comme des éventails. Il avait aussi des cheveux bruns très fins qui, comme c'était le cas à cet instant précis, restaient dressés sur sa tête lorsqu'on lui enlevait son petit bonnet.

Victoire, sourire aux lèvres, rabattit d'une caresse de la main les cheveux récalcitrants de son fils.

Elle n'en revenait pas de s'extasier encore pour des détails qu'elle connaissait pourtant si bien. Pour elle, son fils était la plus belle merveille du monde et elle était en adoration: chaque regard, chaque sourire qu'il lui adressait lui remplissaient le cœur d'une fierté jamais ressentie jusque-là.

Félix avait pris sa place dans la maison. Il remuait, babillait, gigotait bras et jambes quand on le mettait sur le ventre, et il faisait parfois des grimaces comiques qui déclenchaient l'enthousiasme des filles. Fatima lui chantait des comptines en arabe, Joséphine tricotait pour lui toute la journée, et Éloïse essayait de lui apprendre des mots, pouffant de rire devant le regard perplexe du bébé, qui ne comprenait rien à ce qu'on lui demandait.

Comme le bébé grandissait et devenait de plus en plus expressif, la jeune mère pouvait passer des heures à jouer avec lui, à moins que les bras de ses amies ne se tendent pour le réclamer. Au *Magnolia*, il ne manquait pas de mères de substitution.

Les figures masculines, en revanche, étaient beaucoup plus rares, et il arrivait parfois que Félix se mette à rouler de gros yeux apeurés en entendant la voix grave d'Henri résonner dans le couloir. Par chance, le fils de la tenancière ne s'y intéressa jamais. Il préférait, lorsqu'il était dans les parages et que le bébé pleurait, s'éclipser dans les appartements privés de Madame Angèle.

Le seul autre homme que Félix était amené à croiser de temps en temps, en dehors des différents livreurs qui passaient dans la cour arrière pour ravitailler la maison, était Émile. Le peintre continuait en effet ses visites.

Assis dans l'herbe, tout près de la porte de la cuisine — Madame Angèle n'aimait pas que les visiteurs investissent le jardin —, il observait la jeune femme installée près de lui qui rangeait le bonnet et ajustait le vêtement du bébé.

— Quand pourras-tu de nouveau poser pour moi ? demanda-t-il. Tu as retrouvé ton corps d'avant, d'après ce que je vois, non ?

— Pas tout à fait, lui répondit la jeune femme en songeant à son ventre qui avait en effet retrouvé sa fermeté d'avant, mais qui conservait des marbrures rougeâtres apparues pendant la grossesse. De toute façon, Félix est trop petit. Je ne peux pas m'absenter plus de deux ou trois heures.

— Pourquoi ?

— Parce qu'il aurait faim, le pauvre petit ! À quoi penses-tu ? Tu n'y connais donc rien aux bébés ? le taquina-t-elle.

— Pas grand-chose, c'est vrai. Mais j'apprends vite… répondit Émile avec un sourire espiègle.

Il tendit les bras pour saisir le petit garçon, qu'il installa sur un de ses genoux. Ravi, le bébé s'intéressa aussitôt aux boutons du gilet du peintre, qu'il essaya de saisir avec des doigts malhabiles.

À dire vrai, Émile devenait de plus en plus curieux. Ce bébé, bien vivant, plein de sourires et d'expressions, était pour lui un sujet fascinant qui le changeait des femmes nues qu'il dessinait à longueur de journée. Contrairement à elles, Félix possédait quelque chose de spontané, de pur, des émotions à l'état brut qu'on ne se lassait pas d'observer. Le bébé passait du rire aux larmes sans transition, s'enthousiasmait d'un bouton de gilet comme d'une petite fleur ou de la caresse des cheveux de sa mère sur sa joue, trouvait un intérêt extraordinaire dans les motifs d'un coussin, ne connaissait rien du passé et encore moins de l'avenir. Il n'avait rien d'autre qu'une conscience aiguë du présent. Tout le reste était sans importance.

Toujours aussi imprévisible, Émile avait fait volte-face. Alors qu'il avait littéralement ignoré l'existence de Félix pendant des mois et des mois, le peintre se mit soudain à le réclamer, pour le prendre dans ses bras ou bien pour l'asseoir sur ses genoux, le cajoler, capter son attention par des grimaces ou des babillages que l'enfant écoutait d'un air attentif.

En voyant cela, Victoire sentait son cœur fondre. Les rires d'Émile et du bébé, les regards qu'ils s'échangeaient, tout cela augurait un avenir bien plus radieux que ce qu'elle avait cru au départ. Tous ses espoirs d'une famille heureuse, qui avaient été, pour un temps, refroidis par le comportement du peintre, renaissaient.

D'ailleurs, les filles de la maison y allaient toutes de leurs petits commentaires.

— Tu sais, les hommes ne sont pas comme nous. Les bébés, ça ne les intéresse que quand ils commencent à grandir un peu, à avoir de la personnalité…

— La grossesse, ils ne la ressentent pas. En général, ils ne prennent vraiment conscience du petit que quand il est là, devant eux.

– Tu en as de la chance. Regarde comme il est doux avec Félix, ton Émile !

Victoire s'estimait chanceuse. Le vent semblait tourner en sa faveur, dans le sens des projets qu'elle faisait pour elle et son fils. Mariage, foyer, une vie loin du *Magnolia*, tout cela commençait à se concrétiser.

– Qu'est-ce qu'il en pense, lui ?

– Je ne lui en ai pas encore parlé…

– Il va bien falloir que tu le fasses ! Tu fais des projets, soit, mais il va avoir son mot à dire, non ?

Victoire ne le savait que trop bien. Mais étrangement, quelque chose l'empêchait de faire part à Émile de ses espoirs d'avenir.

Comme si elle craignait que le jeune peintre se méprenne sur ses intentions : elle voulait vivre avec lui parce qu'elle l'aimait, pas seulement pour se faire sortir du bordel et trouver un père pour son fils.

Une crainte d'être mal comprise, donc.

Ou peut-être même d'être rejetée.

* * *

Avec l'approche de l'été, le jour se levait de plus en plus tôt. Le ciel s'éclaircissait déjà lorsque Victoire monta se coucher après sa soirée de travail.

Elle était la dernière. Pendant que les autres filles couraient se glisser dans leurs lits, elle avait pris le temps de se débarrasser des derniers vestiges de vêtements qu'elle avait portés toute la nuit. Elle s'était savonné tout le corps avec un linge, insistant bien sur le visage et l'entrejambe pour tuer toutes traces de maquillage et de sperme, gommant à grande eau la sueur et le mélange de parfums qui lui poissaient le dos, le cou et les seins. Elle n'avait pas eu le courage de démêler ses longs cheveux, où traînaient encore quelques pétales de fleurs écrasés, et elle se contenta d'enlever les épingles qui risqueraient de la gêner pendant son sommeil. Le reste pouvait attendre. Sur sa peau enfin propre, elle avait appliqué quelques gouttes d'*Eau de nuit*, puis elle s'était drapée dans une robe d'intérieur avant de rejoindre ses compagnes au grenier.

Dans sa chambre, avec cette respiration un peu lourde et caractéristique des tout-petits, Félix dormait à poings fermés. Victoire déposa un léger baiser sur sa tête et l'observa un instant en souriant. Il avait bien bu cette nuit, et il n'allait pas la réveiller de sitôt. Mais avant de souffler la lampe à pétrole qu'elle avait apportée avec elle, Victoire sortit de la poche de sa robe les billets qu'on lui avait offerts ce soir.

En prenant garde à ne pas faire le moindre bruit, qui pourrait trahir sa cachette, Victoire déplaça doucement la lourde table de nuit et glissa la main en arrière pour attraper la grosse enveloppe. Cette fois, au lieu d'ajouter simplement les nouveaux billets, elle vida le contenu de la cagnotte sur son lit et elle fit ses comptes.

Elle connaissait exactement le montant qui était dissimulé sous l'armoire — sauf en ce qui concernait les quelques bijoux qu'on lui avait offerts, car elle ne pouvait savoir à l'avance combien elle pourrait en tirer en les revendant. Avec celui de l'enveloppe, incluant les pourboires de ce soir, le total s'élevait maintenant à près de cinquante dollars. La jeune femme eut un large sourire.

Elle était en train de remporter sa course. À ce rythme-là, il ne lui faudrait plus que quelques mois pour effacer définitivement sa dette. Elle devrait probablement compter un peu plus longtemps, afin de gagner de quoi survivre une fois qu'elle aurait quitté le *Magnolia*, mais son rêve semblait à sa portée. Elle avait rêvé de fêter le premier anniversaire de son fils dehors, mais ce n'était pas réaliste. En revanche, c'était tout à fait faisable d'ici à ce qu'il atteigne ses deux ans. Il faudrait simplement qu'elle soit prudente, qu'elle évite les amendes de Madame Angèle et qu'elle économise les frais de nourrice en laissant Laurent s'en charger, puisqu'il insistait tant.

Ce matin-là, Victoire s'endormit, satisfaite.

* * *

Les filles restaient toujours très discrètes quant au montant de leurs dettes et aux pourboires qu'elles arrivaient à mettre de côté. L'argent était un sujet tabou, dont elles ne parlaient jamais entre elles, bien que ce soit leur obsession quotidienne. Critiquer un vêtement, le prix d'une babiole vendue par Madame Grenon, le salaire d'un client visiblement aisé, c'était facile. Mais faire état de sa propre situation financière, souvent synonyme d'une vie entière passée à éponger une dette qui ne faisait que croître, c'était tout simplement impossible.

Malgré tout, Victoire ne parvint pas à garder pour elle très longtemps le fait qu'elle se voyait en bonne voie de rembourser sa patronne. Elle s'en ouvrit un jour à Toinette, sa confidente de toujours.

— Tu sais, je suis certaine que je réussirai à effacer mon ardoise, lui confia-t-elle à demi-mot. Ça ne se fera pas tout seul, c'est sûr, mais j'ai eu de la chance. Mes clients sont plutôt généreux, en ce moment, à cause de Félix…

Toinette leva un sourcil sceptique.

— Tu crois vraiment que tu y arriveras? demanda-t-elle. Tu sais, ça va te coûter cher d'avoir un enfant. Attends de voir quand il sera en nourrice! Tu vas vite déchanter, ma pauvre chérie!

— Pas sûr, si je suis prudente et que je fais ce qu'il faut, et le plus vite possible, insista Victoire. C'est certain que payer une nourrice pendant des années risque de me mettre dans le trou, mais avec ce que j'ai en ce moment et ce que je dois à Madame, je devrais pouvoir sortir dans moins d'un an. J'ai un enfant, maintenant, alors je n'ai pas l'intention de faire ce métier toute ma vie!

C'est en observant le regard de son amie que Victoire réalisa sa maladresse. Toinette était précisément de celles qui avaient, elles aussi, un enfant, et qui pourtant se voyaient enchaînées à leur maison.

Toinette, se rendant bien compte qu'il n'y avait pas de malice dans les propos de Victoire, ne releva pas. Elle se contenta de la mettre en garde.

— Si tu crois pouvoir t'en sortir financièrement, alors tant mieux, c'est tout ce que je te souhaite. Mais malheureusement, pour quitter le métier, il ne faut pas seulement de l'argent.

— Que veux-tu dire ? s'étonna Victoire. À partir du moment où je rembourse Madame, elle ne peut rien me demander d'autre, si ?

— Elle, non. Par contre, je te rappelle que tu es inscrite au registre des prostituées. La police ne te laissera pas si facilement reprendre ta vie d'avant.

Victoire était perplexe. C'était bien la première fois qu'elle songeait à ce problème.

— Les braves gens de la ville n'aiment pas se dire que des putains comme nous sont cachées parmi la foule, continua son amie. Nous sommes les pommes pourries du panier, ils ne voudraient pas tomber sur nous par erreur. C'est bien pour ça qu'ils préfèrent nous mettre dans des maisons : au moins, ils savent où nous sommes, et ils sont certains qu'on ne pourra pas contaminer les autres femmes. Putain un jour, putain toujours…

— Mais, c'est complètement faux ! protesta Victoire. Si je sors d'ici, ça ne sera pas pour aller me vendre au coin de la rue !

Ses projets de se faire entretenir par Laurent et Simon-Pierre ne lui traversèrent même pas l'esprit. La vie de putain et celle de courtisane étaient, pour elle, deux choses tout à fait distinctes et qu'on ne pouvait comparer.

— Je sais bien, lui répondit Toinette, sarcastique. Ce n'est pas à moi que tu vas apprendre ça. Mais les gens de la ville — tu sais, ceux qui viennent coucher avec nous tous les soirs! — pensent autrement.

— Alors, ça signifie qu'une fois qu'on a commencé, on ne peut plus jamais s'arrêter? demanda Victoire avec une soudaine angoisse.

— Disons que c'est plus difficile. Si tu arrives à rembourser ta dette, c'est déjà énorme. Ensuite, il faudra aussi que tu trouves un moyen de te faire rayer des registres de la police.

— Mais comment?

Toinette haussa les épaules.

— Marie-toi. En général, ils ne disent rien quand un homme se porte garant de toi. Mais vous devez être mariés, et il doit montrer sa bonne foi. Il doit prouver qu'il t'a épousée pour te faire vivre comme une femme convenable, et pas pour te prostituer et profiter à son tour de ton travail. Et ne me fais pas ces yeux-là, ma chérie! Ça arrive bien plus souvent que tu ne le crois! Regarde ce qui est arrivé à Fatima, par exemple!

— Et si jamais je quitte la maison sans rien dire à la police?

— Alors, ils pourront t'interpeller pour racolage à la première occasion. Tu ne pourras pas te marier ni t'établir nulle part, lancer un commerce ou voyager. À n'importe quelle occasion qui nécessite de vérifier ton état civil, on se rendra compte que tu es fichée comme putain et tu seras arrêtée.

Victoire pâlit. Soudain, son rêve de quitter le *Magnolia*, qui lui semblait à portée de main, s'éloignait.

— Mais, tu crois qu'il y a des filles qui y arrivent quand même?

— À quitter le métier? Je pense que oui. Mais elles sont rares…

* * *

Alors que Toinette, Éloïse et Victoire se tenaient au salon, jouant aux cartes en attendant que l'averse, dehors, leur permette de sortir cueillir les fleurs du jardin qu'elles mettraient dans leurs cheveux le soir, on entendit les bruits d'une dispute dans la cuisine.

— Qu'est-ce qu'il se passe, encore ? soupira Éloïse.

— Adéline et Marie-Louise qui se chicanent, j'imagine, répondit Toinette d'un ton morne. Elles ne sont pas capables de s'accorder, ces deux-là.

— Oui, et elles nous fatiguent, d'ailleurs ! rétorqua Victoire en abattant une carte sur la table.

Les deux « nouvelles » étaient en effet comme chien et chat, en particulier depuis quelques semaines. Marie-Louise, plus agressive, avait la langue bien pendue et toujours une réplique cinglante à asséner à Adéline, qui n'y ripostait qu'en haussant les épaules d'un air bonasse ou en se défendant mollement. La plupart du temps, ce manque de réaction empirait les choses. Marie-Louise se mettait alors à piquer plus fort, jusqu'à créer une réaction — le plus souvent, des larmes.

— Mais, laisse-moi tranquille, à la fin ! se plaignait Adéline.

Elle ne savait rien répondre d'autre.

Aujourd'hui, pourtant, les choses changèrent. Dans la cuisine, le ton monta. Marie-Louise semblait furieuse. Elle reprochait à Adéline quelque chose que les filles, au salon, ne comprenaient pas.

— Est-ce qu'elles vont bientôt finir ?

Soudain, un cri de protestation retentit. Puis, on se bouscula, on batailla, une chaise fut poussée sur le sol, un plat en fer-blanc tomba par terre, suivi d'un plateau chargé de petites soucoupes. Voyant cela, Dorine explosa à son tour et éleva la voix, espérant calmer les deux protagonistes. C'était peine perdue.

— Mais, qu'est-ce qu'elles font, bon sang ? s'exclama Victoire en se levant pour se précipiter vers la cuisine.

Ses amies lui emboîtèrent le pas et, en déboulant dans la pièce, elles découvrirent Marie-Louise qui tirait Adéline par les cheveux. Et, pour une fois, cette dernière se défendait vigoureusement, en essayant de griffer l'autre au visage.

– Tu ne le toucheras plus ! Plus jamais, tu m'entends ? braillait Marie-Louise.

– Tu parles ! S'il veut coucher avec moi, il ne se gênera pas ! Et ce n'est pas toi qui pourras l'en empêcher !

– Tu vas lui foutre la paix, sale petite putain ! C'est mon homme à moi, maintenant ! Ne compte pas sur moi pour le partager !

Victoire se jeta à son tour dans la mêlée, pour séparer les combattantes, aidée d'Éloïse et de Toinette.

– Vous êtes folles de vous battre comme ça ? s'écria Toinette en saisissant les poignets d'Adéline.

– Lâche ! Mais lâche donc ! renchérit Victoire, qui avait pris Marie-Louise à bras-le-corps et qui tentait de lui faire lâcher la poignée de cheveux qu'elle agrippait.

– Ah ! Fous-moi la paix ! Je vais lui faire comprendre, à cette petite idiote ! grogna Marie-Louise.

– Les filles ! Les filles, pour l'amour du ciel ! protestait Dorine.

Pendant quelques secondes, tout le monde cria et s'agita, puis on finit par tirer Adéline dans un coin de la pièce et par remettre Marie-Louise à l'ordre.

– Vous avez bientôt fini de vous battre comme des chiffonnières pour un simple client ? Il y en a plein, des clients ! Vous n'avez qu'à le partager !

– Je ne le partage pas ! cria Marie-Louise. Tu entends, toi ?

– Il n'est pas à toi ! Ce n'est même pas un client ! risposta Adéline sur le même ton.

– Comment ça, ce n'est pas un client ? s'étonna Toinette. Qui est-ce, alors ?

Cette fois, Adéline et Marie-Louise se tinrent coites, même si elles continuaient de se fusiller mutuellement du regard.

– Ne me dites pas que vous avez un amoureux ? À part Émile, personne d'autre ne vient ici !

– C'est Henri, expliqua alors Dorine, qui ramassait le désordre de sa cuisine. Elles se battent pour le patron…

– Quoi ?

Victoire se rua aussitôt sur Adéline et la saisit par les épaules.

– Dis donc, toi, tu ne te moquerais pas un peu de nous ? On ne t'a pas déjà dit de ne pas te laisser faire par ce bonhomme ?

– On a toutes été protester devant Madame Angèle pour qu'il nous fiche la paix, renchérit Toinette, et toi tu continues à coucher avec lui ? Tu nous prends pour qui ?

– Ce n'est pas moi qui lui cours après ! se défendit Adéline.

– Menteuse ! Tu n'es qu'une sale petite allumeuse, tu n'arrêtes pas de lui faire les yeux doux ! reprit Marie-Louise en criant.

– Et toi, alors ? rétorqua l'autre. Tu ne dis rien, quand il t'emmène dans sa chambre, je crois !

Victoire, Toinette et Éloïse étaient abasourdies. Seule Dorine ne montrait aucune surprise. Laissant les filles se débrouiller entre elles, elle s'assit en poussant un soupir, lasse de tout ce remue-ménage dans sa cuisine.

On finit par l'imiter, et les esprits se calmèrent assez pour que l'on puisse enfin démêler les raisons de la bagarre. Marie-Louise, en toute discrétion, entretenait depuis plusieurs mois — quasiment depuis son arrivée — une relation suivie avec Henri. L'histoire avait commencé dans les couloirs de la maison, entre deux portes ou dans l'une des chambres fraîchement préparées par Anne et que la jeune bonne, sans se plaindre, refaisait après les ébats du jeune couple, puis ils avaient fini par se donner des rendez-vous réguliers jusque dans les appartements privés d'Henri et de sa mère. Ainsi, l'après-midi, pendant que ses compagnes trompaient leur oisiveté avec de menues occupations, Marie-Louise s'éclipsait une heure ou deux sous un prétexte quelconque et rejoignait le fils de la tenancière.

Personne ne s'était douté de rien. Les seules à être dans la confidence étaient les domestiques, qui vaquaient à leurs tâches dans toutes les pièces de la maison et qui, à la longue, avaient fini par tomber sur les deux amants. Mais que ce soit par discrétion ou par crainte d'éventuelles représailles de la part d'Henri, elles n'avaient rien dit à personne, pas même à Madame Angèle.

Victoire et ses amies n'en revenaient pas. Le sujet de la dispute était clair, à présent : cette relation suivie n'avait pas empêché Henri de profiter de la soumise Adéline lorsqu'il en avait eu l'occasion, ce qui avait provoqué les foudres de Marie-Louise.

— Eh bien… J'imagine qu'on ne risque plus de se faire plaquer dans un coin en plein milieu de la journée, maintenant, se réjouit Éloïse.

— Rien n'est moins sûr, objecta Toinette, parce que tu connais Henri comme moi. Quand il veut quelque chose…

— Il a tout ce qu'il lui faut, je te remercie ! coupa sèchement Marie-Louise.

— Tu vas nous faire croire que toi et lui, c'est quelque chose d'unique, de spécial, qu'il est différent des autres et tout ça ? railla Victoire.

— Tu peux parler ! Ce n'est pas toi qui nous rebats les oreilles de ton grand amour, le bel Émile ? Si doux, si sensible, si talentueux… lui rétorqua aussitôt la belle blonde.

Touché.

Piquée au vif, Victoire fit la grimace et se tut.

— De toute façon, continua Marie-Louise, lui et moi nous avons tout pour nous entendre. Il est le fils de la patronne, et moi je travaille bien. Quand la vieille voudra prendre sa retraite, nous, nous serons là pour reprendre l'affaire.

Autour de la table, c'était l'ébahissement.

— Tu ne manques pas de toupet ! s'exclama Toinette. C'est donc ça que tu as derrière la tête ? Devenir une madame ?

— Il n'y a pas grand-chose de mieux, pour les filles comme nous… Rêver qu'un client t'enlève pour te traiter comme une princesse et te faire mener la grande vie, je laisse ça aux gamines qui n'ont rien compris !

— Tu préfères te mettre à la colle avec son fils ?

— À la colle ? Tu penses ! Il a intérêt à m'épouser s'il veut que je travaille avec lui ! De toute façon, c'est gagnant pour lui aussi… Avec une mère à la tête d'un bordel, il n'arrivera jamais à se marier avec une fille bien. Et puis, il n'a pas le caractère pour ça. Il lui faut une fille qui sache le tenir, et qui s'occupe de gérer la maison à sa place. Moi, ça me va…

Aussi offusquées que puissent être ses camarades, Marie-Louise avait visé juste avec son raisonnement. Il y avait peu de portes de sortie, pour une putain expérimentée. Si elle connaissait bien les subtilités du métier et si elle avait assez de caractère pour se faire obéir de ses compagnes, elle pouvait espérer devenir le bras droit d'une madame, puis madame elle-même si elle parvenait à mettre assez d'argent de côté — parfois avec l'aide de quelques bons amis investisseurs — pour monter son propre établissement.

Madame Angèle n'était pas vieille, mais si son fils proposait de continuer à faire tourner l'affaire à sa place, elle pourrait peut-être se laisser tenter par une retraite précoce à la campagne.

* * *

Marie-Louise est futée. Le fait d'avoir mis Henri dans son lit et de l'y avoir gardé est déjà tout un exploit.

Par contre, je ne supporterais pas de travailler pour elle.

Il faut que je sorte d'ici.

Chapitre 6

On se laissa tomber sur les bancs autour de la grande table en poussant des soupirs et des bâillements qu'on ne prenait pas la peine de dissimuler. Les filles, encore ensommeillées, le visage encadré de longues mèches de cheveux emmêlés, piquaient du nez dans leurs bols de café au lait.

Elles avaient été tirées du lit par le remue-ménage provoqué par Anne et deux aides-ménagères qu'on avait embauchées pour la journée afin de nettoyer de fond en comble toutes les chambres de l'étage. Elles poussaient les meubles, retournaient les matelas, ouvraient grand les fenêtres pour aérer, et portaient les tapis dehors pour les laver. Plus moyen de se rendormir.

Une à une, les pensionnaires étaient donc descendues jusqu'à la cuisine, où Anne leur avait laissé des brioches toutes chaudes, comme pour se faire pardonner d'écourter leur nuit.

— Cet après-midi, c'est sûr, je vais faire une sieste. Il ne faudra pas venir me réveiller! menaça Olivia en étouffant un bâillement.

Les autres lui répondirent en grommelant. C'était un matin où personne n'était vraiment d'humeur à jacasser.

Personne, sauf Joséphine qui, contrairement à ses camarades, avait des yeux pétillants et un sourire au coin des lèvres lorsqu'elle vint s'asseoir.

— Vous connaissez la nouvelle? Maxime vient de perdre sa femme! Il me l'a annoncé hier! claironna-t-elle.

— Et c'est censé être une bonne nouvelle? se fit-elle répondre.

— Évidemment! Maintenant qu'il est disponible, j'ai peut-être mes chances! Depuis le temps que je patiente, je ne vais pas laisser passer ça!

Autour de la table, il n'y eut pas beaucoup de réactions. Selon toute apparence, les filles étaient encore trop engourdies pour se réjouir à hauteur de ce que Joséphine attendait. Cette dernière se vexa.

— Vous pourriez être contentes pour moi, non?

— Tu n'es pas encore mariée, ma chérie, répliqua Léontine d'un ton acerbe. Tu nous en reparleras quand les préparatifs seront en cours.

Cette fois, Joséphine se leva d'un bond.

— Eh bien, merci pour votre soutien! Ça fait plaisir! s'écria-t-elle, furieuse.

Puis, elle quitta la cuisine sans avoir avalé la moindre bouchée.

Il faut dire que les réjouissances étaient en effet pour le moins prématurées. Que Maxime soit veuf — et donc potentiellement intéressé à se remarier — était une chose, mais qu'il soit prêt à passer la bague au doigt d'une putain du *Magnolia* en était une autre. Et entre les deux, il y avait un monde…

Il y avait aussi une période de deuil réglementaire à laquelle ledit Maxime ne pouvait pas déroger. Quand on appartenait à un milieu aussi huppé que le sien, il fallait faire les choses dans les règles de l'art sous peine de se faire montrer du doigt. Traditionnellement, lorsqu'on perdait un être cher, on se retrouvait le plus souvent cloîtré chez soi, toute forme d'amusement étant considérée comme un manque de respect. On portait le deuil pendant une durée qui n'avait rien à voir avec l'affection — réelle ou non — qu'on avait pu éprouver pour le défunt, mais qui était plutôt réglementée par le degré d'alliance que l'on avait avec lui: jusqu'à un an et plus pour un époux, quelques mois pour un père ou un frère, quelques semaines pour un oncle ou un cousin. Mais, s'il existait une durée minimale en dessous de laquelle on s'exposait à la désapprobation de l'entourage, on pouvait aussi choisir de prolonger son deuil aussi longtemps qu'on le souhaitait. La reine d'Angleterre en était le plus bel exemple : elle vouait à son défunt mari une dévotion si absolue que même après plus de trente ans elle portait encore le noir et refusait de se rendre au théâtre.

Maxime ne vivrait bien entendu jamais un deuil aussi long, mais il fut toutefois contraint, comme tout bon gentleman, de restreindre ses sorties, ses visites et toutes ses activités sociales, pour donner l'impression qu'en l'absence de sa femme la vie avait perdu tout intérêt à ses yeux. Dans la foulée, il suspendit aussi ses visites au *Magnolia*.

Joséphine, qui ne l'avait pas vu venir, était furieuse.

Dans les semaines qui suivirent, elle ne reçut des nouvelles de son amant que par le biais des lettres qu'il lui envoya, et par Georges, qui était un de ses amis.

Le pauvre se faisait presser de questions dès qu'il mettait un pied dans la maison.

— Comment va Maxime ?

— Est-ce qu'il compte revenir bientôt ?

— Est-il en ville, en ce moment ?

— Combien de temps va-t-il garder le deuil ? Deux mois ? Six ?

— Tu lui diras que je pense à lui, n'est-ce pas ?

Georges répondait comme il pouvait, mais cela ne rassurait jamais complètement la pauvre Joséphine, qui craignait de perdre son emprise sur son amant.

— Mais il t'aime, ton Maxime, lui répétaient ses amies.

— Pourquoi as-tu si peur qu'il t'oublie ? Comment le pourrait-il ?

— Il ne pense qu'à toi, c'est certain !

Rien n'était moins sûr. En revanche, ce qui l'était vraiment, c'était que l'épouse avait vite été oubliée. Maxime, comme tant d'autres, s'était marié par intérêt et, après avoir joué au bon époux pendant plusieurs années — au cours desquelles il lui avait fait trois ou quatre enfants —, il l'avait installée dans une belle maison à la campagne tandis qu'il était revenu en ville pour reprendre sa vie d'avant. Son travail, ses maîtresses, ses soirées mondaines et ses nuits au *Magnolia* lui prenaient tout son temps, de sorte qu'il ne revoyait sa femme et ses enfants que de loin en loin.

Dans les faits, c'était un mauvais mari, et il aurait pu facilement être critiqué pour cela, mais il était bien trop riche pour que l'on ose émettre le moindre commentaire désobligeant à son égard. Sa femme, phtisique, avait fini par s'éteindre, et en vérité cela ne changeait pas grand-chose à son quotidien. Une fois qu'il aurait trouvé une gouvernante pour s'occuper de ses enfants, et dès qu'il aurait terminé d'observer le deuil réglementaire, il serait libre de se remarier selon son cœur.

Joséphine n'était pas naïve. Elle savait bien qu'une fille de maison dans son genre n'avait à peu près aucune chance de se faire épouser par un aussi bon parti. Elle rêvait tout de même. Ses charmes et sa jeunesse étaient certes des atouts intéressants, mais ils étaient loin d'être suffisants pour lui permettre d'atteindre son but. En revanche, la jeune femme savait qu'elle pouvait compter sur la relation très étroite qu'elle avait nouée avec Maxime au fil des ans. Cela faisait bientôt trois ans qu'il était un client exclusif, il n'avait jamais manqué un seul de leurs rendez-vous et, bien qu'elle l'ait parfois entendu parler d'une maîtresse de passage dans sa vie, elle savait qu'elle était la seule vers qui il se tournait.

Elle avait une autre raison de se croire une solide prétendante au mariage : Maxime était riche — autant grâce à son entreprise florissante que grâce à la confortable dot apportée par son épouse —, il pouvait donc très bien se marier par amour. En jouant ses cartes avec beaucoup de finesse, Joséphine pourrait peut-être le tenter assez pour lui faire franchir le pas.

Mais pour cela, il aurait fallu que Maxime soit auprès d'elle.

* * *

Félix avait presque cinq mois lorsque Laurent invita de nouveau Victoire à souper chez lui.

Conciliant, il offrit de ramener la jeune femme directement à la fin de la soirée, au lieu de lui faire passer la nuit sur place, comme il le faisait d'ordinaire. Victoire s'inquiéta bien un peu de devoir quitter le petit Félix pendant plusieurs heures — chose qu'elle n'avait jamais faite —, mais elle se consola très vite en se disant que ce dernier était désormais capable de se passer d'elle en buvant un peu de lait concentré coupé d'eau et qu'il resterait sous la garde bienveillante de Fatima.

En réalité, elle était enchantée à l'idée de faire son grand retour parmi la petite clique d'amis qu'elle connaissait bien, et dont elle s'était ennuyée, et l'accueil qu'ils lui réservèrent à son arrivée lui fit chaud au cœur.

— Ma chérie! Où étais-tu passée? Tu es magnifique! s'exclama Madeleine en l'embrassant affectueusement. Tu nous as beaucoup manqué, tu sais!

Eugène, Simon-Pierre, Malvina, Camille, Jean… Ils étaient tous là, y compris Émile. La jeune femme dut d'ailleurs se retenir de ne pas lui offrir un sourire éblouissant lorsqu'elle l'aperçut. Il était resplendissant dans son costume de toile fine couleur crème, et il commençait à se laisser pousser une jolie petite barbe qu'elle ne lui avait encore jamais vue. Mais, les deux amants durent faire semblant de se revoir pour la première fois depuis longtemps, car personne, pas même Laurent, ne savait qu'Émile rendait visite à Victoire au *Magnolia* pendant la journée.

Pour Victoire, la frustration de ne pas pouvoir se jeter à son cou fut adoucie par la confirmation qu'elle retrouvait sa place au sein du groupe. Dans cette maison, au moins, on la considérait comme l'égale de tous les autres, ce qui lui faisait un bien fou, sans compter que, pour la première fois depuis longtemps, elle pouvait s'amuser sans penser aux pleurs, aux tétées ou aux langes. C'était un peu de sa vie d'avant qui lui était restituée et elle se laissa volontiers emporter, comme pour rattraper son retard.

Le seul nouveau visage autour de la table était un certain Étienne, que Victoire rencontrait pour la première fois, mais qui, semblait-il, avait été invité à de nombreuses reprises pendant son absence. Elle n'eut pas l'occasion de bavarder très longtemps avec lui, mais, dans l'ensemble, il lui fit bonne impression. Puis, il s'agissait d'un homme, et non pas d'une jolie demoiselle qui aurait pu lui faire de la concurrence, ce qui avait quelque chose de très rassurant : même si la jeune femme avait été absente pendant de longs mois, on l'avait décidément attendue avec patience.

Après le souper — qui fut, comme toujours, très animé et très arrosé —, les femmes se retirèrent au salon pendant que les hommes s'isolaient dans la bibliothèque voisine pour fumer.

— C'est ridicule, cette nouvelle habitude, se moqua Madeleine, et je l'ai déjà dit plusieurs fois à Laurent. Pourquoi ne viennent-ils pas fumer ici ? Nous pourrions en profiter, nous aussi !

C'était en effet un rituel que l'on ne manquait jamais d'observer dans les grandes maisons, où les hommes se mettaient toujours à l'écart, après les repas, pour ne pas importuner leurs compagnes avec la fumée de leurs cigares. Mais ici, en compagnie de ces courtisanes qui fumaient elles-mêmes, une telle tradition n'avait guère de sens.

D'ailleurs, comme pour leur montrer le ridicule de la situation et se dissocier des femmes respectables à qui le tabac était défendu, Madeleine et Malvina sortirent leurs étuis à cigarettes et en proposèrent aux autres. En quelques minutes, comble d'élégance et de provocation, ces créatures magnifiques s'entourèrent de nuages de volutes blanches.

Tandis que les autres se mettaient à bavarder, Madeleine vint s'asseoir à côté de Victoire et se pencha vers elle.

— Dis-moi, ma chérie, commença-t-elle sur le ton de la confidence, Laurent nous a dit que vous étiez allés ensemble à l'opéra, la semaine dernière ?

— C'est vrai, répondit la jeune femme, les yeux brillants en songeant à ce beau souvenir. C'était un opéra-bouffe, *Orphée aux enfers*. De… Monsieur Offenbach, je crois ? Je ne sais plus, exactement… Mais c'était très drôle, il faudrait que tu ailles le voir, toi aussi !

Victoire se sentait toujours un peu importante lorsqu'elle montrait qu'elle aussi, à présent, fréquentait les théâtres. En compagnie de Laurent, qui lui donnait avec plaisir toutes les explications qu'elle réclamait, elle avait considérablement augmenté son niveau de culture pour faire concurrence à tous ces gens bien nés, éduqués, pour qui la Grèce antique, avec ses héros mythiques, ses philosophes et ses guerriers célèbres, n'avait pas de secrets. Elle songeait parfois aux noms mystérieux qu'elle avait lus sur les tranches des livres du père Thomas, à Boucherville, et elle se disait qu'en ce qui avait trait aux arts, elle était probablement devenue bien plus savante que lui, à présent. Il lui restait à découvrir la philosophie, la théologie et toutes ces sciences impénétrables, mais elle s'y employait avec persévérance.

C'était une chose que son père, Adémar, n'aurait sans doute jamais comprise. S'il lui paraissait évident que les jeunes filles devaient recevoir une bonne éducation, cela se limitait à savoir lire, écrire, compter, connaître un peu d'histoire et de géographie, et s'exprimer suffisamment bien pour séduire un bon parti. Un peu de dessin ou de musique ne pouvait pas nuire, bien sûr. Mais la philosophie, la littérature, les langues… et tout cela pour le simple plaisir de l'esprit ? À quoi bon ? Adémar n'aurait pas fait le moindre effort pour encourager — et encore moins assouvir — une telle soif de savoir chez sa fille.

À dire vrai, Madeleine, à cet instant, se moquait elle aussi éperdument des aventures burlesques d'Orphée, d'Eurydice et d'Aristée.

— Ça se passe plutôt bien, entre vous, on dirait. Pour tout dire, c'est même la première fois que je le vois rester aussi longtemps avec une fille, continua-t-elle au sujet de Laurent. Est-ce que vous avez des projets ?

— De mariage ? la nargua Victoire. Quelle idée !

— Peut-être pas jusque-là, poursuivit Madeleine sans se troubler. Je ne suis pas certaine que ce soit le genre de notre ami, de toute façon. Mais je me disais que, tant qu'à vous fréquenter, il finirait peut-être par t'installer quelque part, dans des conditions un peu plus décentes.

— Ce n'est pas prévu pour le moment, mais j'avoue que j'y ai déjà pensé, admit la jeune femme.

— Ce serait une bonne chose.

Mise en confiance par ces propos, Victoire décida alors de faire part à son amie de ses ambitions de faire entrer Simon-Pierre dans la danse.

— Ça, ma chérie, ce sera difficile. Laurent n'est pas prêteur — si tu vois ce que je veux dire ! —, encore moins avec ses amis. Non, à mon avis, s'il doit te sortir de la maison où tu es, ce sera forcément pour te garder pour lui seul. Si c'est à l'argent que tu penses, ne t'inquiète pas pour ça : il en a les moyens. Le plus difficile sera de le convaincre, mais une fois qu'il se sera décidé, il pourrait être très généreux. Il faut voir, par contre, ce qu'il a offert à Émile !

Victoire fronça les sourcils, intriguée.

— De quoi parles-tu ?

— Tu n'es pas au courant ? Mais non, c'est vrai : comment le pourrais-tu… Figure-toi que Laurent s'est décidé à soutenir le travail d'Émile autrement qu'en lui achetant trois ou quatre toiles par an. Depuis le temps que nous lui disions de prendre un peu plus au sérieux ce rôle de mécène qu'il se donne ! S'il veut faire les choses bien, il faut aller jusqu'au bout, n'est-ce pas? Alors, du jour au lendemain, sur un coup de tête, voilà qu'il a installé Émile dans une belle petite maison, avec un domestique. À partir d'aujourd'hui, notre cher peintre n'a plus à se tracasser pour le quotidien : il peut se consacrer corps et âme à son art! N'est-ce pas la plus belle chose qui pouvait lui arriver? Laurent n'a pas été facile à convaincre, mais maintenant il semble que tous deux soient enchantés…

Durant toutes ces explications, Victoire était restée coite. À aucun moment, Émile n'avait envisagé de quitter son pauvre grenier d'artiste désargenté. Alors, une maison? Et avec un domestique, en plus? Il devait forcément y avoir une confusion.

— Quand doit-il s'installer? demanda-t-elle malgré tout.

— Qui donc?

— Eh bien, Émile!

— Oh, mais il est déjà installé. Cela fait deux mois, je crois.

* * *

Qu'est-ce que c'est que cette histoire?
Est-ce moi qui deviens folle?
Depuis le temps qu'il vient au Magnolia, *pour me voir, bavarder, jouer avec Félix, il aurait amplement eu le temps de me parler d'un projet pareil. Et il ne l'a pas fait? À quoi pensait-il? Je suis quand même un peu concernée, non?*

* * *

Les pensées se bousculaient dans la tête de la jeune femme. D'un côté, elle en voulait au peintre de lui avoir caché un changement aussi majeur dans sa vie et, de l'autre, elle imaginait déjà cette petite maison — forcément ravissante! — en se disant que ce serait l'endroit rêvé pour y voir grandir son fils.

Mais, tandis que ses pensées lui échappaient, les paroles de Madeleine continuaient de résonner dans un coin de sa tête.

Si Laurent acceptait de la sortir du bordel, ce serait pour la garder pour lui seul. Par ailleurs, si elle en sortait par ses propres moyens pour vivre avec Émile, Laurent, jaloux, leur couperait sans doute les vivres. Alors, adieu jolie maison et petite famille.

* * *

Les hommes revinrent de la bibliothèque en apportant avec eux des effluves de cigares qui se mêlèrent aux cigarettes des femmes, et Victoire ne put s'empêcher de chercher sur le visage d'Émile le moindre signe indiquant qu'il lui faisait des cachotteries.

Elle n'y trouva rien. Toujours aussi avenant, souriant, affectueux avec tout le monde, les regards qu'il lui glissait n'avaient rien d'équivoque — sauf peut-être pour lui montrer qu'il avait envie d'elle et qu'il regrettait de ne pas pouvoir l'approcher.

* * *

Tu ne perds rien pour attendre, mon amour.
Continue de me faire les yeux doux si tu veux, il va quand même falloir que tu me donnes des explications.

* * *

En fin de soirée, alors que les invités descendaient toujours un peu plus bas dans les fauteuils, amortis par la fatigue et la digestion, Camille donna le signal du départ en affirmant qu'elle allait faire appeler une voiture pour rentrer. Victoire, songeant à son fils qui n'avait sûrement pas apprécié de devoir se contenter de lait concentré au lieu du sein maternel, lui emboîta le pas.

Étienne, chevaleresque, se proposa aussitôt.

— Je suis venu avec ma propre voiture, mon cocher sera prêt à partir dans une minute. Si vous le voulez bien, je me ferai un plaisir de vous raccompagner.

Victoire lança bien quelques regards à Émile pour vérifier s'il ne pouvait pas, lui aussi, la ramener chez elle — ce qui aurait été pour eux l'occasion de se retrouver un peu en tête-à-tête —, mais le peintre ne broncha pas et, en quelques minutes, l'affaire fut entendue avec Étienne. Les invités s'extirpèrent mollement de leurs fauteuils et présentèrent leurs respects à leur hôte avant de quitter la maison, par petits groupes.

Dans la voiture d'Étienne, on déposa d'abord Camille à la porte de chez elle. Puis, Étienne se tourna vers Victoire.

— Et vous, ma chère? Où allons-nous vous déposer?

— Sur la rue Clark, au nord, demanda-t-elle.

Tandis que le cocher, sur son siège, lançait la voiture dans une nouvelle direction, le silence tomba entre les deux passagers. Victoire, perdue dans ses pensées, ruminait les révélations que lui avait faites Madeleine un peu plus tôt et l'occasion manquée de s'expliquer avec Émile; elle ne se souciait pas de soutenir une conversation aimable avec un homme qu'elle connaissait à peine.

Celui-ci fit bien quelques tentatives, parlant de la température agréable de la nuit, en comparaison des épouvantables chaleurs de la journée, ou bien d'un pari audacieux qu'il avait réalisé avec des partenaires d'affaires et dont il allait avoir sous peu les résultats, qu'il espérait fameux. Victoire écoutait à peine et ne répondait que du bout des lèvres. Elle ne voulait pas se montrer impolie, mais elle avait hâte de rentrer chez elle.

— Vous vivez seule? s'informa soudain Étienne.

C'était une chose surprenante à demander à une jeune femme, aussi Victoire fronça-t-elle les sourcils. Une alerte venait de sonner à l'intérieur de sa tête.

— Pourquoi cette question? dit-elle, méfiante.

– Parce que la nuit est encore jeune. Je me disais que nous pourrions peut-être la terminer quelque part, rien que vous et moi…

Tout en disant ces mots, Étienne posa une main sur le genou de sa voisine. Celle-ci se raidit. Elle était fatiguée et n'était pas d'humeur à employer des détours pour se faire comprendre, aussi répondit-elle d'un ton ferme :

– Excusez-moi, mais je ne crois pas avoir sous-entendu quoi que ce soit.

– C'est vrai, vous ne l'avez pas fait, ma chère, et c'est pourquoi je prends les devants, insista l'autre avec un sourire plein d'assurance. Entre gens de bonne compagnie, nous allons sûrement nous entendre, n'est-ce pas ?

– Je n'en suis pas certaine, commença Victoire, qui cherchait un moyen de se sortir de là. Que dirait Laurent si…

– Allons, allons, notre ami Dagenais n'est plus là, il ne faut pas s'en inquiéter. Quoi qu'il se passe entre nous, je serai muet comme une tombe.

La main, sur le genou, se fit plus insistante. Cette fois, Victoire la repoussa durement.

– Monsieur, s'il vous plaît ! Je ne crois pas vous avoir autorisé…

– Dis donc, petite, ne fais pas tant de manières ! coupa Étienne, soudain agacé. J'ai de l'argent, si c'est ce qui t'inquiète…

Et il revint à la charge, cette fois en glissant directement sa main dans le corsage de Victoire, à la recherche d'un bout de sein. Celle-ci se débattit, l'homme insista, une gifle partit.

C'était Victoire qui se défendait.

– Arrêtez la voiture ! cria-t-elle au conducteur. Arrêtez-vous ! Tout de suite !

Étienne, insulté, était rouge de fureur. Il leva la main à son tour, mais, par chance, le cocher avait obéi et la voiture commença à ralentir. Elle ne s'était pas encore complètement immobilisée que Victoire sautait déjà à terre, trébuchant dans sa belle robe de soirée. Elle se mit à courir comme elle put sur le trottoir.

— Pourquoi t'es-tu arrêté, bougre d'imbécile! entendit-elle rouspéter derrière elle.

* * *

Victoire ne cessa de courir qu'après avoir tourné deux coins de rue. Elle se dépêcha vers un carrefour bien éclairé, repéra le nom des rues, puis elle prit la direction du *Magnolia*.

À pied, elle en avait bien pour une demi-heure. Ses souliers de satin n'étaient pas faits pour marcher une telle distance, mais elle s'en moquait: au moins, Étienne ne connaissait pas son adresse, il ignorait qu'elle appartenait à une maison de tolérance.

D'ailleurs, la jeune femme se demandait quel traitement elle aurait reçu s'il l'avait appris. Dans la voiture, l'homme l'avait considérée comme une demi-mondaine, une de ces femmes entretenues qui, à l'instar de Madeleine ou de Malvina, prenaient des amants lorsqu'elles avaient besoin d'argent. Il était d'ailleurs fort probable qu'il ait simplement tenté de profiter de l'occasion qui s'offrait, sans préméditer son geste, car il n'avait montré aucun intérêt particulier pour Victoire au cours de la soirée. Qu'importe la fille, pourvu qu'on termine la soirée dans un lit.

Mais alors qu'une courtisane se traite avec un certain respect, qu'aurait-il fait s'il avait su que Victoire était en réalité une pensionnaire de maison close? Aurait-il exigé qu'elle relève ses jupes dans la voiture ou au coin d'une ruelle? En vitesse, comme ces filles qu'on trouvait dans la rue et qu'on consommait parfois sur place? Vue comme une demi-mondaine, Victoire avait encore son mot à dire, mais vue comme une simple putain, elle ne devenait qu'une fille anonyme, utilisable à volonté. Exactement comme ces nouveaux clients qui ne venaient au *Magnolia* que pour choisir une paire de seins ou de fesses à leur goût, sans même prendre la peine de demander son nom à la demoiselle.

Les talons de Victoire frappaient le trottoir à une cadence infernale, comme pour lui permettre de se défaire de ce trop-plein de fureur mêlée de panique. Il n'aurait pas fallu qu'un homme s'avise de lui adresser la parole, sous peine de se faire aboyer au visage.

Étienne avait franchi une limite. Ce n'est pas parce qu'elle était putain qu'elle était pour autant de la chair à disposition de tous.

* * *

Qu'est-ce qu'il croyait ? Que sous prétexte qu'il avait de l'argent à m'offrir il pouvait se permettre de profiter de moi ? Que j'aurais forcément été d'accord pour coucher avec lui ? Mais dans quel monde vivent-ils, ces hommes-là ? Je ne suis putain que quand je monte l'escalier du Magnolia *avec un client, c'est tout ! Je suis putain quand on me paye, je suis putain pendant les heures où je travaille. Le reste du temps, je suis une femme ordinaire que personne n'a le droit de toucher si je ne l'y ai pas autorisé.*

Mon corps est à moi. Mieux : mon corps est une partie de moi ! Je ne suis pas un esprit, une intelligence immatérielle enfermée dans un objet physique qu'on peut donner ou vendre comme une marchandise. Ces mains, ces seins, ce visage, ces cheveux, ces hanches, tout cela, c'est moi, c'est Victoire, au même titre que l'esprit qui formule ces pensées en ce moment même. Et ce corps n'est pas à la disposition de tous. Jamais. Même avec mes clients ! Je ne suis à eux que parce que je le veux, parce que j'accepte qu'on me paye pour ça. Je décide de ce que je fais. Émile lui-même n'a pas le droit de disposer de moi comme il en a envie !

Je suis peut-être une putain, mais je suis aussi bien d'autres choses. Je suis aussi la mère de Félix, l'amie de Toinette ou de Fatima, la fille d'Adémar, la sœur de Joseph, et j'en passe…

Je suis moi. J'ai ma propre intégrité et les hommes n'ont pas à me tripoter librement comme si je leur appartenais d'office.

* * *

La fureur de la jeune femme se dissipa à mesure qu'elle traversait la ville pour rejoindre sa maison. Au fond, elle était surtout soulagée de s'être tirée de cette situation. Elle réfléchirait plus tard à la meilleure attitude à adopter si jamais l'incident parvenait aux oreilles de Laurent.

D'ici là, elle avait d'autres soucis.

Il était plus de minuit, et elle réalisa soudain qu'elle était seule en plein milieu d'une rue presque déserte.

Ce fut le regard un peu trop insistant qu'un inconnu lui jeta en la croisant sur le trottoir qui lui fit prendre conscience de sa vulnérabilité. Dans sa robe de soirée, qui la faisait passer pour une belle bourgeoise revenant de l'opéra, elle était bien trop inaccessible de prime abord pour qu'un simple passant lui cherche des ennuis. Mais on s'attendrait à ce que pareille créature ne traverse qu'un ou deux coins de rue pour rentrer chez elle, et non qu'elle arpente un boulevard sur toute sa longueur comme elle le faisait en ce moment. Une femme seule, la nuit, avec une robe chatoyante et des talons claquant sur le pavé, ça se repérait de loin et ça piquait forcément la curiosité.

Si elle tombait sur un quelconque maraudeur, il pourrait l'attaquer pour lui voler ses bijoux — et ce ne serait même pas la pire chose qui pourrait lui arriver.

Si, en revanche, elle croisait un policier, Victoire pouvait être certaine qu'il l'interpellerait pour savoir qui elle était et où elle se rendait. Ce serait l'arrestation assurée, le poste de police, et toutes ces conséquences qu'elle ne voulait jamais connaître. Elle était fichée au registre des prostituées : contre une accusation de racolage sur la voie publique, elle ne pourrait pas se défendre.

Aussi incroyable que cela puisse paraître, elle pouvait se retrouver en prison pour avoir simplement marché sur le boulevard Saint-Laurent en pleine nuit.

La jeune femme s'arrêta.

Le ciel était clair, les trottoirs dégagés. Elle se décida à retirer ses souliers. Alors, pieds nus, silencieuse comme une ombre, elle reprit sa route en allant aussi vite que possible.

* * *

Victoire avait fait des détours pour emprunter les rues résidentielles, où elle avait peu de chances de rencontrer qui que ce soit sur son chemin. Enfin, après une éternité, elle avait fini par repérer la ruelle qui menait en arrière du *Magnolia*, et elle s'était effondrée un moment contre la porte de la cour pour reprendre son souffle.

— La voiture est déjà repartie? fit Thelma en lui ouvrant, étonnée de trouver Victoire seule dans la rue.

Cette dernière hocha vaguement la tête pour éviter de répondre. Une fois dans la cour, elle se sentit soulagée: elle était enfin de retour, sans encombre. Mais alors qu'elle se dirigeait vers l'escalier de service, précédée de la bonne qui devait lui déverrouiller la porte du grenier, Victoire se fit appeler par Gustave, qui se trouvait dans le couloir.

— Oh, mais c'est ma belle Victoire! s'exclama-t-il. Eh bien! Tu te sauves?

— Désolée, mon chéri, je ne travaille pas ce soir, lui répondit-elle en plaquant sur son visage fatigué un sourire aimable. Je vais me coucher…

— Dans cette tenue? Tu es sortie? Où étais-tu?

— Chez un ami.

Et sans attendre de réponse, elle disparut de l'escalier. Elle n'en pouvait plus, elle avait juste envie qu'on lui fiche la paix.

Elle avait soif, mal aux pieds, mal au dos, elle ne supportait plus cette robe qui l'étranglait. Elle avait besoin de se retrouver seule, en sécurité, dans son lit, avec son bébé, pour se détendre enfin et se remettre de ses émotions.

Félix ne dormait pas. Il geignait dans les bras de Fatima, dont le regard fatigué montrait que le bébé avait dû pleurer une partie de la soirée et qu'elle était bien heureuse que sa mère soit enfin de retour.

Enfin à l'abri dans sa chambre, Victoire allongea le bébé sur le lit, le temps de se déshabiller. Félix, qui s'était rappelé qu'il était affamé, se mit à pleurer et à gigoter, mais il dut patienter encore un peu, le temps qu'elle se débarrasse de tous ses artifices — robe, bas, corset, chemise et jupons, épingles et fleurs dans les cheveux. Elle se débarbouilla le visage, rinça la sueur qui lui glaçait le dos et les aisselles, et elle se glissa avec délices dans sa simple chemise de coton, dont elle déboutonna le devant pour donner le sein à son fils.

Pelotonnée sur son lit, dans la tiédeur du grenier chauffé toute la journée par le soleil, avec son bébé qui tétait à pleine bouche, Victoire réalisa qu'elle tremblait de fatigue et d'énervement. Ses yeux se mouillèrent.

* * *

Ils vont me rendre folle, tous autant qu'ils sont…
Laissez-moi tranquille!
Arrêtez cette musique, ces rires, ces cris dans les chambres!
Renvoyez-les chez eux, tous ces hommes qui ne sont pas capables de garder leur queue dans leur pantalon et qui pensent que la première fille qu'ils rencontreront leur sera automatiquement soumise. Qu'ils aillent donc expliquer à leurs épouses, à qui ils ont juré amour et fidélité, ce qu'ils nous font, quand elles ne sont pas là! Qu'ils aillent donc regarder leurs mères, leurs femmes, leurs sœurs ou leurs filles

dans les yeux, et qu'ils leur demandent ce que leur font les hommes qu'elles croisent dans la rue!

Émile! Où es-tu? Pourquoi n'es-tu jamais auprès de moi quand j'ai besoin de toi? Pourquoi n'es-tu pas là pour me prendre dans tes bras? Et pourquoi ai-je oujours cette aigreur au ventre qui me dit que je ne devrais pas avoir confiance en toi?

* * *

Félix, lové contre sa mère, avait lâché son sein depuis longtemps. La bouche entrouverte, quelques bulles blanches au coin des lèvres, il dormait profondément.

Victoire en faisait autant.

* * *

Il était midi passé, mais, pour les pensionnaires du *Magnolia*, la journée ne faisait que commencer. Après avoir traîné au lit, à jouer et à somnoler avec son fils, Victoire, remise de ses émotions de la veille, avait fini par se lever pour aller déjeuner. Après être remontée dans sa chambre, elle était occupée à allaiter le bébé lorsqu'elle entendit une véritable bousculade dans l'escalier de service, accompagnée de cris de protestation.

— Vous n'avez pas le droit, c'est ma chambre!

— Ah, vraiment? Et où te crois-tu, jeune fille? Tu oublies que je suis partout chez moi, dans cette maison! Ôte-toi de mon chemin!

Victoire avait reconnu les voix, mais elle fut tout de même surprise par la cavalcade qui se poursuivit dans le couloir. Par la porte ouverte de sa chambre, elle vit débouler Madame Angèle, suivie de Marie-Louise qui tentait de la retenir comme elle le pouvait. Suivaient aussi Éloïse et Olivia, ainsi que la petite Anne.

Dans les chambres voisines, les filles s'agitèrent pour savoir ce qui se passait.

Éloïse et Olivia, l'air affolé, prévenaient tout le monde.

– Madame fouille les chambres ! Il paraît que Marie-Louise lui a caché de l'argent !

En effet, la tenancière s'était précipitée dans la chambre que partageaient Marie-Louise et Toinette, et elle avait commencé à retourner les meubles. Marie-Louise criait, Toinette protestait, Adéline avait fondu en larmes et les autres s'attroupaient à la porte pour assister à la scène. On appela dans l'escalier. Le reste des filles, dispersées dans la maison, accoururent.

Le remue-ménage était tel que Félix avait lâché le sein de sa mère. Il roulait des yeux immenses et paraissait lui aussi sur le point de pleurer.

D'abord interdite, ne sachant trop comment réagir, Victoire se décida. Elle bondit sur ses pieds, serrant toujours l'enfant d'un bras, et déplaça la table de nuit en essayant de ne pas trop faire de bruit. Elle avait oublié de fermer d'abord la porte de sa chambre avant de révéler sa cachette, mais c'était trop tard. De toute façon, ses camarades étaient trop occupées à mettre elles aussi leur argent à l'abri.

L'enveloppe collée derrière le meuble fut arrachée à toute vitesse. Tournant en rond dans la pièce, Victoire s'affolait, ne sachant pas où la camoufler. Elle manquait de temps. Finalement, elle déposa rudement son bébé sur le lit — le petit Félix, furieux, se mit à hurler — et dénoua son lange pour y glisser l'enveloppe avant de rabattre sur lui le pan de sa robe et le châle dans lequel il était emmitouflé.

Il restait encore à mettre hors de portée de sa patronne le trésor que Victoire cachait sous son armoire. Mais c'était trop tard : Madame Angèle, après avoir retourné la chambre de Marie-Louise, approchait, une jolie petite liasse de billets à la main.

– Et toi ? demanda-t-elle sèchement. Est-ce que toi aussi tu joues selon tes propres règles ? Va savoir ce que tu t'es mis dans les poches, avec ta soirée d'hier, chez Dagenais !

Elle retourna le tiroir qui faisait office de berceau pour le bébé et s'assura qu'il n'y avait rien de caché sous les linges. Puis, elle tira les draps du lit, découvrit la housse du matelas et vérifia que les coutures n'avaient pas été défaites. Elle sonda de quelques coups de talon les lattes du plancher, ouvrit la grande armoire pour en inspecter les tablettes, retourna la table de chevet et le petit tapis de laine étalé au pied du lit.

– Où ranges-tu ton argent ? Celui que je te donne ? exigea Madame Angèle.

Victoire, par une chance inouïe, portait justement une robe d'intérieur dans laquelle elle avait glissé quelques billets, réclamés la veille pour faire quelques achats à Madame Grenon.

– Ici, dans ma poche. Je le garde toujours sur moi, prétendit-elle en dirigeant la main vers sa poche.

– C'est tout ? Tu n'as pas d'autre endroit ? Pas de cachette ? Méfie-toi si jamais je trouve quelque chose et que tu m'as menti ! s'exclama la tenancière.

Heureusement, elle ne chercha pas à s'approcher de la mère ou du bébé que Victoire tenait toujours bien serré dans ses bras, en le berçant vigoureusement pour essayer de le calmer. Mais dans toute cette agitation, Félix criait maintenant sans interruption, ce qui rendait la scène plus difficile encore.

C'est peut-être ce qui fit que Madame Angèle finit par abandonner ses recherches et quitta la chambre pour passer à la suivante. Ce fut au tour de Joséphine et d'Adéline.

– Dites, je n'ai rien fait, moi ! protesta Joséphine. Pourquoi vous en prendre à nous comme ça, sans prévenir ? Et d'abord, qu'est-ce qu'elle a fait, celle-là ? ajouta-t-elle en pointant la nouvelle.

Elle fut reprise en écho par le reste des pensionnaires qui, maintenant qu'elles étaient rassemblées, profitaient de l'effet de masse pour se défendre. Mais cela n'empêcha pas Madame Angèle de poursuivre ses recherches dans toutes les chambres du grenier. Chez Olivia, elle découvrit une plinthe branlante qui lui servait à cacher quelques billets, dont elle confisqua la moitié, sous prétexte qu'Olivia n'était pas censée posséder autant d'argent liquide et qu'il ne pouvait donc s'agir que de pourboires interdits. La métisse eut beau s'insurger, la tenancière la menaçant de prendre le reste, mais elle n'eut d'autre choix que de se soumettre. Chez Toinette, elle saisit une chaîne en or, offerte par un client. Chez Adéline, ce fut une poignée de piécettes et des boutons de manchette en nacre, ainsi qu'une épingle à cravate. Des objets surprenants, car, lorsque les clients offraient des cadeaux, il s'agissait plus souvent de bijoux féminins. Adéline les aurait-elle dérobés?

— Non, ne dis rien! Je préfère croire que ce sont bien tes clients qui t'ont offert tout ça… lâcha Madame Angèle, cinglante.

Adéline pleurait de plus belle et ne se défendit pas. Personne ne luttait vraiment, de toute façon. On protestait, on s'agitait, on criait, mais Madame Angèle faisait autorité et la menace de représailles plus lourdes achevait de mater les plus récalcitrantes.

Enfin, après ce qui parut une éternité pour toutes celles qui avaient des choses à cacher, la tenancière redescendit, suivie par la bonne Anne, qui portait dans son tablier le butin récupéré. Restées seules, les filles se ruèrent alors sur Marie-Louise pour avoir des explications.

— Qu'est-ce qui s'est passé?
— Pourquoi tu nous as mis dans un tel pétrin?
— Es-tu devenue complètement folle?
— Tu as vraiment volé de l'argent à Madame?

Marie-Louise, tiraillée de toutes parts, s'enferma dans un mutisme digne d'une enfant gâtée. Comme elle ne lâchait plus un mot, c'est Olivia qui raconta ce qu'elle avait entendu, plus tôt, alors qu'elle était descendue porter ses jetons et qu'elle attendait, à la porte du bureau de la tenancière, que Marie-Louise ait terminé.

Selon toute apparence, la belle blonde jouait à un petit jeu délicat, et ce, probablement depuis le jour de son arrivée au *Magnolia*.

Expérimentée, connaissant bien le système des maisons closes, et assez fine mouche pour tenter sa chance, elle se faisait payer un certain nombre de passes en argent comptant plutôt qu'en jetons. Ce n'était pas une manœuvre évidente à réaliser, car la majorité des hommes qui fréquentaient l'établissement étaient des habitués et qu'eux-mêmes respectaient les règles de la maison. Si Marie-Louise avait osé leur demander d'échanger leurs jetons contre quelques bonnes pièces de monnaie, ils se seraient peut-être plaints à la patronne.

La belle blonde avait donc habilement joué ses cartes, en s'intéressant plutôt aux clients de passage, peu nombreux en comparaison du nombre des habitués, mais plus enclins à payer généreusement une fille qu'ils ne reverraient jamais plus.

En apprenant cela, le coup partit tout seul : Joséphine lança une claque magistrale au visage de Marie-Louise.

— Est-ce que tu te rends compte de ce que tu as fait ? C'est nous toutes qui payons pour tes sales petites combines, maintenant !

— Dire qu'elle se voyait déjà à la place de Madame ! Tu ne fais plus tellement la fière, maintenant, hein ? gronda Fatima.

— C'est bien vrai ! Va donc chercher la protection de ton cher Henri, après ça ! ricana Victoire. Tu verras à qui va sa loyauté, entre sa mère qui le fait vivre et lui prépare un coquet petit héritage, et une voleuse dans ton genre…

* * *

Madame Angèle sirotait son thé à petites gorgées, sans se presser.

Dans quelques minutes, elle reposerait sa tasse, défroisserait sa jupe, vérifierait dans le miroir de l'entrée qu'elle était toujours bien coiffée et monterait surveiller l'habillement des filles dans la salle de bain. Puis, elle ferait allumer la lanterne rouge à sa porte et endosserait son rôle d'infaillible hôtesse jusqu'à la fin de la nuit, veillant à ce que les verres soient toujours remplis et les tables, chargées de victuailles. Elle surveillerait aussi le bon déroulement des ébats à l'étage et s'assurerait que la circulation des hommes entrant et sortant se ferait avec fluidité, pour la satisfaction de tous.

Mais cela, c'était pour plus tard. Pour l'heure, elle profitait de ce moment de calme qu'elle s'accordait chaque jour. Elle s'était fait servir son souper dans ce petit salon, comme elle le faisait lorsque son fils était absent, puis elle s'était installée dans son fauteuil favori, avec sur les genoux quelques lettres qu'elle avait lues, en abandonnant sur la table les restes de son repas. Trop occupée à préparer ses petits-fours pour les clients qui allaient bientôt arriver, Dorine ne viendrait desservir que plus tard.

La tenancière songeait à ce qui s'était passé au grenier. Elle n'aimait pas avoir à faire preuve d'autorité de cette façon, c'était dangereux pour sa réputation auprès de ses pensionnaires. Depuis le temps qu'elle tenait son commerce, elle savait bien que ses filles cachaient toutes quelques économies dans leurs chambres, des pourboires empochés discrètement malgré les interdictions, et elle le tolérait dans la mesure où cela n'entravait pas les affaires de la maison. Les filles avaient besoin de conserver leur espace de liberté, de se croire un peu autonomes, sans quoi elles deviendraient intenables.

Mais Marie-Louise avait dépassé les bornes et il avait fallu sévir. Si les magouilles de la jolie blonde étaient venues aux oreilles de ses amies, il n'aurait pas fallu longtemps pour qu'elles l'imitent, et cela aurait signé la fin du *Magnolia*. Madame Angèle avait dû agir vite pour rectifier la situation et rappeler à toutes qu'il y avait des limites à ne pas franchir. Barboter quelques pourboires était une chose, mais cacher volontairement des passes en était une autre. Pour Madame Angèle, c'était une perte inacceptable et qui mettait en danger son commerce.

Contrairement à ce dont les filles étaient convaincues, Madame Angèle n'était pas si riche. Elle vivait confortablement, bien sûr, et une bonne partie des commissions qu'elle touchait avait pour but d'alimenter le magot sur lequel elle comptait pour ses vieux jours, mais elle n'avait pas la chance d'être propriétaire et, justement, son loueur lui réclamait des fortunes en loyer. À cela s'ajoutaient des dépenses extravagantes pour l'alcool, la nourriture, les salaires des domestiques ou le rachat des dettes des filles, l'entretien quotidien de tout ce petit monde, ainsi que les différents permis d'exercer exigés par la municipalité. Bref, cela coûtait très cher de tenir une maison aussi luxueuse, et la tenancière ne pouvait pas se permettre que l'argent lui file entre les doigts.

Tout de même… Il était très délicat de s'attaquer aux économies personnelles des filles. Elle savait que, dans les semaines qui allaient suivre, les pensionnaires redoubleraient de méfiance à son égard et que ce serait mauvais pour l'ambiance générale. Il allait lui falloir très rapidement organiser une ou deux sorties, ou bien quelques activités ludiques, pour rehausser son image de madame trop autoritaire et ramener la bonne humeur.

Trouver un juste équilibre entre la carotte et le bâton : pour Madame Angèle, c'était ce qui faisait la différence entre un commerce florissant et une maison sur le déclin.

Elle fut distraite de ses pensées par l'arrivée d'Henri.

— Te voilà enfin, remarqua-t-elle. Où étais-tu ?

— En ville, déclara le jeune homme d'un ton morgue. J'avais des choses à faire.

— Une femme à voir, peut-être ? ironisa sa mère.

Il ne répondit pas. Au lieu de cela, il s'approcha nonchalamment de la table où sa mère avait soupé et où elle avait déposé la poignée de billets et de bijoux confisqués aux filles. Sans la moindre gêne, il soupesa la chaîne en or, les boutons de manchette et l'épingle à cravate, qu'il reposa presque aussitôt avec dédain. En revanche, il empocha la totalité des billets et des pièces.

Sa mère l'observait.

— Je ne crois pas t'avoir autorisé à te servir, lâcha-t-elle d'un ton cinglant.

Insensible au reproche, Henri haussa les épaules.

— Anne m'a appris que vous aviez fouillé les chambres des filles, fit-il. Vous devriez faire ça plus souvent. Je vous ai toujours dit qu'elles vous cachaient de l'argent : en voici la preuve…

— Ne me prends pas pour une sotte, Henri, répondit sa mère. Je sais bien qu'elles me cachent des choses, mais je ne peux pas leur interdire de vivre sous prétexte qu'elles doivent travailler correctement.

— Bah, elles sont là pour ça, non ?

Madame Angèle soupira. Son fils n'était qu'un bon à rien, à qui elle ne parvenait pas à faire entendre raison. Oisif, il se servait copieusement dans les caisses du *Magnolia* pour aller ensuite jouer ou faire la fête avec des amis aussi fainéants que lui. La tenancière le tenait à l'œil et il leur arrivait souvent de se disputer, mais elle finissait généralement par lui céder. Il était son fils unique, et elle était incapable de lui résister.

— Que feras-tu de cette maison, si un jour je te la lègue ? Je me le demande… souffla-t-elle.

— Je trouverai une femme aussi droite et forte que vous pour reprendre votre place, tout simplement. Moi, j'ai déjà mes responsabilités.

— Ah, vraiment ? ricana Madame Angèle. J'aimerais bien savoir lesquelles !

— Je m'assure que les clients sont respectueux envers nos filles, qu'il n'y a pas de scandale, renchérit le jeune homme sans se démonter. N'est-ce pas la tâche que vous m'avez confiée ?

— En effet, et que j'aimerais beaucoup te voir effectuer, au lieu de passer tes soirées à boire et à fumer avec les clients.

— Je leur rappelle qu'il y a un homme dans la place, voilà tout. Sans moi, vous seriez la proie des « protecteurs » en tous genres, qui chercheraient à mettre le nez dans vos affaires.

Il touchait un point, et sa mère le savait bien. Une maison de femmes seules serait en effet vite prise d'assaut par des voyous intéressés, prêts à jouer d'intimidation pour se tailler une généreuse part du gâteau. Henri coûtait peut-être cher à sa mère et il ne lui était pas d'une très grande aide au quotidien, mais il était assez fort en gueule pour rebuter ce genre de vautours.

Madame Angèle, abandonnant le débat, fit un geste de la main pour indiquer à son fils qu'il pouvait disposer.

— Va te changer. Nous allons bientôt ouvrir.

Alors qu'il s'apprêtait à quitter la pièce, elle ajouta soudain :

— Dis-moi, tu ne touches plus aux filles, en ce moment, n'est-ce pas ?

— Pourquoi cette question ?

— Disons simplement qu'il y a quelques rumeurs, dans la maison.

— Vous connaissez les filles, toujours à se plaindre de ceci, à se vanter de cela… Elles colportent des potins, puisqu'elles n'ont rien d'autre à faire de leurs journées, se défendit Henri en haussant les épaules, sans se troubler le moins du monde.

— Vraiment ? Alors, tu m'assures que tu les laisses tranquilles ?

— Bien sûr, mère, puisque vous me l'avez ordonné, répondit son fils avec un ton mielleux qui montrait à quel point il la narguait.

Exaspérée, Madame Angèle leva les yeux au ciel. Son fils, lui, s'éloigna d'un pas lent.

* * *

Distraite par le remue-ménage qui avait eu lieu au *Magnolia*, Victoire revint bien vite à la nouvelle que lui avait apprise Madeleine.

Émile la tenait à l'écart de ses projets et elle ne le supportait pas.

Frustrée de devoir sans cesse attendre que le jeune homme se présente de lui-même au *Magnolia*, elle lui écrivit de venir la voir le plus vite possible. Pour une fois, elle avait besoin de sentir qu'elle décidait de quelque chose, au lieu de toujours subir le bon vouloir des autres.

À peine Émile avait-il franchi la porte de la cour arrière qu'il comprit que Victoire l'avait fait venir pour lui adresser des reproches. Le visage du peintre se fronça comme s'il venait de mordre dans un citron.

Pourtant, Victoire ne lui voulait aucun mal. Elle n'avait pas envie de lui faire une scène, de régler des comptes, de soumettre des exigences, d'ordonner… Elle voulait simplement qu'il comprenne qu'elle était blessée d'être ainsi laissée de côté. Elle se sentait passive, sans cesse en train d'attendre après lui. Elle ne demandait pas la lune, juste un peu plus de considération. La vie au *Magnolia* était déjà suffocante, alors c'était insupportable pour elle de constater que sa relation avec Émile — la seule chose qui lui apportait un peu de liberté et d'air frais — prenait le même chemin.

— Pourquoi ne m'as-tu pas dit que tu vivais maintenant chez Laurent?

— Je ne vis pas chez lui! se défendit aussitôt Émile. J'habite une maison qu'il loue pour moi, ce n'est pas pareil!

— Mais pourquoi ne m'as-tu rien dit?

— Ça ne te concernait pas.

Victoire ouvrit de grands yeux. Le coup faisait mal.

— Comment peux-tu dire ça? Si je couche dans ton lit et que Laurent le découvre, comment crois-tu qu'il va réagir? Nous donner sa bénédiction?

— Tu n'as qu'à changer de client. Envoie-le vers une autre de tes amies, ça lui changera les idées.

— Et moi, si je gagne moins d'argent, si je ne suis plus invitée à sa table, ce n'est pas grave ? jeta Victoire, acerbe.

— Ce n'est pas pareil. Des clients, tu en trouveras d'autres. C'est plus facile pour toi, alors que moi…

— Toi, quoi ? Tu n'es qu'un pauvre artiste sans le sou, incapable de rencontrer quelqu'un qui apprécie ta peinture à sa juste valeur ? Après tant d'efforts, tu as enfin déniché un mécène pour t'encourager, alors tu es prêt à sacrifier tout le reste ? Y compris moi ?

— Bien sûr que non ! protesta Émile. Je ne sacrifie rien !

— Mais tu me demandes, à moi, de m'adapter !

Émile soupira.

— Écoute, je ne suis pas venu pour me disputer. Tu m'as écrit de venir et j'ai obéi, mais si j'avais su…

— Tu ne serais pas venu ? Quand je t'offre mon cul, tu accours, mais si c'est seulement pour me parler, ça ne vaut pas le déplacement ?

Victoire avait des larmes de rage dans les yeux. La discussion avait à peine commencé qu'elle tournait court. La jeune femme sentait monter en elle un flot d'aigreur qu'elle trouvait détestable, mais qu'elle ne parvenait pas à retenir.

— Eh bien, va-t'en, dans ce cas ! Va retrouver Laurent et son argent, sa maison, son domestique ! Va retrouver ta peinture, puisqu'il n'y a qu'elle qui compte, dans ton petit monde ! cria-t-elle.

— Tu crois vraiment que j'ai le choix ? se défendit Émile sur le même ton. Si je n'ai pas Laurent pour m'acheter mes toiles et les montrer, avec quoi est-ce que je peux vivre ? Même mon petit grenier miteux me coûtait de l'argent, figure-toi !

— Commence peut-être par faire autre chose de ton argent que le dépenser en théâtre et en grands hôtels !

— Tu me reproches la soirée qu'on a passée ensemble, maintenant ?

Cette fois, Victoire éclata en sanglots. Elle était dépassée. Elle se sentait envahie d'émotions qu'elle était incapable d'expliquer. Entre elle et Émile apparaissait un fossé d'incompréhension qui semblait infranchissable. Ils ne parlaient tout simplement pas le même langage.

Elle aurait voulu qu'il la prenne dans ses bras, qu'il lui demande ce qui n'allait pas, qu'il cherche à savoir pourquoi elle avait soudain tous ces reproches à lui faire, au lieu de simplement se braquer. Mais Émile ne réagissait pas du tout de la façon dont elle l'aurait voulu. Au lieu de s'approcher, de s'inquiéter, de chercher à établir le pont qui leur permettrait à tous deux de franchir le fossé, il resta là, sur la défensive, à demi tourné vers la porte de la cour, comme pour s'enfuir à la première occasion.

C'est ce qu'il finit par faire.

— Tout ça, c'est trop pour moi, lâcha-t-il. Tu n'es pas en état de discuter paisiblement. Je reviendrai plus tard.

Sur ce, il laissa la jeune femme seule avec ses larmes et sa rancœur.

Chapitre 7

Victoire n'avait jamais été aussi empressée de descendre un escalier derrière un homme. Celui qu'elle suivait à cet instant précis avait une calvitie prononcée sur le haut du crâne, de larges épaules et un manteau de toile d'une couleur indéfinissable, de cette sorte de gris-brun que portent les ouvriers. Il tenait dans ses bras un grand panier où était installé le petit Félix. Derrière eux suivaient Toinette, Joséphine et Fatima.

— Vous ferez bien attention, recommandait Victoire d'une voix agitée. Surtout, qu'il ne tombe pas avec les cahots de la route. Je lui ai mis ses petites affaires dans le sac, si jamais vous avez besoin de quelque chose, mais le mieux serait de l'amener le plus vite possible. Vous y allez directement, n'est-ce pas ? Pas de détours, pas de courses à faire ? Ne vous trompez pas d'adresse, surtout !

L'homme, un peu bourru, grommelait une vague réponse ici ou là, sans vraiment prêter attention à la pauvre jeune mère.

Au pied de l'escalier de service, ils retrouvèrent Madame Angèle, venue s'assurer que le transfert s'effectuait correctement.

— Tenez, voici une lettre pour Madame Lagacé, fit-elle en glissant une lettre dans le manteau de l'inconnu. J'y ai mis quelques instructions.

Mais avant que la petite troupe ait pu traverser la cuisine et gagner la cour arrière, Victoire fut prise d'un doute épouvantable.

Son enfant était trop jeune. C'était trop tôt. Il avait encore besoin d'elle et de son lait!

— Attendez! s'exclama-t-elle d'une voix chevrotante, la gorge étranglée par l'émotion. Je me demandais… Peut-être qu'il faudrait attendre encore un mois? Il est si petit!

— Tout est organisé, ma fille, rétorqua Madame Angèle d'une voix ferme. C'est aujourd'hui que ça se passe, et tu le sais très bien.

— C'est vrai, mais il est encore si fragile! Ce n'est qu'un nourrisson!

En écho à cette agitation, le petit Félix se mit à geindre, puis à pleurer. Victoire sentit son ventre se nouer.

— Regardez, vous voyez bien qu'il a besoin de moi. Donnez-moi une minute, je vais le calmer… Un instant… Un instant!

Des sanglots dans la voix, elle commençait à crier. Mais l'homme au manteau de toile ne ralentit pas la cadence. Un instant il était à la porte de la ruelle, l'instant d'après il montait en voiture et posait près de lui le grand panier dans lequel le petit Félix continuait de pleurer. Anne, qui suivait la troupe, déposa à côté le sac qui contenait quelques affaires pour l'enfant.

— Attendez! cria Victoire, de plus en plus paniquée. Laissez-moi au moins l'embrasser!

Et comme la voiture s'ébranlait…

— Attendez! Une fois! Une dernière fois!

Rien n'y fit. Sans même lui laisser le temps de revoir la frimousse de son bébé, on le lui avait enlevé.

Hébétée, la jeune femme regarda la voiture s'éloigner. À travers le bruit des sabots du cheval, on entendait encore des pleurs.

La voiture tourna le coin de la ruelle et disparut. Ce fut comme un déclic: Victoire s'élança pour la rattraper, mais elle fut aussitôt retenue par les bras de Toinette, de Joséphine et de Fatima.

* * *

Laurent avait tenu parole. Il avait engagé une nourrice qui habitait Montréal.

– Tu ne l'envoies pas à la campagne ? avait innocemment demandé Adéline lorsque Victoire avait fait part à ses amis des arrangements qu'on avait pris. Est-ce qu'il ne serait pas mieux au grand air ?

Toinette lui avait jeté un regard navré, avant de lui expliquer avec beaucoup de patience :

– Réfléchis une seconde. Félix doit rester en ville, comme ça Victoire pourra aller lui rendre visite de temps en temps. S'il était à la campagne, comme tu dis, ce serait impossible.

La pauvre savait de quoi elle parlait, elle qui n'avait pas revu sa petite fille depuis plusieurs années.

Victoire était reconnaissante à Laurent de cet arrangement. Même si elle n'avait jamais rencontré la nourrice en personne, Laurent lui avait assuré que c'était une femme très bien, qui avait élevé cinq enfants et qui s'occuperait très bien du petit Félix. Victoire n'avait aucun souci à se faire, il payait suffisamment cher pour lui garantir le bien-être de son enfant.

Reste que la séparation fut épouvantable. La jeune mère était déchirée. Elle pleurait à toute heure du jour et de la nuit, y compris lorsqu'elle se trouvait avec des clients. Ces derniers ne comprenaient d'ailleurs pas toujours, et cela les agaçait de la voir faire tant de drame.

– Et alors ? Pourquoi est-ce que tu pleures ? Tu savais bien que tu ne le garderais pas pour toujours, ton marmot. Il sera bien mieux chez une bonne nourrice, de toute façon.

Tout le monde s'entendait pour dire que Félix devait être élevé par une femme respectable, dans une maison bien tenue ; chaque fois, cette comparaison douloureuse évoquait l'idée que Victoire était une mauvaise mère. Elle n'était qu'une putain, après tout. N'était-il pas évident que le bien-être de l'enfant passait par un éloignement de l'influence maternelle ?

Rien n'était plus faux, et Victoire le savait bien, mais elle n'avait pas la force de lutter contre de tels préjugés et elle laissait dire, encaissant chaque commentaire de ce genre comme un coup de poignard.

Car, pour le moment, elle n'imaginait même pas comment elle pourrait vivre sans son bébé. Elle s'était tellement habituée au rythme de ses tétées, à ses petits gazouillis dans son berceau de fortune, à ses grands yeux humides et à ses petits bras qui se tendaient vers elle comme si elle était la seule chose au monde qui existait. Malgré la fatigue et les difficultés du début, elle avait noué avec lui ce genre de lien indéfectible que les mères connaissent bien.

Malheureusement le temps avait passé, les semaines s'étaient enfuies et, à bientôt six mois, Félix était en âge d'être placé en nourrice. Madame Angèle, qui s'était préparée à cela depuis longtemps, avait pressé Victoire de sevrer son enfant, et la jeune femme s'était exécutée en rechignant. Félix n'aimait pas les bouillies de gruau liquide qu'elle lui présentait, et il dédaignait tout autant le lait de vache tiède qu'elle essayait de lui faire boire dans sa minuscule timbale ; il faut dire qu'elle n'avait jamais beaucoup insisté non plus. Elle se demandait à présent si le petit Félix n'allait pas souffrir d'une coupure trop nette avec le lait de sa mère.

Le plus dur, c'était que, du lait, elle en avait encore. Même sans petit à nourrir, on aurait dit que ses seins ne voulaient pas tarir. Douloureux, gonflés pour rien, ils ne supportaient plus aucun contact sans arracher à Victoire des grimaces.

Toinette, avec une patience d'ange, prenait soin de son amie. Elle lui apportait des serviettes et de l'eau chaude pour soulager l'engorgement, et s'occupait d'elle comme d'une malade. Victoire passait ses après-midi sur son lit, son corsage ouvert jusqu'au ventre, les seins nus coulant de lait et les yeux dégoulinant de larmes.

— Tu le reverras, ton bébé, sois sans crainte, la rassurait Toinette.

Mais Félix n'était plus dans ses bras et la jeune mère, déchirée, se demandait si elle n'avait pas fait la pire des erreurs en le laissant partir.

* * *

Le plus dur, dans tout cela, fut de ne pas pouvoir se reposer sur Émile.

Victoire avait déjà connu des moments difficiles. Elle s'était fait jeter à la rue, puis exclure de sa ville natale, elle avait affronté la vie quotidienne à l'usine, la perte de son travail et la faim qui avait suivi, puis l'arrivée au *Magnolia* avec tous ces clients qui lui demandaient des choses qu'elle ignorait devoir faire... Il y avait eu Henri, aussi, et la scène dans l'escalier, qu'elle préférait oublier. Elle avait eu sa part d'épreuves à surmonter, et elle l'avait fait seule. Elle n'avait pas eu d'autre choix.

Le départ de Félix, c'était autre chose. Quand elle pleurait, recroquevillée dans son lit, à la douleur d'avoir perdu son enfant s'ajoutait l'absence d'Émile. Elle aurait tellement aimé qu'il soit là pour la prendre dans ses bras et la consoler. Sûrement, l'épreuve aurait été moins lourde à porter.

Bien sûr, elle pouvait compter sur le soutien de ses amies qui souffraient comme elle de l'absence du bébé — même Marie-Louise fit preuve d'un peu de compassion —, mais ce n'était pas la même chose. C'était d'Émile qu'elle avait besoin, c'était avec lui qu'elle voulait partager son fardeau. Rien ne vaut jamais le soutien de l'homme qu'on aime.

Sauf que, depuis leur dispute, le jeune peintre n'avait pas donné de nouvelles.

Elle espéra longtemps qu'il vienne lui rendre visite, sans prévenir, comme il avait l'habitude de le faire. Elle se disait naïvement qu'il parviendrait peut-être, à l'autre bout de la ville, à ressentir sa détresse et qu'il accourrait pour lui offrir son aide, sa présence. Mais ce fut peine perdue, Émile ne se montra pas.

Elle aurait pu lui écrire. C'est vrai, elle aurait pu. Pourtant, elle ne le fit pas, retenue par une sorte d'orgueil difficile à expliquer.

À moins que ce ne soit de la prudence?

Émile savait que le petit Félix allait être placé en nourrice, mais il n'avait pas donné le plus petit signe de vie. Il devait pourtant bien se douter que ce ne serait pas une période facile à vivre pour Victoire, alors pourquoi ne se manifestait-il pas? Croyait-il, comme les autres, que c'était dans l'ordre des choses et que la jeune femme devrait plutôt se réjouir qu'on lui enlève son enfant?

Plusieurs fois elle sortit son papier à lettres, mais elle se retint toujours d'ouvrir la bouteille d'encre. Pourquoi l'aurait-elle appelé au secours, si c'était pour le voir venir vers elle par devoir, sans être capable de la consoler? Elle ne voulait pas prendre le risque d'entendre dans sa bouche des paroles aussi dures que celles que ses clients avaient pour elle.

Émile ne saurait jamais à quel point Victoire souffrait.

* * *

Plus d'une fois, les filles trouvèrent Victoire en pleurs, dans un recoin de la maison.

— Ne t'en fais pas, ma belle, la consolait Toinette. Tu le reverras, ton garçon.

— Oui, mais toi, hoquetait la jeune femme, ta petite Suzanne que tu n'as jamais revue…?

Et Toinette de soupirer.

— Tu n'es pas comme moi. Toi, tu y arriveras.

* * *

— Eh bien, ma chérie, pourquoi nous fais-tu cette triste figure ? demanda Wilfrid. Souris un peu ! C'est ta fête !

On célébrait ce soir-là l'anniversaire de Victoire. Elle venait d'avoir vingt ans.

Pour souligner cet âge symbolique, Madame Angèle avait mis les moyens. Dans le premier salon, le plus grand, elle avait fait accrocher partout des couronnes et des guirlandes de fleurs de papier multicolore, que les filles avaient préparées en secret dans les jours qui avaient précédé. Au lieu de l'habituel quatuor à cordes qu'on faisait venir pour les grandes occasions, c'était cette fois un groupe de six musiciens qui, accompagnés d'une chanteuse, étaient venus divertir les clients.

Laurent, qui n'aimait pas les grandes effusions publiques, n'était pas venu. Il avait préféré souligner les vingt ans de la jeune femme deux jours avant, lors d'une sortie au restaurant, où il lui avait offert un ravissant collier de perles. Victoire s'était réjouie de recevoir un cadeau d'une telle valeur, qu'elle pourrait facilement revendre si elle avait besoin d'argent. Cela lui était bien plus utile que les gants, les écharpes, les parfums et tous les accessoires que ses autres clients lui avaient réservés — et qu'elle n'accepta qu'avec un plaisir feint puisque la plupart lui seraient confisqués par sa patronne.

De toute manière, son cœur n'était pas à la fête. Son bébé lui manquait, Émile n'avait toujours pas donné signe de vie, elle tournait en rond dans la maison, et le faste de la soirée lui paraissait disproportionné. Qu'avait-elle fait pour qu'on la traite avec autant de considération ? Le titre de favorite lui apportait effectivement des privilèges, mais cela valait-il la peine qu'on lui offre une telle mascarade ? Les autres pensionnaires, putains ordinaires, avaient droit elles aussi à leur fête d'anniversaire, mais ce n'était jamais aussi fastueux. Ces clients, aux regards énamourés, qui mettaient à ses pieds des présents plus ravissants les uns que les autres, se doutaient-ils seulement de ce que la jeune femme vivait au quotidien ? Une fois la fête terminée, elle monterait dormir dans son pauvre grenier, sans même la présence de son bébé pour la réconforter, alors à quoi bon tout cela ?

— Souris, ma chérie, lui chuchota Fatima à l'oreille. Tu bouderas plus tard si tu veux, mais pour le moment, souris…

Alors, Victoire se força. Pour cesser de broyer du noir, elle alla s'asseoir près des musiciens en compagnie de Charles et d'un groupe de clients qui ne la quittaient pas d'une semelle. La musique lui faisait du bien à l'âme, et là, au moins, elle pouvait s'évader dans ses pensées sans que l'on essaye à tout prix de la distraire.

— Bonsoir, ma jolie…

La voix à son oreille la fit sursauter. Elle l'avait instantanément reconnue.

— Émile ? suffoqua-t-elle, stupéfaite. Qu'est-ce que tu fais ici ?

— Je t'offre des fleurs, répondit-il avec un sourire éblouissant, en tendant à la jeune femme un gros bouquet de roses d'un rouge cramoisi. Joyeux anniversaire…

Victoire, toute chamboulée par cette arrivée impromptue, quitta aussitôt son fauteuil pour entraîner son amant à l'écart des musiciens et des clients. Ceux-ci la regardèrent partir avec un air circonspect, mais ils n'esquissèrent pas un geste pour la retenir — ce soir, Victoire appartenait à tout le monde.

— Je ne m'attendais pas à ta visite, fit cette dernière dans le couloir, derrière une tenture où elle avait tiré Émile pour s'isoler de la maison.

— Je sais, je voulais te faire la surprise. Et m'excuser pour la dernière fois. Je n'ai pas aimé la façon dont nous nous sommes quittés.

— Moi non plus, admit Victoire.

— Je ne savais plus comment revenir. Et pourtant, j'ai besoin de toi. Je veux que tu poses de nouveau, comme avant… J'ai de l'argent, tu sais !

– C'est nouveau, ça, fit Victoire avec un brin de malice.

– J'ai vendu une autre toile à Laurent, la semaine passée.

– Une toile où je ne suis pas? Et qui a posé? Malvina?

– Non, une autre fille que tu ne connais pas. D'ailleurs, c'est une petite toile, pas aussi importante que ne l'avait été Circé…

Ils furent interrompus par Madame Angèle, qui passait dans le couloir en raccompagnant un client à la porte. La tenancière ne jeta pas un regard au jeune peintre, comme si elle n'était pas surprise de le trouver là.

– Je lui ai parlé tout à l'heure, fit Émile en la désignant du menton. Elle est d'accord pour que tu poses pour moi deux fois par semaine, comme avant, à condition que je paye pour ton temps et pour le cocher qui viendra te chercher et te ramener. J'en ai profité pour acheter ça…

Il fouilla dans sa poche et en sortit une demi-douzaine de jetons de bronze.

– Je me suis dit que tant qu'à venir pour ton anniversaire, on pourrait peut-être monter pour se mettre dans un lit confortable… Laurent n'est pas là pour protester, et ça nous changera du jardin! ajouta-t-il en riant.

Mais Victoire lui lança un regard glacial.

– Non, garde ton argent. Je ne veux pas de toi ici.

– Qu'est-ce que tu veux dire?

– Tu n'es pas un client, Émile. Et il n'est pas question que tu le deviennes. Range-moi ça.

Au ton qu'elle avait adopté, le jeune homme sentit aussitôt qu'il avait fait une erreur.

– Excuse-moi, je ne pensais pas à mal.

– Je sais. Quand veux-tu me voir, pour poser?

– Euh… mercredi prochain? En début d'après-midi?

– D'accord. Tu enverras une voiture pour me prendre. Et maintenant, va-t'en d'ici, on se reverra chez toi.

– Mais…

Émile n'eut pas l'occasion d'en dire plus. Victoire s'était déjà éloignée et avait repris sa place au salon, près des musiciens.

Elle serrait les dents.

* * *

Décidément, mon amour, tu ne comprends rien à rien...

* * *

Alors que Victoire grimpait les premières marches de l'escalier en compagnie du jeune Théodène, elle croisa Léontine qui redescendait, accrochée à la rampe, chancelante. Au moment où Victoire la dépassa, son amie perdit l'équilibre et dégringola les marches. Par chance, elle se rattrapa *in extremis* et éclata d'un grand rire bête.

— Attention! s'écria Victoire. Est-ce que ça va? Tu ne t'es pas fait mal?

Léontine, visiblement ivre, lui répondit d'un geste vague de la main, qui voulait dire: «Va-t'en, ne t'occupe pas de moi...» Mais Victoire, voyant que son amie ne tenait pas sur ses jambes, se tourna vers Théodène.

— Va m'attendre dans la chambre japonaise. Je te rejoins dans une minute.

Alors que le client reprenait son chemin vers l'étage, la jeune femme redescendit et prit fermement Léontine par la taille pour la soutenir avant qu'elle ne tombe de nouveau.

— Viens, ma chérie, tu ferais mieux de t'asseoir un moment, lui dit-elle doucement en la guidant vers une petite banquette, qui se trouvait dans le couloir menant à la cuisine. Reste là, je vais te chercher un peu d'eau.

À vrai dire, dans l'état où elle était, il n'y avait pas grand risque que Léontine aille où que ce soit. Aussi molle qu'une poupée de chiffon, elle s'affala sur l'accoudoir et ne bougea plus, sauf pour agiter la main dans le vide en grommelant, comme si elle parlait à un interlocuteur invisible.

C'est à cet instant que Madame Angèle sortit de son bureau, accompagnée d'un petit groupe de clients à qui elle venait de vendre quelques dizaines de jetons.

— Eh bien! Elle dort déjà, celle-là? s'exclama l'un d'eux d'un ton moqueur, en désignant Léontine. J'espère que vos autres filles ne sont pas dans le même état, parce que avec ce que j'ai dans les poches, j'ai bien l'intention d'en profiter!

Ses amis se mirent à rire et, ensemble, ils poursuivirent leur chemin vers les salons, sans plus s'occuper de la pauvre fille.

Mais à peine eurent-ils disparu que Madame Angèle afficha sa tête des mauvais jours. Elle se rua sur Léontine, qu'elle secoua par les épaules, sans ménagement.

— Tu as encore trop bu! siffla-t-elle en essayant de ne pas élever la voix pour ne pas attirer l'attention des hommes dans la pièce voisine.

Comme Léontine, inerte, ne répondait pas, la tenancière lui lança une magistrale paire de gifles. Sans plus de résultat.

Victoire, qui revenait de la cuisine avec son verre d'eau, assista à la scène.

— Depuis quand est-elle là? lui demanda sa patronne en désignant Léontine. Ne me dis pas qu'elle dort ici au lieu de travailler!

— Non, Madame, la défendit aussitôt Victoire. Je l'ai croisée il y a un instant dans l'escalier, elle venait de finir avec un client.

La tenancière secoua de nouveau Léontine par les épaules.

— Avec qui étais-tu? Hein? Réponds! Combien as-tu eu d'hommes, ce soir?

La pauvre fille grommela quelque chose d'indistinct. Elle ouvrit un œil, le referma, grimaça, puis elle se pencha brusquement en avant. Elle vomit sur ses genoux.

Victoire et Madame Angèle se jetèrent en arrière juste à temps, en réprimant des cris écœurés.

— Thelma! appela la tenancière.

La bonne, qui se trouvait dans l'antichambre, accourut aussitôt, mais les dégâts étaient déjà faits. Léontine avait souillé son jupon et éclaboussé le tapis tout autour.

Il fallait agir vite. Avec les clients qui pouvaient traverser le hall à n'importe quel moment et les apercevoir, il était urgent de faire disparaître le problème le plus vite possible.

— Toi! pointa la tenancière en direction de Victoire. Va chercher une fille pour t'aider et montez-moi cette petite idiote au grenier. Passez par l'escalier de service, je ne veux pas qu'on vous voie. Quant à vous, Thelma, nettoyez-moi ça tout de suite!

Obéissant aux ordres de leur patronne, les deux femmes s'exécutèrent. En quelques instants, avec Éloïse venue en renfort, on porta Léontine sur son lit, et les dégâts sur le tapis disparurent.

Le lendemain, la malheureuse écopa d'une amende si sévère qu'elle fondit en larmes.

— C'est pas juste! protesta-t-elle. J'avais seulement un peu bu, c'est tout! C'est pas la première fois que ça arrive, ici!

— Non, en effet! Et ce n'est surtout pas la première fois que ça t'arrive à toi! répliqua Madame Angèle. Est-ce que tu te souviens du jour où tu as failli vomir sur Gustave? Lui ne l'a pas oublié!

— Mais j'ai déjà payé pour ça!

— Et il semble que tu n'aies pas encore retenu la leçon... Tu t'enivres tous les soirs, les hommes se plaignent qu'au lit tu es comme une morte, et maintenant tu t'amuses à décorer le tapis? Mais jusqu'où vas-tu aller? J'ai été assez patiente! Tu as intérêt à te reprendre en main, ou je t'envoie passer le reste de ta vie sur le port!

La menace était sérieuse. Les bordels du port de Montréal avaient probablement la pire réputation de toute la ville. Envahis de marins, de soldats ou de pauvres ouvriers sans le sou, ces établissements n'étaient guère plus que des porcheries où les filles, assommées d'opium et d'alcool, se laissaient prendre sur les tables, devant tout le monde, indifférentes à ce qu'on leur faisait. Une fois entrées dans une maison pareille, on n'y faisait généralement pas long feu. Entre les règlements de comptes à la pointe du couteau, les bagarres générales, les maladies et l'ivresse permanente, on y vieillissait vite et on y mourait jeune.

À peine la tenancière eut-elle le dos tourné que ses pension-naires s'agitèrent.

— C'est pas vrai! Elle n'a pas fini de nous mettre à l'amende, la madame? s'exclama Éloïse, outrée.

— Ça ne lui a pas suffi de venir vider nos chambres, la dernière fois? répliqua Fatima.

— Surtout qu'elle ne se gêne pas pour nous infliger des amendes. La dernière fois, j'ai eu le malheur de refuser un client, et ça m'a coûté dix dollars! ajouta Joséphine.

— Elle a besoin d'argent, ou quoi? Avec tout ce qu'elle nous met sur le dos! reprit Éloïse.

— Ou alors, c'est seulement qu'on est en novembre, et que la grisaille la met de mauvaise humeur, ricana Olivia.

Mais quelles que soient leurs revendications, elles n'eurent d'autre choix que de courber l'échine. Qu'auraient-elles pu faire d'autre? Cesser de travailler et risquer de se retrouver à la rue, poursuivies par une troupe d'huissiers venus récupérer le montant de leur dette, ou bien revendues à un bordel bas de gamme? Mieux valait encore continuer de s'endetter, mais vivre dans le confort d'une maison luxueuse. La révolution pouvait attendre lorsqu'on savait que les premières neiges étaient déjà tombées.

D'ici peu, ce serait Noël et la nouvelle année, une période de réjouissances où les filles pourraient se remplumer. Il leur faudrait simplement être deux fois plus astucieuses pour contourner la surveillance de leur patronne.

* * *

Joséphine attendait toujours.

Après plusieurs semaines d'abstention, Maxime avait fini par revenir au *Magnolia*. La jeune femme, un sourire lumineux sur le visage, s'était ruée sur son amant qu'elle gardait encore plus jalousement qu'auparavant. Il n'était pas question qu'une Marie-Louise s'avise de lancer à cet homme-là le moindre regard, sous peine de s'attirer les feux du ciel et de l'enfer.

Cela semblait bien faire l'affaire de l'homme en question. Traité comme un roi, Maxime passait dans l'établissement des soirées exquises et il se montrait plus amoureux que jamais. Joséphine rayonnait.

— Je sors avec Maxime, tout à l'heure. Il m'emmène au théâtre.

— Devinez qui m'a apporté des fleurs! Regardez comme elles sont belles!

— Ce pendentif? C'est Maxime qui me l'a offert, pour ma fête... Je suis gâtée, non?

Elle cumulait les petites attentions. Lorsqu'on voyait Maxime l'enlacer tendrement, rire et boire avec elle sans jamais accorder d'attention aux poitrines et aux hanches généreuses qui ondulaient dans les salons toute la soirée, on ne pouvait que constater le lien qui les unissait.

Ses compagnes, quoiqu'un peu envieuses, se réjouissaient avec elle. C'est pourquoi, lorsque la nouvelle tomba, Victoire en fut abasourdie.

— Joséphine! Maxime vient d'arriver, dépêche-toi de descendre, avertit Madame Angèle en frappant doucement à la porte de la salle de bain.

— Je descends tout de suite!

Victoire venait à cet instant d'apparaître dans le dos de la tenancière, sortant de la chambre blanche, et elle se faufila à son tour dans la salle de bain.

— Quand est-ce qu'il va se décider à te demander en mariage, celui-là ? plaisanta-t-elle en dégrafant son corset pour commencer sa toilette.

— Je ne suis pas pressée, lui répondit Joséphine le plus sérieusement du monde. Il va lui falloir encore quelques mois pour quitter le deuil de sa femme. Ensuite, je passerai aux choses sérieuses…

Comme elle avait terminé de se laver, elle rajusta sa tenue dans le miroir, enleva une fleur fatiguée qui ne tenait plus à sa place, et glissa un clin d'œil vers son amie avant de redescendre.

Peu après, lorsque Victoire réapparut à son tour dans le premier salon, où Madame Angèle s'assurait de débarrasser quelques bouteilles vides pour désencombrer la grande console de victuailles, elle aperçut Joséphine confortablement installée sur les genoux de Maxime et très occupée à l'embrasser langoureusement.

— Ah, c'est beau, l'amour… fit-elle, amusée, en attrapant un petit-four dans une assiette que sa patronne s'apprêtait à rapporter en cuisine.

— À ta place, je ne l'envierais pas trop, la coupa doucement Madame Angèle. Je vous ai déjà prévenues qu'il ne fallait pas vous laisser charmer par les promesses des clients.

— Et alors ? Ça a l'air de se passer plutôt bien, pour eux deux, non ?

La tenancière secoua la tête.

— Ah, ma pauvre petite Victoire, tu ne vas pas t'y mettre, toi aussi ! soupira-t-elle. Je te connais, pourtant, tu n'es pas une rêveuse… Que crois-tu qu'il va se passer, pour Joséphine ? Tu penses vraiment que Maxime va l'épouser ?

— Ça se pourrait. Je ne dis pas que ça serait facile, bien sûr, je ne suis pas sotte, mais ça se pourrait… insista Victoire. Ça arrive, parfois, non ? Qu'une fille épouse un client ?

— C'est rare, en particulier dans les maisons cossues comme la mienne. En tout cas, ça ne s'est jamais produit ici, tu peux me croire. Des hommes de leur trempe, à la tête de grosses fortunes, ne s'abaissent pas à épouser de petites putains, quand bien même elles appartiendraient à une bonne maison...

— Pourtant, regardez-le : est-ce que ce n'est pas le comportement d'un homme amoureux ?

Cette fois, Madame Angèle eut un petit rire moqueur.

— Qu'est-ce que l'amour a à voir avec tout ça ? Bien sûr qu'il est amoureux d'elle, je n'en doute pas ! Mais ça ne l'a pas empêché de se fiancer avec une héritière !

— Qu'est-ce que vous dites ? s'exclama Victoire.

— Chut... Ne te fais pas remarquer comme ça, répliqua sa patronne.

— Maxime est fiancé ?

— Oui, j'ai appris ça il y a quelques jours.

— Comment a-t-il pu ? Son deuil n'est même pas encore terminé !

— Tu devrais savoir que l'argent achète beaucoup de choses, ma fille, et Maxime est assez riche pour faire ce qu'il lui plaît. Il ne tient compte des usages que dans la mesure où ça sert ses projets, voilà tout.

— Mais alors... Joséphine...

— Elle peut continuer à rêver si elle veut.

Puis, la tenancière ajouta tout bas :

— Seulement, le réveil ne sera pas agréable.

* * *

Pauvre chérie... Madame a raison : Joséphine ne va pas aimer apprendre que Maxime se moque d'elle.

Non, ce n'est pas vrai. En fait, il ne se moque même pas d'elle. Pour lui, c'est tout naturel d'avoir une femme à la maison et une fille au bordel. Joséphine rêve encore, mais ce n'est pas lui qui la sortira de là. Ça ne lui a probablement même pas traversé l'esprit...

Tous ces hommes, ils ne se rendent pas compte de la vie qu'on mène, ici.

Et moi, alors? Est-ce que Laurent ou Simon-Pierre accepteraient de faire de moi une indépendante, si je le leur demandais? Ou bien est-ce qu'ils me laisseraient espérer éternellement? Est-ce que finalement ça ne serait pas mieux d'essayer de sortir de là par moi-même, sans leur aide?

Après tout, ne dépendre de personne, c'est ça, la vraie liberté.

* * *

Victoire, vêtue d'une exquise toilette de ville d'un beau vert tendre — prêtée, comme toujours, par sa patronne — piétinait dans le hall d'entrée du *Magnolia* en attendant qu'on vienne la chercher. Lorsque Madame Angèle, qui avait passé une partie de l'après-midi à faire ses comptes dans son bureau, emprunta le couloir, elle fut intriguée par le large sourire que sa pensionnaire ne parvenait pas à cacher.

— Eh bien, que nous vaut cet accès de bonne humeur? lança-t-elle à Victoire.

— J'attends Laurent, répondit cette dernière. Il devrait arriver d'un instant à l'autre.

— Je le sais bien, mais j'ignorais qu'il te faisait un tel effet… Serais-tu en train de changer d'amoureux? taquina la tenancière avant de s'éclipser.

Victoire leva les yeux au ciel en haussant les épaules, mais elle garda le silence. Elle préférait encore laisser sa patronne imaginer ce qu'elle voulait.

En réalité, Laurent lui avait proposé de modifier un peu leurs habituelles sorties hebdomadaires au parc ou au spectacle pour aller cette fois rendre visite au petit Félix chez sa nourrice, et c'est pourquoi Victoire ne tenait pas en place.

Elle n'avait pas revu son bébé depuis plus de deux mois et elle trépignait d'impatience.

Enfin, une voiture s'arrêta dans la rue.

– Anne! Anne, viens m'ouvrir! cria-t-elle dans l'escalier. Laurent est arrivé!

La petite bonne, qui était occupée à faire les chambres, descendit l'escalier en maugréant qu'on la dérangeait.

À peine avait-elle déverrouillé la grande porte d'entrée que Victoire s'échappa, comme un oiseau dont on aurait ouvert la cage.

* * *

L'appartement n'était pas très grand, mais comme il occupait l'angle d'une rue, il disposait de beaucoup de fenêtres et de lumière.

Madame Lagacé était l'épouse d'un ébéniste, qui tenait boutique au rez-de-chaussée. La famille, elle, occupait les deux étages au-dessus, et louait le grenier à des étudiants. Les rues étaient assez passantes, mais une fois à l'intérieur du bâtiment, on parvenait tout de même à faire abstraction du brouhaha des passants et du passage des voitures et des charrettes. L'ambiance, dans ce petit foyer confortable, était paisible.

Le logis était parfaitement bien tenu. Les nappes étaient propres, les planchers balayés, les tapis époussetés et la vaisselle rangée sitôt lavée. Il y avait même de petits napperons brodés qui ornaient les têtes des fauteuils, pour les protéger des cires et autres huiles dont les hommes aimaient s'enduire les cheveux. Non pas que Madame Lagacé reçoive souvent de la grande visite, mais elle s'assurait qu'on ne trouverait rien à redire à son foyer. Elle était, à n'en pas douter, une vraie petite fée du logis.

— Je suis heureuse de vous rencontrer, dit-elle en serrant bien fort la main de Victoire. C'est la première fois que je rencontre la maman d'un de mes petits protégés.

Félix, en effet, n'était pas le premier bébé dont elle avait la garde. Déjà mère de cinq enfants, c'était la troisième fois qu'elle prenait en charge un nourrisson de plus. Grande et robuste, elle avait bien assez de lait pour deux et cela faisait un revenu supplémentaire non négligeable pour sa famille.

— Est-ce que vous les avez toujours avec vous? demanda Victoire en faisant référence aux trois enfants dont Madame Lagacé avait été la nourrice.

— Les deux premiers, non, raconta cette dernière. Je les ai gardés jusqu'à six ans environ, puis le plus grand a été placé dans une ferme, et l'autre a retrouvé sa mère, qui venait de se remarier et qui pouvait de nouveau s'occuper d'elle — une petite chanceuse, cette gamine, parce que ça n'arrive pas si souvent... La troisième est encore avec nous. Elle aura bientôt cinq ans, presque le même âge que mon Samuel, et ils sont comme chien et chat!

La femme avait un sourire attendri lorsqu'elle parlait de ces enfants qu'on lui avait confiés, ce qui rassurait beaucoup Victoire. Jusque-là, la nourrice lui faisait une excellente impression.

— Et maintenant, continua-t-elle, me voilà avec votre Félix et mon Albert. Vous savez qu'ils sont nés à exactement un mois de différence? Jour pour jour!

Tout en bavardant, elle invita ses hôtes à s'installer autour de la grande table de la salle à manger, mais comme elle sentait l'impatience grandissante de Victoire, elle ajouta très vite:

— Votre petit est en train de dormir. Voulez-vous que j'aille le réveiller?

Par réflexe, Victoire commença par faire non de la tête. Elle n'osait pas déranger, bien qu'elle mourût d'envie de revoir son bébé. Madame Lagacé, conciliante, l'invita à glisser au moins un œil dans la chambre.

Lovés l'un contre l'autre dans un large berceau — probablement construit par l'époux ébéniste — ronflaient doucement deux bébés. En voyant sur le visage de Félix ce petit air concentré qu'ont parfois les enfants lorsqu'ils dorment à poings fermés, Victoire sentit son cœur se serrer à la fois de soulagement et de tristesse. Son fils lui manquait.

Il avait grandi, c'était flagrant. Ce n'était encore qu'un poupon, mais ses cheveux commençaient à boucler et son corps se développait — à moins que ce ne soit la façon dont la nourrice l'avait habillé, avec cette layette de grosse laine que Victoire ne connaissait pas.

La jeune mère s'approcha, irrésistiblement attirée. Bien que les deux bébés soient presque enlacés, elle ne voyait que Félix. Elle avait besoin de le toucher, de le respirer, de le voir ouvrir les yeux et lui sourire comme il le faisait auparavant.

— Bonjour, mon tout petit, chuchota-t-elle en lui caressant la tête.

Comme l'enfant ne réagissait pas, l'instinct de Victoire se fit plus fort. Cette fois, elle le prit dans ses bras.

Le bébé, dérangé, se réveilla à moitié en grimaçant et en grommelant, mais il se rendormit aussitôt que sa mère le posa contre sa poitrine. La nourrice les observait d'un air ému.

— Qu'est-ce qu'il est lourd ! s'étonna Victoire, tout en chuchotant pour ne pas perturber l'enfant.

— C'est qu'il grandit ! À cet âge, tout change d'une semaine à l'autre… Ah, vous voyez comme il est bien, à présent ? C'est un bon petit…

— Il ne vous donne pas trop de mal ?

— Pas plus que n'importe quel bébé de son âge. Si je devais les comparer, ce serait sans doute mon Albert qui serait le plus agité. Il n'apprécie pas toujours que je m'occupe d'un autre que lui, mais l'avantage d'avoir deux seins, c'est qu'on peut mettre un bébé de chaque côté, n'est-ce pas !

Madame Lagacé prenait Victoire à témoin, avec cette complicité qu'ont les mères qui rencontrent les mêmes petits tracas au quotidien.

Maintenant que la jeune femme, rassurée, serrait son bébé endormi dans ses bras, elle observa la pièce. La chambre, pas très grande, était encombrée du berceau et de deux autres lits où l'on pouvait facilement coucher quatre ou cinq jeunes enfants. Il y avait quelques jouets de bois dans un coin, un petit poêle à bois — inutilisé pour le moment — et assez de couvertures. Victoire n'avait donc pas à s'en faire : selon toute apparence, Madame Lagacé prenait soin de ses enfants aussi bien qu'elle le racontait.

De retour autour de la table, cette dernière prépara du thé et des gâteaux. Laurent, peu intéressé par les questions maternelles, avait patienté tout ce temps en admirant une série de petites sculptures de bois réalisées par Monsieur Lagacé et exposées sur une étagère.

— Votre époux fait un travail admirable, déclara-t-il.

— Merci, je le lui dirai, murmura la nourrice. Il a toujours aimé travailler le bois, depuis tout petit...

— Celle-ci est particulièrement jolie, continua Laurent en prenant une sculpture qui représentait un ours occupé à se frotter le dos contre un tronc d'arbre. C'est de l'érable ?

— Ça, je ne saurais pas vous dire...

— C'est du frêne, répondit nonchalamment Victoire, en y jetant un œil distrait.

Laurent s'interrompit et la regarda, interloqué.

— Tu m'as l'air bien sûre de toi... fit-il.

— Mon père était un luthier très connu, expliqua la jeune femme. J'ai toujours vécu au milieu des essences de bois, alors je sais faire la différence. D'ailleurs, moi aussi, je sculptais beaucoup, avant.

Alors que Madame Lagacé s'était éloignée dans sa cuisine pour surveiller sa bouilloire, Laurent et Victoire s'échangèrent un regard gêné. Le premier parce qu'il découvrait pour la première fois un peu du passé de sa compagne, et la seconde parce qu'elle réalisait qu'elle n'aurait peut-être pas dû lui apprendre d'où elle venait.

— Un luthier très connu, dis-tu? répéta Laurent, gagné par la curiosité.

Victoire se mordit les lèvres, et alors que son compagnon ouvrait la bouche pour insister elle lui lança un regard noir qu'il comprit aussitôt. Il se tut. L'ancienne vie de la jeune femme devait rester dans l'oubli.

Par chance, ce fut à cet instant que le bébé remua, ce qui permit d'éluder pour de bon la question.

— Eh bien, mon amour, tu te réveilles enfin? murmura Victoire. Tu te souviens de moi?

En entendant cette voix, les yeux encore tout embrumés de sommeil, Félix se dressa tout à coup sur ses petits bras et s'écarta pour observer le visage de celle qui le tenait contre elle. Victoire put littéralement lire dans ses yeux les pensées qui le traversaient : d'abord surpris de ne pas se trouver dans le giron de Madame Lagacé, il réfléchit pendant une seconde et soudain son visage s'éclaira d'un large sourire. Et cette fois, il se blottit contre sa mère en s'agrippant à son corsage, criant et gémissant, remuant ses petites jambes, comme s'il voulait littéralement sauter à l'intérieur d'elle, et réclamant des baisers et des caresses qu'elle ne se priva pas de lui donner.

— Ah, vous voyez bien qu'il se souvient de vous! fit remarquer la nourrice en revenant, une théière à la main. Même s'ils ne réfléchissent pas comme nous, les bébés ont l'instinct de ces choses-là…

* * *

Laurent et Victoire restèrent une partie de l'après-midi chez la nourrice. La jeune femme en profita pour abreuver Madame Lagacé de conseils et de recommandations en tous genres, lui expliquant de long en large les habitudes de Félix — ce qu'elle n'avait pu faire lorsqu'on le lui avait enlevé. La nourrice eut la patience de l'écouter sans l'interrompre, même si, depuis qu'elle avait le bébé sous sa garde, elle avait eu amplement le temps de l'habituer à un autre style de vie.

Somme toute, Victoire était rassurée. Son fils était en de bonnes mains et cela lui enlevait une part de culpabilité. Mais dans ce tableau en apparence idyllique, il y eut pourtant un moment qui réveilla en elle une désagréable amertume : l'heure de la tétée.

Madame Lagacé commença avec son propre enfant, le petit Albert, puis elle tendit tout naturellement les bras vers Félix, qui pleurait et réclamait son tour. Pour le bébé, sa mère avait soudain perdu tout intérêt : il la délaissa sans un remords pour s'accrocher à la poitrine généreuse de la nourrice. Victoire, tarie, impuissante, dévorée de jalousie, observa son enfant sans un mot alors qu'il buvait goulûment le lait d'une autre, en lui tapotant gentiment le sein comme il le faisait auparavant avec elle, avec ses gestes naïfs de bébé, ses grands yeux clignotants et ses petits soupirs qui, à eux seuls, exprimaient un contentement sans bornes. Plus Félix avait l'air heureux, à se remplir le ventre de bon lait tiède, et plus Victoire se sentait désemparée. Les rôles se confondaient. Était-elle encore sa mère, à présent ?

Puis, vint le moment du départ.

Pour la jeune femme, faire ses adieux à son fils se révéla presque aussi douloureux que la première fois, même si Madame Lagacé faisait de son mieux pour la rassurer. Félix, qui, repu, avait retrouvé le giron de sa mère, n'était pas du tout content de la voir s'éloigner, se mit à hurler et à se débattre pour se défaire des bras de la nourrice qui le retenaient.

— Ne vous en faites pas, mademoiselle. Je m'occupe de lui comme s'il était mon propre enfant, fit la femme en parlant plus fort pour couvrir les cris du bébé.

Le cœur de Victoire chavirait. Elle ne doutait pas des bons soins de la nourrice, mais plutôt de la possibilité de revoir son fils. Sortir du *Magnolia* n'était pas simple, même pour une simple visite, et elle ignorait quand elle aurait de nouveau l'occasion de revoir son bébé. La seule chose qui l'encourageait, c'était de songer à la petite fille dont la nourrice s'était occupée auparavant et qui, à force de patience, avait fini par retrouver sa mère.

Malgré cette maigre consolation, à peine montée dans la voiture, la jeune femme fondit en larmes. Elle qui, d'ordinaire, se cachait toujours pour pleurer, se moquait éperdument de le faire devant Laurent. Elle ne pensait ni à sa jolie toilette de ville ni aux regards des passants qui l'observaient par la vitre de la portière et encore moins à l'opinion de son compagnon. Elle pleurait son fils.

Étonnamment, au lieu de se murer dans l'attitude froide et austère qui était la sienne lorsque les gens s'agitaient autour de lui, Laurent réagit avec beaucoup de tendresse.

— Tu vois, il est bien soigné, ici. Il est heureux. Et puis, je m'occupe de lui, je veillerai toujours à ce qu'il ne manque de rien. Tu le reverras bientôt, ne t'en fais pas…

Et alors que la jeune femme hoquetait entre deux sanglots et cherchait, à travers un rideau de larmes, le mouchoir qu'elle avait enfoui dans sa petite bourse, il passa un bras autour de ses épaules et l'attira contre lui.

Victoire pleura longuement. Mais les caresses de Laurent dans son dos finirent par l'apaiser.

* * *

On était un soir de semaine. Il était encore tôt. Les hommes ne se bousculaient pas à la porte.

Dans le premier salon, il n'y avait que Maxime et Georges, tous deux occupés à faire du charme à Joséphine pour déterminer lequel monterait avec elle en premier. Pierre-Louis, un ami de Maxime, se fit servir un verre par Olivia avant de s'éclipser avec elle dans la pièce voisine, histoire de faire plus ample connaissance avant de se décider à commercer ensemble.

Toinette, la première à travailler, était à l'étage. Les autres filles s'occupaient comme elles pouvaient : Éloïse au piano, Victoire, Marie-Louise et Léontine autour d'un jeu de cartes. Il ne manquait qu'Adéline — en congé — et Fatima, échappée quelque part du côté de la cuisine, pour aider Dorine à disposer les sucreries sur des plateaux.

C'était une soirée paisible, et s'il n'y avait pas eu leur vie à gagner, les filles l'auraient passée à bavarder gentiment en sirotant du thé.

Il y eut des pas dans l'escalier : c'était le client de Toinette qui s'en retournait chez lui.

Peu après, la porte s'ouvrit sur quatre amis, venus s'encanailler auprès des pensionnaires du *Magnolia* pour terminer en beauté une soirée passée à leur club de gentlemen. On les connaissait — sans être très réguliers, ils venaient tout de même de temps à autre — et on les accueillit avec l'enthousiasme nécessaire en les invitant à se joindre à la partie de cartes. Avec le brouhaha de leurs grosses voix, l'atmosphère se fit plus festive. On fit couler l'alcool dans les verres, on trinqua, on poussa quelques plaisanteries, et la partie continua. La soirée démarrait tranquillement.

— Victoire ?

C'était Toinette qui lui tapotait l'épaule.

— Raoul est arrivé, glissa-t-elle. Je viens de voir la petite Chinoise devant le bureau de Madame.

Comme cela ne prenait qu'un instant pour échanger quelques billets contre une poignée de jetons, Victoire se leva aussitôt pour aller l'attendre au bas de l'escalier. Elle savait que Raoul n'aimait pas se montrer dans les salons et qu'il serait heureux de pouvoir monter tout de suite.

Mais alors que la jeune femme s'excusait auprès de ses compagnons de jeu de les quitter si vite, Marie-Louise la retint par le bras.

— Je peux y aller à ta place? demanda-t-elle.

— En quel honneur? fit Victoire en fronçant les sourcils. Ce n'est pas toi qu'il vient voir, il me semble…

— Oh, ne sois pas vache! renchérit Marie-Louise. Je te l'ai demandé poliment! J'ai envie de fumer un peu, tu peux bien me le laisser juste une fois, non? Que ça ne soit pas toujours les mêmes qui en profitent!

— Tu parles du client ou de l'opium, là? rétorqua Victoire.

Marie-Louise grimaça. Victoire, sans se laisser impressionner, dégagea son bras et s'en alla rejoindre Raoul.

— Tu ne la trouves pas un peu gonflée? confia-t-elle plus tard à Toinette. Est-ce que je vais lui prendre ses clients sous le nez, moi? Elle a même eu le culot de me le demander directement!

— Et alors? Ce n'est pas ce qu'on fait toutes, d'habitude? Tu as bien laissé Théodène à Fatima, la dernière fois.

— Ce n'est pas pareil. Avec son rhume, Fatima avait manqué trois soirs, elle avait besoin de travailler. Et Marie-Louise n'est pas exactement une amie… Je ne vois pas pourquoi je ferais des efforts pour elle, alors que ce n'est qu'une profiteuse.

Visiblement, Toinette n'avait pas une opinion aussi tranchée et, devant cette réaction mitigée, Victoire hésita.

— Ça veut dire quoi, ce regard? J'aurais dû lui laisser Raoul, tu crois?

— Non. En fait, je crois surtout qu'elle se moque pas mal de ton Raoul. Ce qu'elle voulait, c'était un peu d'opium, à l'œil…

– Elle n'a qu'à s'en procurer, si elle y tient tant!

– Oh, mais elle le fait! Tu n'as jamais vu dans quel état elle était quand elle revenait de ses après-midi avec Henri?

– Tu veux dire quand elle revient sans avoir reçu une taloche? railla Victoire.

Cette dernière connaissait mieux que personne la violence sous-jacente du fils de la tenancière et elle savait bien, comme ses compagnes, que Marie-Louise en faisait parfois les frais. Visiblement, se placer sous la protection du fils de la patronne ne la mettait pas à l'abri de se faire taper dessus à l'occasion.

– Non, sérieusement… Tu crois qu'elle en prend souvent? reprit Victoire, intriguée.

– À mon avis, elle en prend depuis longtemps. Mais elle a intérêt à faire attention parce que Madame n'aime pas ça.

– Pourquoi? Moi aussi j'en prends, quand je suis avec Raoul!

– Et tu as vu dans quel état ça te met? Ça endort complètement, ce truc-là… Pas moyen de travailler, après ça. Si les clients viennent ici plutôt que dans un bouge du port, c'est justement parce qu'ils ne veulent pas coucher avec une fille à moitié inconsciente. Alors, Marie-Louise, si elle se met à réclamer de l'opium en plus de tout ce qu'elle s'enfile déjà avec Henri, c'est qu'elle commence à filer un mauvais coton…

– Mais tu l'as dit: ça endort. Et parfois, ça aide à passer la soirée quand on n'est pas d'humeur à se faire monter dessus.

Toinette ne répondit pas. Les leçons de morale n'avaient pas leur place ici.

Quand on était putain depuis de longues années, que l'avenir semblait aussi fermé que ces maisons cadenassées dans lesquelles on vivait, on cherchait à se distraire comme on pouvait. Mais si les bavardages anodins avec quelques amies, les jeux de cartes, les livres ou les travaux d'aiguille trompaient l'ennui, ils n'empêchaient pas de se retrouver seule face à soi-même et au cul-de-sac de son destin.

Léontine buvait. Marie-Louise prenait de l'opium. Adéline se cachait derrière son air boudeur et démotivé. Et les autres ? Sans doute, chacune avait son petit vice, pour mieux supporter la vie qui était la leur et qui, malgré le confort de la maison, n'était pas facile à endurer.

— Fais attention, ma chérie. Les désillusions, il faut les accepter et vivre avec, mais pas les laisser nous envahir, conclut Toinette d'une voix basse. La vie est ce qu'elle est. Il faut s'en accommoder.

* * *

Un dimanche, Laurent emmena Victoire au parc La Fontaine, où un cirque itinérant s'était installé. La jeune femme était d'autant plus enthousiaste que chaque sortie avec le jeune homme se terminait par un thé chez Madame Lagacé, ce qui lui permettait de passer une heure ou deux avec son fils.

On était dimanche, en plein été indien, et la journée était magnifique. Les arbres étaient recouverts de rouge, d'ocre et de jaune doré qui s'allumaient au soleil et, dans la foule, les gens, ravis de profiter des dernières belles journées avant l'hiver, arboraient des sourires éblouissants. Laurent et Victoire, emportés par la bonne humeur ambiante, marchaient d'un bon pas.

Le cirque s'était installé au nord-est du parc, où le terrain était moins vallonné et plus découvert. Au centre s'élevait un chapiteau de bonne envergure, flanqué de tentes de toutes les tailles qui abritaient les artistes et leur matériel. Un peu plus loin, en périphérie, sous les grands arbres, se trouvaient les roulottes et les cages qui hébergeaient toute la ménagerie.

Laurent déambulait parmi la foule avec son éternel regard un peu détaché. Toujours très élégant, il attirait les regards admiratifs de quelques jeunes filles, mais il ne leur prêtait aucune attention.

Au contraire, il ne se souciait de rien ni de personne, excepté de sa cavalière, à qui il donnait le bras avec le même naturel que s'il escortait son épouse ou sa fiancée. Victoire, dans son bleu pâle absolument exquis, avait l'impression qu'ils renvoyaient tous deux l'image du couple parfait, et cela lui faisait un drôle d'effet. Seuls manquaient quelques enfants autour d'eux pour que le tableau familial soit complet.

Heureusement, elle se laissa vite distraire par la visite du cirque. Sous le chapiteau, on offrait de petites représentations, essentiellement pour amuser les familles. D'autres artistes se donnaient en spectacle à l'extérieur, attiraient les foules le temps d'un numéro, puis réclamaient une petite pièce pour leur peine avant de se déplacer plus loin ou de disparaître sous une tente. Comme le reste des badauds, Victoire et Laurent allaient en flânant d'un spectacle à un autre, sans que rien ne les retienne plus de quelques minutes.

Enfin, ils s'approchèrent des cages, d'où leur parvenaient des cris de bêtes. Des enfants s'y pressaient, tirant leurs parents par la main, au milieu de curieux de tous genres ; il y avait même un dessinateur du dimanche qui, constamment bousculé par la foule, maugréait de ne pas réussir à achever un croquis satisfaisant.

– Oh, regarde ! Est-ce que ce sont des lions ?

Allant et venant devant la grille d'une roulotte aménagée en cage, se trouvaient en effet deux larges félins, mâle et femelle. C'était la première fois que Victoire apercevait ces animaux en vrai. C'était même la première fois qu'elle les voyait en couleurs, car elle ne les connaissait que d'après des livres, où les gravures ne rendaient rien de leur pelage ocre.

– Leur cage me semble bien petite, commenta Laurent. Et ils ont l'air malades. Regarde, celui-ci a le poil un peu pelé, sur l'arrière-train…

Malgré ça, les deux bêtes restaient impressionnantes, en particulier pour une population de curieux qui n'en avait jamais vu auparavant. Si les enfants, les yeux pétillants d'excitation, poussaient de petits cris dès qu'une bête faisait un geste inattendu, leurs parents ne pouvaient s'empêcher de tressaillir et de commenter, eux aussi.

Plus loin, dans d'autres cages, se trouvaient quelques singes, au manteau brun-noir et à la tête blanche, un gros ours, un couple de perroquets au plumage bleu vif, ainsi qu'une colonie de tourterelles.

Un énorme cri retentit, qui fit sursauter la foule. Quelques-uns se précipitèrent, curieux de découvrir l'animal responsable d'un tel raffut.

— Qu'est-ce que c'était? demanda Victoire à un passant.

— Un éléphant. Il est là-bas, derrière la tente bleue, lui répondit ce dernier.

En effet, dans une sorte de grande arène plantée de solides poteaux de bois, un dresseur faisait faire des tours à l'énorme mastodonte qui protesta à quelques reprises en barrissant avec force. La foule, subjuguée, applaudissait. Mais Victoire, elle, ne s'arrêta pas longtemps. Elle venait d'apercevoir, encore un peu plus loin, un animal plus fascinant.

Dans l'herbe du parc, on avait installé des parois en barreaux amovibles pour créer une cage temporaire, assez vaste celle-ci. Elle était fermée de tous les côtés, y compris sur le dessus.

— C'est là que nous sortons régulièrement les bêtes pour qu'elles fassent un peu d'exercice, expliquait un employé du cirque à un groupe de badauds. Mais rassurez-vous, les barreaux sont solides.

Ils avaient intérêt à l'être, en effet, car à l'ombre d'un arbre voisin, allongé de tout son long dans l'herbe, parmi quelques feuilles mortes, reposait un superbe tigre.

Victoire ouvrit de grands yeux excités. Le félin, tout comme les lions, avait quelque chose d'effrayant qui le rendait aussi attirant qu'un aimant. Même si les risques étaient minimes — on avait tendu une corde pour empêcher les gens de longer de trop près la grille et de passer un bras à travers les barreaux —, les promeneurs s'approchaient avec beaucoup de précaution pour admirer la bête.

Aux côtés de la jeune femme, Laurent était admiratif, lui aussi. Il sursauta comme les autres lorsque le tigre se leva soudain, mû par Dieu sait quelle envie subite. Dans la foule, il y eut des « Oh ! » et des « Ah ! », et quelques cris effrayés auxquels succédèrent des rires nerveux.

Le félin n'avait pourtant aucune attitude agressive et ne faisait pas de gestes brusques. Le plus paisiblement du monde, il fit le tour à plusieurs reprises de son petit carré d'herbe, le nez en l'air, regardant à travers la foule comme si elle n'existait pas. Il fouina un moment dans la terre et les feuilles mortes, renifla une racine quelconque qu'il avait déterrée d'un coup de patte, s'intéressa à un oiseau qui chantait sur une branche au-dessus de lui, puis s'assit, tout simplement, sa grosse tête tournée vers les cages du reste de la ménagerie, d'où venaient Victoire et Laurent.

C'est alors qu'il eut cette grimace étrange. Humant l'air autour de lui, le tigre retroussa ses babines, montrant des dents impressionnantes, et il se mit à tirer la langue. C'était une expression qui donnait à sa large face l'apparence d'un masque chinois et qui était presque comique — ce qui était assez déroutant en soi, surtout sur un animal d'habitude si majestueux. Dans la foule, il y eut quelques exclamations, puis la bête, imperturbable, se leva et recommença à faire le tour de son enclos sans se presser.

Le tout n'avait duré qu'un bref instant, mais cela intrigua beaucoup Victoire.

— Tu as vu ? fit-elle en se tournant vers son compagnon. Qu'est-ce que c'était ?

— Je ne sais pas, répondit Laurent. Un rugissement, je suppose…

— Ça n'en avait pas l'air. Il n'avait rien de menaçant.

Laurent haussa les épaules et s'éloigna vers l'éléphant, qui venait de déclencher une salve d'applaudissements. Mais Victoire, au lieu de lui emboîter le pas, se dirigea plutôt vers l'employé du cirque aperçu un peu plus tôt.

— Oh, ça! C'est une grimace que font les félins, parfois, répondit ce dernier quand elle l'eut interrogé. C'est tout à fait normal.

— C'est une parade de séduction?

— Pas vraiment. Plutôt une façon de sentir les odeurs, pour ce que j'en sais. C'est à cause de la présence de la lionne, là-bas. Elle a ses chaleurs, alors ça le rend curieux...

Victoire songea aux chevaux, dans les prés de Boucherville, qui retroussaient parfois leurs lèvres pour montrer les dents dans une grimace similaire. Cette grimace, somme toute assez ordinaire, était plus impressionnante sur un tigre, avec sa grosse face plate et son collier de poils blancs et roux qui lui faisaient comme une auréole.

— Eh bien? demanda Laurent en faisant demi-tour pour rejoindre sa compagne. Je te cherchais. Tu viens?

Le tigre s'était recouché et léchait une de ses pattes avec application, sans plus se soucier de ce qui l'entourait. La jeune femme lui lança un dernier regard. Elle était perplexe et serait bien restée plus longtemps pour observer le comportement de l'animal et revoir une nouvelle fois cette grimace surprenante, mais Laurent s'impatientait et elle finit par le suivre.

Chapitre 8

Victoire quitta le lit tiède et commença à se rhabiller. Elle n'allait pas tarder à s'en aller.

Par réflexe, elle se mit à empiler les assiettes abandonnées sur la table après le repas et à ranger les affaires qui traînaient. Ici, un verre de vin, là une veste tachée de peinture.

— Laisse, le petit Jeannot va s'en occuper... marmonna Émile depuis le fond du lit.

— Jeannot ?

— Le garçon qui s'occupe de la maison.

— Ah, c'est vrai. J'oubliais que tu mènes grand train, maintenant. Monsieur a des domestiques... le taquina Victoire.

— C'est ça, moque-toi de moi, répondit son amant en se retournant dans le lit avec un profond soupir, visiblement peu disposé à se lever. Il ne vient pas souvent, de toute façon.

— Tu n'as pas besoin de te justifier, tu sais, ajouta la jeune femme, amusée par le ton vexé qu'avait pris son amant.

— Pourquoi tu ne viens pas te recoucher, plutôt ? Je croyais que tu pouvais rester jusqu'à la fin de l'après-midi ?

— Je voudrais passer voir Félix, avant.

— Tu préfères traverser la moitié de la ville pour aller voir un gamin qui doit sûrement faire la sieste à l'heure qu'il est, plutôt que de te prélasser avec moi ? lui lança Émile.

Victoire leva les yeux au ciel et l'ignora.

Ce n'était pas la première fois que le peintre lui envoyait des piques de ce genre. Depuis qu'ils avaient recommencé à se voir, il ne manquait pas une occasion de faire ce type de commentaire au sujet de l'enfant.

Au début, tout à leurs retrouvailles, les deux amants n'en avaient pas parlé. Victoire avait découvert la petite maison dans laquelle Émile vivait désormais — une bâtisse modeste mais récente, bien plus confortable que son grenier de peintre encombré et mal isolé — et elle retrouvait le plaisir de poser pour lui, sachant qu'ils trouvaient toujours le temps de faire l'amour une ou deux fois avant qu'elle ne rentre au *Magnolia*. Victoire pouvait de nouveau se coller contre le corps massif et chaud d'Émile au creux d'un lit bien douillet, plutôt que de le voir derrière les magnolias de Madame Angèle, où ils n'avaient échangé que de brèves étreintes. Il arrivait parfois qu'Émile ne dessine pas du tout pendant leurs rencontres, trop occupés qu'ils étaient à se savourer l'un l'autre.

Mais depuis que Laurent avait emmené Victoire chez les Lagacé, la jeune mère profitait de chacune de ses sorties pour rendre visite à son bébé. Le cocher qui la conduisait chez Émile pour ses séances de pose, toujours le même, était un homme accommodant qui ne faisait pas de difficulté lorsqu'elle lui demandait de faire un détour. Une demi-heure avec son petit dans les bras valait tous les sacrifices, y compris écourter ses étreintes avec Émile, ce que le peintre avait du mal à comprendre.

— Tu dis toujours que sa nourrice est excellente. Tu n'as pas à t'inquiéter pour lui, insista Émile, tu n'auras qu'à aller le voir la prochaine fois.

— Ne parle pas comme ça, tu sais que je n'aime pas ça, répondit Victoire en s'assombrissant.

— Pourtant, c'est vrai ! La toile n'avancera jamais si tu pars toujours deux heures trop tôt !

Cette fois, la jeune femme s'énerva.

— Elle avancerait sans doute plus vite si tu me faisais réellement poser au lieu de me coucher dans ton lit à la première occasion !

— Tu en avais envie autant que moi ! se défendit Émile.

— C'est vrai, mais tu connais mes conditions. Tu sais bien que je dois partir plus tôt, alors ne viens pas te plaindre, ensuite, que ta toile ne progresse pas…

Émile se tut. Il avait senti qu'il valait mieux pour lui ne pas trop insister face aux arguments de la jeune femme.

C'était une discussion qu'ils avaient déjà eue et qui se finissait toujours dans la frustration, pour l'un comme pour l'autre. Malgré les moments heureux qu'ils vivaient ensemble, Félix restait une ombre planant autour d'eux, menaçant de tout remettre en cause. Les espoirs de Victoire, lorsqu'elle avait vu Émile prendre le bébé dans ses bras à plusieurs reprises, au *Magnolia*, avaient fondu comme neige au soleil : à présent que l'enfant n'était plus là, Émile s'en désintéressait de nouveau. Pour lui, seule comptait Victoire, dont il avait espéré qu'elle redeviendrait comme avant.

Or, ce n'était pas le cas. La jeune femme avait changé, elle n'était plus aussi disponible.

Ni aussi amoureuse, peut-être.

L'enthousiasme candide du début de leur relation avait disparu. Lorsqu'ils se donnaient rendez-vous, ils s'aimaient comme des fous, en créant autour d'eux une véritable bulle où ils oubliaient pour un temps ce qui se passait à l'extérieur. Mais dès qu'ils parlaient de Félix, ils voyaient ressurgir les incompréhensions qui existaient entre eux, et lorsqu'ils se séparaient pour retourner chacun à leurs activités, l'effet un peu magique de ces moments volés retombait comme un soufflé. La vie reprenait ses droits et le quotidien n'avait rien de romantique.

Victoire s'accrochait en espérant des jours meilleurs, convaincue qu'un jour Émile réaliserait ce par quoi elle passait et qu'il se montrerait plus compréhensif. En attendant, elle évitait surtout d'aborder les sujets fâcheux, afin de préserver les précieux instants qu'elle partageait avec lui.

Laurent, notamment, était une autre ombre planant autour d'eux. L'homme était intelligent, il se doutait que Victoire et Émile couchaient ensemble, mais il ignorait encore l'exacte nature de leur relation. C'était du moins ce dont la jeune femme tâchait de se persuader, car elle sentait bien qu'il n'apprécierait pas de voir sa petite protégée lui échapper au profit d'un de ses subordonnés.

Émile parlait très peu de son mécène. C'était surtout par l'intermédiaire de Madeleine, ou par les réponses évasives de Laurent lui-même, qu'elle avait fini par comprendre un peu mieux ce qui liait les deux hommes.

Presque du même âge, ils se connaissaient depuis longtemps. N'étant pas du même milieu social, ils ne se seraient jamais croisés si le talent d'Émile ne lui avait pas attiré les faveurs de quelques grands bourgeois qui l'avaient invité chez eux, créant la rencontre. Le rôle de l'artiste doué mais fauché avait quelque chose d'éminemment romantique, et on aurait dit que toute famille amateur d'art se devait d'avoir le sien à sa table.

Ensuite, c'était la frustration de Laurent qui entrait en ligne de compte. À la fois très orgueilleux et passionné de peinture, le jeune homme ne se remettait pas de n'être lui-même qu'un artiste médiocre. Il avait peint pendant des années, pris des leçons, fréquenté de grands noms venus de France, mais cela n'avait rien changé. Il choisissait assez bien ses couleurs et il avait le sens de la perspective, mais son exécution était de piètre qualité. Il était trop rigide, trop attaché à des détails sans importance, incapable de transmettre dans son dessin l'émotion qu'Émile, lui, savait y mettre.

C'était cela, sans doute, qu'il jalousait le plus chez le jeune peintre et que Victoire avait perçu, elle aussi, dès qu'elle l'avait rencontré : cette faculté d'Émile à émaner par tous les pores de sa peau une sensibilité lumineuse, fraîche, presque candide, qui attirait les gens autour de lui comme des papillons dans la lumière. En dépit de ses prunelles très noires, c'était le ciel tout entier qu'on lisait dans son regard, comme si la force qu'il y avait en lui le gardait à l'abri des préjugés, des codes de conduite imposés, et de toutes ces choses qui encombrent et étouffent les individus normaux.

Lorsqu'il bavardait avec vous, il vous écoutait avec tellement d'attention qu'il vous donnait l'impression d'être la personne la plus intéressante sur terre ; lorsqu'il vous prenait pour modèle, il vous regardait avec des yeux émerveillés, parfois jusqu'à en oublier de dessiner ; lorsqu'il vous emmenait quelque part, c'était pour s'extasier comme un enfant sur des détails sans importance et vous entraîner à vous extasier à votre tour. Il avait du monde une perception un peu naïve, comme un enfant qui n'aurait jamais perdu son innocence, qu'il faisait rayonner autour de lui sans s'en rendre compte. Dans un groupe de gens, c'était lui le gentil hurluberlu qui s'attirait la sympathie de tous. Il charmait sans même s'en apercevoir. C'était toujours bon, réconfortant, de se trouver à ses côtés.

Malheureusement pour Victoire, l'énergie bouillonnante qui animait Émile, aussi séduisante fût-elle, ne suffisait pas à faire de lui un compagnon fiable. Attirée vers lui comme vers un aimant, bercée par l'amour dont il l'entourait, elle se heurtait à un mur dès qu'elle envisageait l'avenir. Émile ne vivait qu'au présent, dans son monde, et il avait beaucoup de mal à saisir les motivations profondes de la jeune femme. Il n'avait qu'une perception limitée de ce qu'elle vivait au *Magnolia*, comprenait mal la souffrance qu'elle endurait d'être séparée de son bébé et le besoin primaire qu'elle avait de le voir le plus souvent possible, même si c'était juste pour une minute. Émile rêvait de la Victoire qu'il avait rencontrée, celle qui, à l'époque, venait tout juste de prendre conscience des murs dont elle était entourée, et qui s'était jetée sur lui avec avidité. Il attendait d'elle qu'elle soit aussi folle, légère et spontanée qu'il l'était lui-même. Mais ce n'était pas possible. Victoire, au contraire, faisait tout pour garder la tête sur les épaules et les deux pieds sur terre, consciente des efforts qu'elle devrait fournir pour diriger sa vie dans une direction plus saine. Elle ne pouvait tout simplement pas se permettre d'être rêveuse, de vivre au jour le jour, sous peine de ne vivre qu'une vie de putain.

Émile, lui, ne pensait jamais au lendemain. Tout enflammé de cette énergie qui l'habitait, il consumait tout ce qu'il touchait. Il séduisait les femmes sans même le vouloir, rien que par sa façon d'être, et Victoire avait souvent dû museler la jalousie qu'elle sentait grimper dans son ventre quand elle voyait les regards pétillants que Malvina, Camille ou même Madeleine avaient lorsqu'elles parlaient avec lui. Et encore, la jeune femme ignorait tout des conquêtes qu'Émile devait probablement faire quand elle n'était pas là. Le peintre ne faisait pas de projets — à part les toiles qu'il préparait —, l'argent lui brûlait les doigts, il profitait de ce qui passait à sa portée sans se soucier de préserver quoi que ce soit pour le lendemain.

C'était là ce qui le liait à Laurent. Si le jeune peintre n'était pas spécialement attiré par les grands trains de vie, avec maison cossue et nombreux domestiques, il rêvait tout de même de fortune rien que pour pouvoir vivre selon ses envies, sans jamais avoir à regarder à la dépense. À travers Laurent, Émile tentait de profiter un peu d'une manne financière qui lui faisait envie.

Du coup, les deux hommes avaient développé une relation étrange : ce que Victoire avait d'abord pris pour de l'amitié était en réalité une jalousie qui les tenait liés l'un à l'autre, où chacun essayait de s'approprier ce que l'autre possédait.

Au milieu de tout cela, la jeune femme se débattait pour conserver le contrôle sur sa propre vie. Elle résistait aux pressions de Laurent, qui la réclamait pour lui seul, à celles d'Émile, qui la rêvait libre et disponible, elle entretenait autant que possible le lien avec son fils, et jouait ses cartes comme elle le pouvait pour parvenir un jour à rembourser sa patronne et quitter le *Magnolia*.

Et le temps passait, avec son tic-tac infernal.

* * *

Au *Magnolia*, tout le monde sut à quel moment exact Joséphine avait finalement appris les infidélités de son cher Maxime. On la trouva un soir, en pleurs, dans la salle de bain, recroquevillée dans un coin ; il fallut toute la persuasion de Toinette et Fatima réunies pour qu'elle redescende enfin au rez-de-chaussée continuer son travail.

— Il m'avait promis ! Il disait qu'il ne pensait qu'à moi ! Qu'il m'aimait plus qu'aucune autre femme !

Marie-Louise avait haussé les épaules et traité Joséphine de petite idiote. Olivia en avait rajouté, elle aussi, en déclarant qu'on ne pouvait jamais faire confiance aux paroles d'un homme, encore moins d'un client, que Joséphine n'était pourtant pas une débutante dans le métier et qu'elle aurait dû se douter que toute l'affaire finirait de cette façon.

Quant aux autres, celles qui avaient rêvé avec la jeune femme pendant tout le temps où Maxime avait porté son veuvage, elles ne disaient plus rien. Elles étaient presque aussi déçues que Joséphine elle-même. À travers cette anecdote, c'était leur destin de putain qui leur était une fois de plus lancé au visage.

Victoire, de son côté, ne partageait pas l'avis de Marie-Louise et d'Olivia. Elle était convaincue, pour l'avoir si souvent observé en compagnie de sa belle, que Maxime était sincèrement épris de Joséphine, mais qu'il ne voyait pas d'intérêt particulier à la faire sortir du *Magnolia* — encore moins pour l'épouser. Avoir une amoureuse à sa disposition, incapable de quitter la maison où elle se trouvait, et qui lui était toute dévouée, n'était-ce pas là ce qu'un homme pouvait souhaiter de mieux ? Aussi longtemps que

Maxime tolérerait que Joséphine couche avec d'autres hommes, il n'avait pas de raison valable de changer les choses. Cela n'avait rien à voir avec ses sentiments à son égard.

— Si au moins il t'avait sortie de là pour te prendre comme maîtresse! avait lâché Marie-Louise avec dédain, face aux larmes désemparées de Joséphine. Tu lui as demandé, j'espère?

— Oui...

— Et qu'est-ce qu'il a dit?

— Qu'il n'en a pas les moyens...

— Tu parles! Quelle excuse de lâche!

Là, en revanche, Marie-Louise n'avait peut-être pas tout à fait tort.

* * *

— Eh bien? C'est tout ce que tu as à me donner, ce soir? plaisanta Victoire.

— Excuse-moi... J'ai la tête ailleurs, en ce moment...

Des pannes sexuelles, il y en avait parfois, au *Magnolia*. Les filles avaient l'habitude de gérer ce genre de situation, la plupart du temps en utilisant leur bouche, leurs mains et tout leur savoir-faire pour relancer la machine. C'était toujours un moment un peu délicat, car l'ego des hommes supportait mal cette faiblesse, mais Victoire ne s'en formalisa pas. Avec Édouard, elle savait qu'un peu de dérision permettrait de détendre l'atmosphère.

Celui-ci s'allongea en soupirant dans le lit et ferma les yeux. Il semblait d'humeur à se reposer plutôt qu'à obtenir à tout prix une érection qui se faisait désirer, aussi Victoire se mit-elle à le caresser gentiment sur le torse. Pour elle, c'était l'assurance de gagner son salaire même sans travailler, car la maison n'était pas responsable des clients et il leur fallait payer malgré tout le service pour lequel ils s'étaient entendus avec la demoiselle.

– Ah, tu es bien gentille avec moi, ma belle Victoire… souffla Édouard, qui appréciait visiblement le traitement.

– C'est parce que je t'aime bien. Sinon, j'aurais déjà empoché mon argent et je t'aurais mis à la porte, continua-t-elle sur le même ton.

Le juge se mit à rire.

– Ce que tu peux être vénale ! Tu n'oserais pas !

– Ne me mets pas au défi, menaça Victoire, un sourire malicieux sur le visage. Raconte-moi plutôt ce qui te tracasse comme ça.

– Oh, ce n'est rien de très grave. Je serai en meilleure forme la prochaine fois, c'est tout.

– Une dure journée ?

– Un cas un peu compliqué… Cela fait plusieurs semaines que l'affaire est en cours et je suis toujours dans l'impossibilité de rendre un jugement digne de ce nom.

– Une agression ? Un assassinat ?

– Non, non, rien d'aussi dramatique. D'ailleurs, ce serait sans doute plus facile de traiter une affaire de crime dans ce genre-là. Non, il ne s'agit que d'un faussaire, mais il est un peu trop malin pour qu'on arrive vraiment à le coincer. Il nous mène par le bout du nez depuis un bon moment, c'est usant… Je l'ai encore reçu aujourd'hui dans mon bureau et nous y avons passé la journée. J'ai quitté le tribunal assez tard, j'ai même hésité à venir ici. On dirait bien que j'aurais mieux fait de rentrer dormir, comme j'en avais l'intention au départ.

– Qu'est-ce qu'il fabriquait ? De la fausse monnaie ?

– De fausses attestations. C'est un notaire qui rédige à sa façon des permis de construire, des actes de naissance, de propriété, ce genre de choses… Et le filou est fichtrement doué ! On le soupçonne de se faire payer comme un roi pour ce genre de petits services, mais il a tellement bien protégé son trafic que nous n'avons pas assez de preuves pour l'inculper à hauteur de ses délits !

Le plus frustrant, c'est qu'il pourrait bien finir par nous filer entre les doigts !

— Si tu veux, je pourrais travailler pour toi, proposa Victoire en jouant les ingénues. Je le rencontre, je le séduis, et je te ramène en douce tout ce dont tu as besoin ! Est-ce que les hommes ne sont pas réputés pour faire des confidences imprudentes à leurs amantes ?

Le juge rit de nouveau. La plaisanterie l'amusait beaucoup, mais cela ne l'empêcha pas de répondre tout de même très sérieusement :

— Oh, ma chérie, tu es adorable, mais tu te doutes bien que je ne mange pas de ce pain-là. Et puis, même si je ne remets pas en question ton talent de séductrice, Giguère ne se laisserait jamais prendre dans un piège aussi grossier.

Victoire haussa les épaules avec un faux air désolé et elle se blottit contre Édouard pour continuer ses caresses.

Ils avaient parlé sur un ton badin. N'empêche, le juge venait de lui donner une idée.

Un notaire, capable de fabriquer de faux documents officiels, n'était-ce pas là ce dont elle avait besoin ? Si jamais ses projets de se faire sortir du *Magnolia* par Laurent et Simon-Pierre échouaient, ou si elle ne parvenait pas à se faire épouser par Émile — comme elle en rêvait encore parfois —, ce Giguère pourrait lui rédiger un acte de mariage à présenter à la police afin de se faire rayer du registre des prostituées. À ce moment-là, plus rien ne l'empêcherait de recommencer sa vie ailleurs, vierge de tout soupçon sur son passé.

Mais un tel homme, ça se payait. Et cher, probablement.

* * *

Au *Magnolia*, les filles s'étaient habituées aux multiples sorties de Victoire, mais cela ne les empêchait pas de regarder leur amie partir avec une pointe d'envie, d'autant qu'avec la neige et le froid qui recouvraient Montréal, elles en étaient de nouveau réduites à passer leurs après-midi au coin du feu. Un tel confinement menait parfois à certaines disputes, et Madame Angèle redoublait d'attention pour distraire ses filles et maintenir une ambiance agréable.

— Tu vas manquer la visite de la tireuse de cartes, remarqua Marie-Louise. C'est quand même plus excitant que d'aller boire un thé avec un client pas aimable dans le genre de ton Laurent, non ?

— Oh, ce n'est pas grave, je la verrai la prochaine fois, répondit Victoire. Et puis, je l'aime bien, Laurent. Il est très instruit et il a des choses passionnantes à raconter.

— Pff… Toi, à partir du moment où on te parle de sujets compliqués, tu es contente. Tu vas encore jouer à « Victoire la philosophe »…

— Excuse-moi d'apprécier qu'on fasse appel à mon intelligence plutôt qu'à mon cul, de temps en temps ! rétorqua aussitôt cette dernière.

— À quoi ça sert ? Avoir la tête pleine, ce n'est pas ça qui te fera manger tous les jours !

— Il n'y a pas que le corps qui a besoin de se mettre quelque chose sous la dent. L'esprit aussi, figure-toi. Le mien, en tout cas !

— Et voilà encore des grands mots… Tu te crois vraiment au-dessus de tout le monde…

Sur ces mots, Marie-Louise lui lança une grimace méprisante et s'éloigna.

— Laisse-la dire, conseilla Toinette, qui avait assisté à l'échange. Elle est jalouse de tes privilèges, c'est tout.

— Pourtant, il me semble qu'elle arrive assez bien à tracer son chemin dans cette maison, rétorqua Victoire, en faisant allusion à Henri et aux multiples bassesses dont la belle blonde faisait preuve. Si elle veut un jour que les clients la choisissent comme favorite, il faudra peut-être qu'elle commence par se montrer un peu plus aimable avec eux…

— C'est une nouvelle Clémence, sauf qu'elle n'a pas le même talent pour mener les hommes par le bout du nez… Dis-moi, tu vas voir Félix, aujourd'hui ?

Le visage de Victoire s'éclaira et elle oublia instantanément ses chicanes avec Marie-Louise.

— Oui, normalement.

— Tu lui apporteras la petite brassière que je lui ai tricotée ? Tu sais, celle que je t'ai donnée la dernière fois ?

— Bien sûr. J'y ai pensé, elle est dans mon sac…

Toinette, ainsi que quelques autres, continuait à confectionner du linge ou des jouets pour le bébé. Même si Félix ne vivait plus avec elles, les filles s'y étaient fortement attachées et il était resté au cœur de leurs préoccupations. Au *Magnolia*, il était un peu leur enfant à toutes.

En quittant la maison, Victoire croisa la femme en noir qui venait parfois conter la bonne aventure aux pensionnaires. C'était Victoire qui avait eu l'idée de la faire venir, pour amuser les filles aussi bien que les clients, mais, paradoxalement, elle n'était elle-même pas très intéressée par ce que la vieille femme avait à lui apprendre sur son avenir. Alors que ses compagnes ouvraient des yeux captivés en s'entendant dire qu'elles rencontreraient sous peu un homme fantastique qui leur ferait changer de vie, Victoire préférait se concentrer sur le présent et sur ce qu'elle pouvait en faire afin de se préparer elle-même le destin dont elle rêvait. Cela lui paraissait bien plus tangible. Tout le cérémonial dont la tireuse de cartes s'entourait était, certes, très intrigant, sans compter que cela occupait un peu les interminables après-midi oisifs, mais elle n'aimait pas trop l'attitude de ses compagnes face aux révélations qu'elles recevaient.

— Qu'ont-elles de particulier ? demanda Laurent, dans la voiture, alors que la jeune femme lui racontait tout cela.

— Je ne sais pas… Disons que ça les rend paresseuses. Elles se contentent d'attendre passivement le jour où leur bonheur franchira la porte de la maison, en bottines et redingote.

— Je te trouve un peu dure avec elles. Que pourraient-elles faire d'autre, dans leur situation ?

Laurent n'avait pas tort et Victoire se tut, incapable de répondre.

* * *

L'après-midi fut charmant. Après une rapide visite au musée, le couple s'attabla dans un salon de thé pour bavarder en se réchauffant les doigts autour d'une tasse bien chaude.

Pour Victoire, ces sorties avaient quelque chose d'infiniment plaisant et de très différent des soirées passées chez Laurent. Lorsqu'il l'emmenait ainsi au spectacle ou en promenade en ville, il n'y avait dans son attitude aucune connotation sexuelle. Auprès de lui, en public, la jeune femme tenait le rôle d'une chaste fiancée, ou peut-être même d'une sœur. Laurent agissait envers elle avec une galanterie digne de son statut de gentleman, et il ne se permettait jamais le moindre regard lubrique, comme cela pouvait arriver dans l'intimité de son salon ou au *Magnolia*. Il avait de la conversation, connaissait beaucoup de choses sur l'actualité, la politique, mais surtout sur les arts : musique, théâtre, opéra, peinture… Victoire, qui n'avait reçu à Boucherville qu'une éducation minimale, buvait les paroles de son compagnon. Elle mémorisait tout, posait des questions, faisait des liens entre les différents sujets, et Laurent, heureux de trouver en elle un esprit aussi vif que le sien, s'ouvrait peu à peu.

C'était dans ces moments-là qu'elle se disait qu'elle avait trouvé en lui un ami cher, même si les débuts de leur relation avaient été houleux, en raison du caractère ombrageux et insaisissable du jeune homme. Aussi étrange que cela puisse paraître, les tête-à-tête avec lui étaient bien plus paisibles que ceux avec Émile, et il arrivait à Victoire de préférer les premiers aux seconds.

— Au fait, je ne pourrai pas t'accompagner chez Madame Lagacé, tout à l'heure. J'ai rendez-vous avec un ami, la prévint-il au cours de la conversation. Mais ne t'inquiète pas, je demanderai à mon cocher de rester avec toi pour te ramener en fin d'après-midi.

— Tu n'as pas besoin de la voiture pour ton rendez-vous?

— Je peux y aller à pied, ou arrêter un fiacre sur le chemin s'il fait trop froid. Ne te soucie pas de moi. Je préfère que toi tu sois confortable pour te déplacer en ville.

La jeune femme en profita sans vergogne. D'abord parce qu'il y avait eu une grosse averse de neige, que les trottoirs étaient encombrés et qu'elle était bien heureuse de ne pas avoir à se rendre à pied chez la nourrice, mais aussi parce que avoir un cocher pour la conduire où elle voulait lui procurait un sentiment de liberté qu'elle ne goûtait que trop rarement. Même si, grâce à Émile, Laurent et quelques autres clients, elle sortait bien plus souvent que ses amies, être accompagnée d'un client ou d'un membre de la maison de Madame Angèle, c'était comme avoir un gardien, tandis qu'un cocher — qui n'était qu'un domestique — lui donnait plutôt l'illusion qu'elle était une femme indépendante.

* * *

Il y avait d'énormes congères sur les côtés de la vitrine de l'ébéniste. Un homme était occupé à déblayer le reste en envoyant sur le sommet de généreuses pelletées qui, pour la plupart, dégringolaient à moitié de l'autre côté du tas. L'homme ne se décourageait pas. Rouge de sueur, il ne portait, malgré le froid, qu'une simple chemise de flanelle, et il besognait avec un rythme régulier qui finirait bien par venir à bout de son coin de trottoir.

Lorsque Victoire, descendue de voiture, passa près de lui pour grimper l'escalier qui menait à l'appartement des Lagacé, il lui jeta un coup d'œil.

— Bonjour, mademoiselle! lança-t-il.

— Bonjour, lui répondit poliment la jeune femme.

Elle allait poursuivre son chemin sans s'occuper de lui lorsqu'il la retint.

— Vous êtes bien Mademoiselle Victoire?

— Oui, répondit-elle, intriguée. Est-ce que nous nous connaissons?

— Oui… Enfin, non, pas directement, mais je vous ai souvent vue passer devant la boutique, quand vous veniez voir votre petit, expliqua-t-il en interrompant son travail. Pardonnez-moi, je ne me suis pas présenté : je suis Monsieur Lagacé.

Le mari de la nourrice, qui passait ses journées dans son atelier et que Victoire n'avait en effet jamais rencontré. Elle serra chaleureusement la main qu'il lui tendait.

— Votre ami n'est pas avec vous?

— Monsieur Dagenais? Non, il a été retenu, aujourd'hui.

— Ah, c'est dommage, je crois que ma femme a justement préparé ses fameux scones aux canneberges. Elle lui avait promis d'en faire, la dernière fois.

— Eh bien, ce n'est que partie remise, répondit Victoire avec un sourire.

— Bien sûr, bien sûr. Mais, excusez-moi, je ne vous retiens pas… Le petit va être content de vous voir!

Et alors que l'homme se remettait à son travail, elle grimpa les premières marches de l'escalier.

Puis, elle s'interrompit.

Redescendit.

— Vous avez dit « la dernière fois »? De quel jour parliez-vous, exactement?

– Ma foi, c'était… jeudi passé, je crois bien. Votre ami avait apporté des gâteaux et ma femme avait promis de lui rendre sa gentillesse.

– Ah, je comprends…

Victoire le salua de nouveau. Elle était troublée, mais elle s'efforça de n'en rien laisser paraître. De toute façon, Monsieur Lagacé s'était remis à l'ouvrage et ne lui prêtait plus attention.

* * *

Qu'est-ce que c'est que cette histoire de scones et de gâteaux? Il n'y avait rien de tout cela quand je suis venue voir Félix, il y a deux semaines! Est-ce que je deviens folle, ou bien…?

* * *

Victoire n'était pas folle. La nourrice confirma : Laurent était bien venu, quelques jours avant, rendre visite au bébé sans que la jeune femme ne soit ni présente ni même au courant de cette initiative.

Et, pire que tout, il semblait que ce n'était pas la première fois que cela se produisait.

– Oui, il est venu quelques fois. Je croyais que vous aviez un empêchement, ça n'avait rien d'extraordinaire, alors je ne me suis pas posé de questions, raconta Madame Lagacé en constatant l'étonnement de Victoire.

– Mais… Que fait-il, pendant ces visites? Est-ce qu'il reste longtemps?

– Non, pas tellement. Peut-être une demi-heure, juste le temps de boire un thé ou un café, de prendre quelques nouvelles. Une fois, il m'a apporté un onguent pour le petit, qui toussait un peu, et il a été assez aimable pour m'en donner aussi pour mon Albert.

Victoire était stupéfaite. Non seulement elle apprenait que Laurent rendait visite à son fils en son absence, mais en plus que l'enfant avait été malade et que personne ne l'avait prévenue.

— Je pensais que Monsieur Dagenais vous en parlerait, s'étonna la nourrice. Mais il a bien vu, quand il l'a pris sur ses genoux, que le petit allait beaucoup mieux, alors je suppose qu'il n'a pas voulu vous inquiéter.

— Quand il l'a pris ?! s'écria Victoire.

Madame Lagacé ne comprenait décidément pas l'agitation de la jeune mère. Même Félix, dans ses bras, s'écarta pour l'observer, comme pour déterminer s'il devait se mettre à pleurer ou non.

— Parce que en plus Monsieur Dagenais prend Félix sur ses genoux ?

— Il n'a pas le droit ? demanda Madame Lagacé, d'un air penaud. Excusez-moi, je ne savais pas que je devais l'en empêcher. Comme il est le papa, ça me paraissait naturel…

Le regard ahuri de Victoire devait être éloquent, car la nourrice se corrigea aussitôt.

— Oh, ce n'est pas lui le père ? Je l'ignorais…

* * *

Il dépasse les bornes !

Il commence par m'inviter à souper chez lui, il m'inclut dans son groupe d'amis, m'invite même à séjourner dans sa maison de Knowlton. Il exige que je l'attende lorsqu'il vient au Magnolia *pour être le premier à profiter de moi. Ensuite, voilà qu'il m'invite à sortir presque chaque semaine, qu'il prend en charge la nourrice de Félix…*

Et voilà maintenant qu'il lui rend visite en mon absence ? Qu'il ose se faire passer pour son père ?

À quoi joue-t-il ? Ça va trop loin, il va falloir que je mette le holà à tout ça…

* * *

Plus facile à dire qu'à faire.

Habitué à obtenir tout ce qu'il voulait, Laurent n'était pas homme à se laisser refuser quoi que ce soit, et Victoire savait bien qu'elle n'avait pas intérêt à s'en faire un ennemi. Elle lui était redevable de trop de choses. Il avait gagné auprès d'elle un statut très particulier, ni celui d'un client ni celui d'un amant, et désormais il en profitait.

Si la nourrice était désolée de la méprise et eut la décence de ne faire aucun autre commentaire, Laurent, lui, se défendit.

Ce n'est qu'après avoir longuement hésité que la jeune femme décida de l'affronter malgré tout. Si elle n'apprenait pas à tenir tête aux gens qui influençaient sa vie, elle ne parviendrait jamais à retrouver sa liberté.

Dans la chambre blanche où elle monta avec lui, la baignoire était encore remplie de l'eau parfumée que Fatima et un de ses clients avaient utilisée juste avant eux. Il flottait dans l'air un doux parfum de fleurs, pas encore altéré par l'odeur de la sueur et des corps.

— L'eau est encore chaude, fit Laurent en y plongeant les doigts. Tu veux en profiter ?

Victoire, qui avait encore une fois attendu sagement l'arrivée du jeune homme pour grimper à l'étage, était encore toute poudrée et impeccablement coiffée. Elle avait pris un bain à peine deux heures auparavant, mais elle se déshabilla néanmoins.

— Ne bouge pas, je vais t'aider, chuchota Laurent en s'approchant.

Debout dans son dos, il passa les mains sur la poitrine de la jeune femme pour dégrafer son corset, si lentement que c'en devint très vite un jeu érotique. Victoire, habituée, réagit aussitôt en se laissant aller en arrière, dégageant son cou pour le laisser l'embrasser, cambrant ses reins et glissant une main derrière elle pour le caresser. Elle aurait pu y prendre un certain plaisir si elle ne pensait pas tant à son fils.

Laurent la connaissait mieux qu'elle ne l'aurait souhaité : il sentit très vite que la jeune femme agissait mécaniquement et il s'interrompit.

— Qu'y a-t-il ? demanda-t-il.

— Rien, continue… murmura Victoire en reprenant ses esprits.

— Tu as l'air ailleurs. Est-ce que tout va bien ?

Coupé dans son élan, Laurent se détacha d'elle.

— Quelque chose te tracasse, je le vois bien.

Victoire, qui ragrafait son corset, poussa un soupir. Laurent était bien le seul à se préoccuper de ce qu'elle pensait et à lui laisser l'occasion de l'exprimer. Elle aurait aimé qu'Émile fasse de même.

— C'est au sujet de Félix, commença-t-elle doucement, en prenant garde de ne pas provoquer son compagnon avec un ton trop agressif. J'ai appris que tu allais le voir sans moi.

— C'est vrai, ça m'arrive.

Il y eut un silence. Laurent attendait la suite.

— Je ne comprends pas pourquoi, ajouta alors Victoire.

— Il n'y a rien à comprendre. Je m'assure qu'il est bien traité, c'est tout.

— Sauf qu'à force, Madame Lagacé et son mari se sont persuadés que tu es son père.

— Et alors ? Ils peuvent bien penser ce qu'ils veulent, en quoi est-ce que ça me concerne ?

— Ça me concerne, moi ! protesta Victoire. Tu n'es pas son père !

— Mais je prends soin de lui. C'est pareil.

— Est-ce que… Payer pour la nourrice ne suffit pas ?

Laurent fronça les sourcils.

— C'est un reproche ?

— Non. C'est juste que je préférerais… hésita la jeune femme.

— Quoi ? Que je me tienne à distance ?

Le jeune homme avait haussé le ton. Il commençait à s'énerver et il lança à Victoire un regard noir, mais cette dernière tint bon.

— Oui. Félix est mon fils et je ne tiens pas à ce qu'il garde des liens avec le *Magnolia*.

— Ah, parce que maintenant tu me considères comme un vulgaire client! s'exclama Laurent. Tu ne manques pas d'air!

— Et toi? osa-t-elle répondre. Qui t'a donné le droit de t'inviter dans la vie de mon fils? Tu le fais sans m'en toucher un mot, est-ce que tu as peur que je te dise non?

— Tu le ferais?

— Oui, en effet!

Cette fois, Laurent était furieux. Il bondit du lit et attrapa la jeune femme par le menton pour la forcer à le regarder. L'espace d'un instant, elle se demanda s'il allait la frapper.

— Alors, tu aimes mon argent quand il s'agit de sortir ton fils d'ici, mais le reste du temps je ne vaux rien? lui siffla-t-il au visage. C'est ce que tu es en train de me dire? Pour qui te prends-tu? Est-ce que tu as oublié d'où tu viens et ce que tu me dois?

Victoire soutint son regard. À présent qu'elle défendait l'espace de son fils, elle se sentait prête à affronter n'importe qui.

— Je ne veux pas que tu fasses partie de la vie de mon fils, chuchota-t-elle. Il ne t'appartient pas.

Blanc de rage, la mâchoire contractée, Laurent la regarda longuement. Puis, il la relâcha d'un coup et quitta la pièce en claquant la porte.

* * *

Ce n'est pas Félix qu'il veut. C'est moi.

Et il ne supporte pas que je lui résiste.

Quelque part, ça pourrait être une bonne chose. Ce n'est pas un homme facile, mais en étant un peu habile, j'arriverai peut-être à tourner tout ça en ma faveur. S'il cherche à me toucher au travers de Félix, s'il fait tout ça pour moi, c'est qu'il m'aime bien. Je ne sais pas s'il est amoureux — et s'il l'est, il a une façon bien étrange de le montrer ! —, mais en tout cas il m'a à la bonne, c'est une évidence.

Est-ce qu'il dirait non si je lui demandais de m'installer dans un petit meublé avec Félix, et si je l'autorisais à nous rendre visite quand bon lui semble ? Peut-être bien que non. Comme disait Madeleine, le plus dur c'est de parvenir à le décider, mais une fois que c'est fait, il n'a visiblement pas de difficulté pour offrir le gîte à ses amis. S'il l'a fait pour Émile, pourquoi pas pour moi ? Est-ce que l'important ce n'est pas de sortir du Magnolia et de retrouver mon bébé ? Laurent n'est pas un homme facile, il peut même se montrer exécrable, mais il peut aussi être tout à fait charmant quand il le veut et il est un de mes meilleurs clients. On s'entend bien, la plupart du temps — en tout cas, aussi longtemps qu'il n'essaye pas de s'installer de force dans ma vie.

Pourquoi est-ce que c'est lui qui se soucie à ce point de Félix ? Pourquoi n'est-ce pas Émile ? Ce n'est pas juste ! Si seulement c'était Émile qui possédait tout cet argent et qui jouait les bons princes avec moi, ce serait merveilleux ! Je serais déjà dehors, en ménage avec lui, et la plus heureuse des femmes !

Émile dit toujours que les choses sont simples, mais il a l'art de les compliquer, à sa manière. Lui à sa peinture, moi avec un travail ordinaire, Félix qui grandirait au milieu de petits frères et sœurs, dans une petite maison toute simple… Qu'y a-t-il de difficile dans tout ça ? Pourquoi est-ce que, dès que je fais mine d'en parler, il se dérobe et change de sujet ? N'est-ce pas légitime de ma part, d'envisager tout cela avec lui ?

C'est vrai, c'est un artiste. C'est peut-être ça, au fond, l'explication. C'est un poète qui rêve d'une sorte de vie idéale, absolue, où tout se ferait naturellement et sans effort, où il pourrait passer son temps à contempler la beauté des choses et à la peindre pour que les autres puissent la voir à leur tour.

C'est le genre d'homme qui est extraordinaire pour faire un enfant...
Mais pas pour l'élever.

* * *

Après l'altercation dans la chambre blanche, Laurent déserta le *Magnolia*.

— Que se passe-t-il ? demanda Madame Angèle. Dagenais n'est pas venu depuis au moins trois semaines. Il est malade ? Il t'a dit quelque chose ?

Victoire secoua la tête. Elle ne savait rien, excepté que l'orgueil de Laurent en avait pris un coup et qu'il essayait probablement de lui faire payer ses paroles en l'ignorant.

C'était une méthode efficace, d'ailleurs, et ce fut l'occasion pour la jeune femme de réaliser toute la place qu'il avait prise dans sa vie, en particulier d'un point de vue financier. Laurent absent, c'était des passes et des pourboires en moins, mais aussi la fin des soupers et des sorties à l'extérieur. Plus que tout, c'était aussi l'inquiétude que le salaire de Madame Lagacé ne soit plus versé. Comme c'était Laurent qui s'était chargé de la recruter, Victoire ignorait complètement quel tarif la nourrice réclamait. Serait-elle capable de subvenir aux besoins de son fils, si jamais Laurent cessait de la payer et que Madame Lagacé s'adressait à elle ?

Heureusement, cette mise en quarantaine ne dura pas. Un soir, sans prévenir, Laurent fit sa réapparition dans les salons du bordel.

Victoire, qui ne l'attendait plus, raccompagnait son quatrième client à la porte lorsqu'elle l'aperçut, un verre de cognac à la main, échangeant quelques mots avec Madame Angèle. Ignorant si elle était la bienvenue — Laurent aurait très bien pu revenir au bordel pour choisir une autre fille —, la jeune femme se tint prudemment à l'écart, jusqu'à ce qu'elle croise son regard et qu'il lui fasse un léger signe de tête. Alors, seulement, elle s'approcha.

— Ça fait longtemps... Je suis contente de te revoir, commença-t-elle avec un sourire timide.

— Viens.

Sans un mot de plus, il la prit par le bras et l'emmena à l'étage. Lorsqu'il la fit basculer parmi les coussins brodés de la chambre japonaise et qu'il s'enfonça en elle, ce fut comme s'ils effaçaient leur dispute et recommençaient à zéro. Ils n'en reparlèrent plus, et les choses reprirent exactement comme avant.

En tout cas, c'est ce dont la jeune femme se persuada sur le moment. Car l'animosité de Laurent à l'égard d'Émile et du rôle que ce dernier jouait dans la vie de Victoire monta encore d'un cran.

— Cette toile, elle avance ? demanda-t-il quelques jours plus tard, alors qu'ils s'attardaient au lit. Émile ne veut pas m'en parler.

— C'est lui l'artiste, je ne voudrais pas dévoiler ses secrets à son insu, répondit Victoire avec un sourire.

Elle conserva un air naturel, mais elle n'en menait pas large. La peinture que Laurent avait commandée et pour laquelle elle était censée poser n'existait toujours pas.

— Tu peux me dire, au moins, quel thème il a choisi ?

La jeune femme secoua la tête, essayant de faire passer cela pour un jeu. Mais Laurent ne riait pas vraiment. Il avait plutôt un regard noir qui indiquait qu'il se méfiait de quelque chose.

— Pourtant, de ce que j'en sais, ça fait maintenant plusieurs semaines que tu vas chez lui. Vous en êtes encore à faire des croquis ?

— Je ne te dirai rien, répondit Victoire. Tu verras ça avec lui, moi je ne suis que le modèle.

— Le modèle ou la putain ?

En entendant cela, la jeune femme se braqua. Elle supportait avec beaucoup de patience les impertinences de Laurent, mais ces derniers temps, la mèche était plus courte. Elle se retint de le gifler.

— Que veux-tu dire ? rétorqua-t-elle aussitôt.

— Simplement que je me demande ce que vous faites, tous les deux, dans son atelier, fit le jeune homme d'une voix pleine d'assurance. Je ne suis pas complètement stupide, je me doute bien que cette toile n'avance pas, sans ça vous ne feriez pas, toi et lui, de tels mystères chaque fois que je pose des questions. J'en déduis donc que vous faites sûrement bien d'autres choses, là-bas, que dessiner et poser.

— Mais ça n'a rien à voir ! Et de toute façon, tout ça ne te concerne pas ! Tu auras ta toile quand elle sera terminée, c'est tout. D'ici là, je te prierais de bien vouloir ne pas m'utiliser comme munition pour te battre avec Émile. Si tu as des problèmes avec lui, c'est avec lui que tu dois les régler…

Sur ces mots, elle se leva et, furieuse, commença à se rhabiller. Laurent, lui, resta au lit, imperturbable, comme si l'agitation de sa partenaire ne le touchait pas. Il avait marqué un point, et elle sentit bien qu'il s'en délectait.

Elle allait sortir en claquant la porte sans qu'il ait fait le moindre geste pour la retenir, lorsqu'il rouvrit enfin la bouche, un sourire pincé au coin des lèvres.

— Au fait, tu oublies un détail, ma chérie : c'est moi qui paye cette maison. Et je suis toujours au courant de ce qui se passe chez moi.

Chapitre 9

— Et si on se mariait?

Victoire, encore couchée sur le lit, avait dû crier un peu pour se faire entendre d'Émile, parti leur réchauffer du thé.

Par la porte ouverte de la chambre, qui donnait dans la grande pièce principale dont le jeune peintre avait fait à la fois son atelier et sa pièce à vivre, le bruit de la vaisselle remuée n'avait pas cessé. Émile faisait semblant de n'avoir rien entendu.

Il avait parfaitement compris, pourtant, et cela se voyait au visage fermé qu'il arborait lorsqu'il revint dans la chambre, quelques minutes plus tard, ses deux tasses dans les mains.

— Et si on se mariait? répéta Victoire, plus doucement.

— Quelle drôle d'idée. Pourquoi voudrais-tu tout gâcher? On n'est pas bien, comme ça, toi et moi?

— Si, mentit la jeune femme, mais ça ne me suffira pas éternellement. Je veux vivre avec toi.

— Et avec Félix, j'imagine? Comme un vrai couple?

— Est-ce que nous ne sommes pas déjà un vrai couple?

— Eh bien, si, justement! Pourquoi vouloir changer? Et puis, tu passerais ton temps à me faire des scènes de jalousie, en voyant mes autres modèles poser pour moi! ajouta Émile en riant.

— Si tu couches avec elles, c'est certain, oui.

— Ah, tu vois bien! s'exclama-t-il, riant toujours.

— Je ne plaisante pas, mon amour. Je veux vivre avec toi. Je ne veux pas passer toute ma vie... au *Magnolia*.

Elle avait hésité à dire « putain », mais elle s'était retenue. C'était le genre de détail qu'elle n'aimait pas trop se rappeler lorsqu'elle était avec son amant.

Comme elle fixait Émile du regard sans faiblir, celui-ci cessa de rire, puis soupira.

— Je ne serais pas un bon mari... fit-il en secouant lentement la tête. Je ne suis pas de ceux qu'on épouse.

— Alors, que dois-je faire? Continuer à coucher avec toi pendant que tous les hommes de la ville me passent sur le corps chaque soir?

Le ton était acerbe, Émile ne riait plus.

— Que veux-tu que je réponde à ça? fit-il. Ça ne me fait pas plaisir! Moi aussi, j'aimerais t'avoir pour moi seul...

— C'est précisément ce que je te propose. Alors, où est le problème?

Le peintre n'avait pas de réponse. Victoire eut l'impression qu'il s'était encore un peu plus éloigné d'elle.

Arriverait-elle à le rattraper? Elle avait encore envie d'y croire, mais lorsqu'elle quitta sa petite maison, ce jour-là, elle serrait les dents pour ne pas pleurer.

Il n'y avait plus de doute. Émile n'avait jamais voulu d'elle.

Oh, il l'avait aimée, et il l'aimait encore, mais il ne s'abandonnait pas comme elle avait pu le faire. Pendant les longs mois qu'avait duré leur relation, Émile avait d'abord songé à lui-même. Victoire n'était importante à ses yeux que parce qu'elle le valorisait, lui. Elle avait été une revanche qu'il avait prise sur la domination que Laurent exerçait sur lui: il n'avait pas d'argent, ne pouvait compter que sur son talent de peintre et la joyeuse énergie dont il faisait preuve pour obtenir la reconnaissance des autres.

Il y avait chez Émile une blessure profonde que Victoire ressentait sans parvenir à l'identifier. Chez le peintre, l'assurance, le bavardage constant, le rayonnement affectueux n'étaient qu'une façade pour faire croire à son entourage qu'il allait bien, qu'il était beau, et bon, et fort. Il séduisait chacune des personnes qu'il rencontrait sans aucune stratégie, sans chercher à s'attirer les bonnes grâces des uns ou des autres, mais juste pour se sentir aimé, pour se prouver à lui-même qu'il avait du succès, pour pallier un manque cruel d'on ne savait quoi, qui le poussait à toujours rêver d'autre chose.

Victoire, en comparaison, ne vivait pas la même chose. Elle se savait portée par l'assurance profonde qu'elle avait en main les bons outils et qu'elle pourrait faire face à tout. Cela n'empêchait pas les épreuves d'être terribles à vivre — la séparation d'avec son bébé l'avait plongée dans des noirceurs insoupçonnées —, mais elle se savait capable de les surmonter, à la longue, à force de temps, de patience et de persévérance. Elle n'avait pas ce besoin de se sentir entourée par des dizaines et des dizaines de gens, elle pouvait se contenter de quelques amis proches, qui lui donneraient l'amour et la reconnaissance dont elle avait besoin pour se sentir bien. Émile, lui, pouvait bien obtenir l'admiration du monde entier, cela ne serait jamais suffisant. Il était un gouffre sans fond. Il s'attirait l'amour des autres grâce à sa personnalité naturellement attachante, puis il s'en détachait aussitôt, comme si tout cela ne l'atteignait pas.

Alors, comment la jeune femme aurait-elle pu le combler, avec son amour tout simple ? Ce qu'elle pouvait lui offrir ne satisferait jamais ses besoins, il était trop exigeant. Il cherchait une sorte d'amour absolu, au-delà du quotidien, au-delà de la hiérarchie naturelle qui se dessine entre les gens et qui fait qu'on privilégie les uns plutôt que les autres. Il aimait tout le monde de manière égale, et Victoire se demandait parfois si elle avait un rôle à part dans sa vie ou bien si, elle aussi, n'était qu'un amour parmi d'autres.

Elle pouvait tolérer et accepter son caractère spontané et séducteur. Elle pouvait même se raisonner assez pour dompter la jalousie qu'elle ressentait lorsqu'elle le voyait s'enthousiasmer pour une nouvelle rencontre comme si cette dernière était la plus exquise créature qui soit. Mais pour cela, elle avait besoin de sentir qu'Émile, en retour, lui donnait un rôle inédit, qu'elle restait irremplaçable à ses yeux.

Elle rêvait d'une place unique et, par-dessus tout, elle rêvait qu'Émile lui-même lui donne ce rôle. Qu'il la reconnaisse comme la femme indispensable à sa propre vie.

Victoire avait cru que c'était le cas. Elle avait écouté ses déclarations d'amour avec émerveillement, rassurée de se savoir aimée ainsi par un homme de cette nature. Lorsqu'ils s'étaient séparés, elle avait attendu, espéré, et accueilli avec émotions les regrets du jeune homme. À chaque mot tendre qu'il avait eu pour elle, elle s'était convaincue que c'était là la preuve d'un amour sincère, qu'il ne pouvait vivre sans elle et qu'il souffrait. Elle avait patiemment attendu qu'il lui revienne.

Elle pourrait attendre encore bien longtemps, si elle le voulait. Car tout ce qu'Émile pouvait lui offrir se limitait à cela : des paroles, des promesses, des débats éternels sur ce qu'était l'amour. C'est là où se mêlaient l'homme et l'artiste. Le poète qu'était Émile était amoureux de l'amour bien plus que de la femme qu'il avait à ses côtés. L'amour, pour lui, avait quelque chose de si pur, de presque éthéré, qu'il en était sali par les considérations matérielles. Il rêvait de l'amour, mais il ne le vivait pas au quotidien.

Or, pour Victoire, c'était précisément dans les détails du quotidien que se révélaient les plus beaux gestes amoureux. Un regard ou un frôlement, une marque de soutien dans un moment difficile, tout cela valait plus cher que le plus fougueux des baisers. Émile n'avait aucune considération pour Félix, il ne se rendait pas compte de ce qu'impliquait la vie de bordel, surtout lorsqu'on était constamment cloîtrée. La vie en vase clos, avec seulement ce défilé d'hommes pour apporter un peu d'air de l'extérieur, pouvait venir à bout des plus beaux esprits. Les femmes, au *Magnolia*, n'étaient jamais aussi heureuses que lorsque Madame Angèle les emmenait au bord de l'eau ou dans les champs, pour une journée champêtre.

Victoire, comme les autres, avait besoin de courir dans les bois, de se baigner, de s'étendre au soleil, elle avait besoin de faire l'amour quand elle en avait envie, de se blottir contre le corps d'un homme pour s'endormir, de vivre en sécurité dans des lieux intimes qui n'appartiendraient qu'à elle et à une poignée de proches. Elle rêvait d'une maison à elle, où elle pourrait élever son enfant, elle rêvait de journées paisibles à s'occuper de son foyer, de son corps et de son âme, où elle pourrait jouer de la musique ou recommencer à dessiner et à sculpter pour le simple plaisir de créer quelque chose de ses mains. Elle n'avait pas besoin d'une vie de luxe, elle mettrait tout son cœur à travailler pour nourrir son fils et gagner honnêtement sa vie. Elle n'était pas comme Madeleine ou Malvina, cherchant les plaisirs et les apparats, et exigeant de la part de leurs amants qu'ils les fassent vivre dans les plus beaux appartements, au milieu des richesses. La vie de grande dame ne l'intéressait pas, mais c'était cela qu'Émile souhaitait pour elle et c'était pour cette raison qu'ils s'étaient si souvent disputés. Il ne voulait pas comprendre que la réussite sociale n'avait aucune importance aux yeux de Victoire.

Il projetait sur elle ses propres angoisses. C'était lui, au fond, qui cherchait à se rassurer. Souffrant de ne pas atteindre cette réussite sociale, il en faisait un objectif pour lui et ses proches, convaincu que son bonheur se trouvait là. Les véritables besoins de Victoire n'entraient pas en ligne de compte.

Il l'aimait par reflet. Elle ne lui était chère que dans la mesure où il se sentait valorisé à travers son regard. Mais il ne l'aimait pas pour ce qu'elle était réellement. Il se moquait, au fond, de savoir d'où elle venait, les épreuves qu'elle avait traversées et comment elle supportait sa vie de putain. Le courage et l'ambition dont elle faisait preuve ne l'impressionnaient pas. Il avait encouragé ses confidences et les avait accueillies avec respect, mais c'était surtout pour se convaincre lui-même qu'il était généreux et tendre, et qu'il agissait de la bonne façon.

Le fait qu'il ne réponde pas aux véritables besoins de la jeune femme n'avait pas d'importance. Émile se donnait l'illusion que c'était elle qui ne comprenait rien au véritable sens de la vie. L'amour, pour lui, devait rester libre et spontané, loin des ennuyeuses contraintes du quotidien. Il aimait sans limites, il aimait tout le monde de la même façon, et il accusait la jeune femme de rendre les choses compliquées. Les gens qu'il aimait devaient voir les choses comme lui, sans quoi le dialogue se brisait irrémédiablement.

Pour Victoire, réaliser tout cela était une amère désillusion. Mais, étrangement, elle ne mit pas fin à ses séances avec le jeune peintre.

Elle ne s'en sentait pas la force.

* * *

Tout commença par une remarque anodine.

— Pierre-Louis n'est pas là, ce soir ?

— Non. Gustave m'a dit qu'il était malade et qu'il ne reviendrait pas avant un bon moment.

— Oh… J'espère que ce n'est rien de grave.

Peu après, Toinette se mit à faire de la fièvre, suivie bientôt par Olivia. Madame Angèle fronça les sourcils. Deux filles malades en même temps, c'était ennuyeux pour les clients.

— Faites attention à ne pas partager vos affaires entre vous, mesdemoiselles, et ne vous approchez pas trop de Toinette et d'Olivia. Je n'ai pas envie de vous retrouver toutes malades en même temps… conseilla-t-elle.

Ce ne fut pas suffisant. Deux jours après, ce fut au tour de Léontine de garder le lit, incapable, elle aussi, de se lever sans être prise d'étourdissements et de nausées. Cette fois, malgré son habitude à gérer les petits et grands maux de ses filles, la tenancière s'inquiéta sérieusement. Trois fièvres en même temps, c'était plus que suspect.

Ses soupçons se confirmèrent quelques jours plus tard. Alors qu'elle était montée, dès le lever, pour prendre des nouvelles des malades, Madame Angèle apprit que des taches rouges étaient apparues sur le visage et les bras de Toinette.

Aussitôt, elle redescendit l'escalier de service et entra en trombe dans la cuisine, où les autres filles étaient en train de déjeuner.

— Anne ! À partir d'aujourd'hui, tu seras la seule à t'occuper des malades, ordonna la tenancière. Quant à vous, mesdemoiselles, je vous interdis de les approcher. Fatima, Marie-Louise et Joséphine, vous allez aussi quitter vos chambres. On vous installera un lit dans le couloir.

— Dans le couloir ! s'offusquèrent en chœur les trois intéressées. Mais pourquoi ?

— C'est vraiment nécessaire de nous déplacer ? fit Fatima en haussant les épaules. Dans une ou deux nuits, leur fièvre sera terminée…

— Ne discutez pas, les filles, rétorqua Madame Angèle. Je ne veux plus vous voir dans les chambres des malades, est-ce que c'est bien compris ?

— Pourquoi est-ce que Toinette ne vient pas dormir à ma place, et moi à la sienne ? Puisqu'elle et Léontine sont toutes les deux malades…

— Et moi je devrais rester dans le couloir ? Et puis quoi encore ! s'insurgea Marie-Louise.

Autour de la table, l'agitation était en train de gagner les filles, et le ton montait. La tenancière les rappela fermement à l'ordre.

— Arrêtez un peu de discuter comme ça! Nous ferons comme j'ai dit, c'est tout.

— On a le droit d'aller chercher nos affaires, quand même? ajouta Joséphine avec un soupir qui en disait long sur son peu de motivation à s'installer dans le couloir.

— Non, c'est Anne qui s'en chargera.

— Quoi, même pas pour aller prendre une robe? Mais on n'est même pas encore habillées! protesta la jeune femme.

— Vous vous débrouillerez avec Anne, c'est tout. Je ne veux plus vous voir dans les chambres des malades.

— Ça y est, c'est la quarantaine! ironisa Marie-Louise.

— Dites, est-ce que je peux dormir avec Victoire? demanda Fatima. Puisqu'il y a de la place, dans sa chambre…

— Pas tout de suite, ma fille, répondit la tenancière. Dans quelques jours, nous en reparlerons.

Victoire, muette, observait ces échanges en essayant de comprendre ce qui se passait. En face d'elle, Éloïse ouvrait de grands yeux inquiets.

— Madame… Est-ce que c'est bien ce à quoi je pense? murmura-t-elle d'une voix blanche.

La tenancière jeta à la jeune femme un regard entendu.

— C'est possible, mais je ne suis sûre de rien. Je vais faire venir le docteur Hémon cet après-midi.

Une visite du médecin en dehors de ses contrôles mensuels, cela n'augurait rien de bon.

* * *

Ce jour-là, personne ne paniqua, mais on sentait dans l'air une inquiétude grandissante, en particulier lorsqu'on vit le médecin grimper puis redescendre les marches du grenier tout en discutant à voix basse avec Madame Angèle.

Terrées dans le premier salon, autour du seul foyer qu'on avait allumé, les filles attendaient le verdict.

— C'est forcément la petite vérole, annonça Éloïse. Sinon, Madame ne les aurait pas mises en quarantaine comme ça.

— Mais je croyais qu'il n'y en avait plus, en ville, depuis la vaccination obligatoire? objecta Joséphine.

— Tu veux rire! Ça a enrayé l'épidémie, à l'époque, mais c'est tout. Les gens continuent à tomber malades aussi souvent qu'avant...

— Dire que j'ai dormi avec Léontine toutes ces nuits! Si c'est bien ça, je l'ai peut-être attrapée, moi aussi!

— Et moi, alors! ajouta Fatima.

Victoire continuait d'observer ce qui se passait dans la maison, sans intervenir. La situation la dépassait.

Elle ne comprenait pas pourquoi on s'affolait à ce point pour une maladie que plusieurs personnes, à Boucherville, avaient déjà eue. Son petit frère Élias l'avait attrapée lorsqu'il avait huit ou dix ans, et elle se souvenait que sa mère avait passé des jours à le veiller, mais à part une bonne fièvre et quelques boutons, il s'en était très bien sorti. On l'avait effectivement isolé dans sa chambre pour éviter la contagion, mais Victoire ne se souvenait pas que cela ait été si dramatique — à moins qu'elle n'ait été trop jeune, alors, pour se rendre compte des risques courus.

Mais les choses étaient très différentes en ville, où la population était plus dense. C'était particulièrement vrai dans les maisons de tolérance comme le *Magnolia*, où la promiscuité entre les filles était constante. Un vase clos, constamment alimenté par des clients venus d'ailleurs et où la maladie pouvait se transmettre à une vitesse fulgurante. Quand on savait qu'environ un adulte sur cinq n'y survivait pas, on comprenait mieux les mesures drastiques prises par Madame Angèle pour éviter d'autres malades.

Tout cela, c'était sans compter que Montréal avait été touchée par une grave épidémie, dix ans auparavant, qui avait causé des milliers de morts. Cela avait laissé des traces dans la mémoire des filles qui l'avaient vécue.

— À cette époque-là, je commençais à peine comme blanchisseuse, raconta Éloïse. J'habitais près du canal Lachine, pas très loin du quartier des ouvriers. Il fallait voir l'état de leurs maisons, les pauvres ! Minuscules, dégoûtantes, toutes entassées les unes sur les autres… Et les Irlandais, ils faisaient des douzaines d'enfants à la fois, et tout ce petit monde-là vivait dans des maisons de deux ou trois pièces. Quand ils avaient des malades, ils les isolaient avec des bouts de tissus — autant dire du vent… Alors, le jour où il y en avait un qui revenait avec la petite vérole, on pouvait être certain que toute la famille allait y passer !

— Et les gens paniquaient ! renchérit Joséphine. Ils réclamaient une vaccination obligatoire, des mesures de quarantaine, mais la presse s'en est mêlée et les Anglais ont commencé à nous mettre la responsabilité de l'épidémie sur le dos. Il y a eu des émeutes, des enfants qu'on enlevait de force à leurs familles pour les mettre en quarantaine.

— Oh oui, je me souviens de ça ! Il y avait des voitures spéciales qui faisaient régulièrement leurs tournées pour emmener les malades. On aurait dit des chariots pour les condamnés !

— Mais est-ce que vous l'avez eue, vous deux ? leur demanda Adéline.

— Moi, non, et c'est sûrement parce que quand l'épidémie a commencé à être vraiment forte mes parents nous ont envoyés, mon frère, mes sœurs et moi, chez une tante à la campagne, répondit Joséphine. Les gens qui avaient assez d'argent faisaient tous ça.

Éloïse, elle, eut soudain les yeux brillants.

— Moi, je l'ai eue, raconta-t-elle, soudain gonflée de l'importance d'avoir survécu à cette hécatombe. Ma mère aussi. On a été malades pendant deux semaines, et c'était terrible parce qu'on n'avait personne pour s'occuper de nous, donc il fallait que la plus forte de nous deux se lève pour soigner l'autre. Et quand on est revenues à la blanchisserie, on a appris que, sur les deux autres filles qui l'avaient attrapée aussi, l'une était morte. Ça nous a fichu un coup, vous pensez…

Les autres écoutaient religieusement, fascinées par ces témoignages d'un évènement qu'elles n'avaient pas connu. Victoire avait été préservée par le cocon familial, même chose pour Adéline. Marie-Louise vivait dans une maison reculée, au fond d'un rang, où elle avait peu de risque d'entrer en contact avec un malade. Quant à Fatima, elle vivait encore au Maroc.

Mais à présent, la petite vérole était entre les murs du *Magnolia* et les concernait directement. En plus de l'inquiétude pour leur propre santé, elles se souciaient de leurs amies, clouées au lit.

On entendit Madame Angèle raccompagner le docteur Hémon à la porte. Dans le salon, chacune retint son souffle en attendant que la tenancière les rejoigne pour prononcer le verdict.

— C'est bien la petite vérole, dit-elle d'une voix grave. Toinette a commencé à sortir quelques pustules. Léontine en est encore au stade des taches rouges, le reste ne devrait pas tarder. Et pour ce qui est d'Olivia, on ne se rend pas bien compte à cause de la couleur de sa peau, mais je suppose que c'est une question de deux ou trois jours avant qu'elle aussi soit couverte de boutons.

— Qu'est-ce qu'on peut faire ?

— Rien. Nous allons les garder à l'écart tant qu'elles seront contagieuses. Anne s'occupera d'elles : elle a déjà été malade, elle est protégée.

— Éloïse aussi l'a déjà attrapée ! pointa Adéline. Elle nous racontait ça à l'instant !

— Et alors ? se renfrogna aussitôt cette dernière en jetant un regard furieux à Adéline. Si tu crois que je vais tenter ma chance en allant les voir ! Je n'en sais rien, moi, si je suis protégée !

— Si tu l'as déjà eue, alors tu as la chance d'être immunisée, ma fille, confirma doucement Madame Angèle. Mais je respecte ton choix de rester à l'écart. Je ne t'ennuierai pas avec ça, sois sans crainte.

À vrai dire, la tenancière n'avait pas non plus envie de courir le risque qu'une autre de ses filles tombe malade.

— Avec trois filles en moins, il va falloir travailler fort, maintenant, reprit-elle. Pas de soir de congé pendant les prochaines semaines, pour aucune d'entre vous : j'aurai besoin de vous toutes dans les salons. Bien entendu, ces messieurs vont se demander où sont passées vos amies, donc nous inventerons quelque chose — une grosse fièvre, un empoisonnement ou je ne sais quoi…

— Madame, est-ce que je peux dormir sur le grand sofa vert ? demanda Joséphine. Je préfère ça plutôt qu'une paillasse dans le couloir.

— Moi aussi !

— Moi aussi ! Je n'ai besoin que d'une couverture.

Les filles s'agitèrent de nouveau. Maintenant que la maladie était confirmée, dormir à proximité de leurs camarades ne leur semblait pas très tentant.

Conciliante, Madame Angèle les y autorisa.

— Autre chose, ajouta-t-elle lorsque le calme revint, je vous emmène toutes chez le docteur Hémon dans deux jours pour vous faire vacciner. Si, d'ici là, vous avez le moindre signe de fatigue ou de fièvre, ne tardez pas à me prévenir. On devra vous soigner le plus vite possible.

* * *

— Mais enfin, comment ont-elles attrapé ça ?

— Tu crois que c'est Pierre-Louis ? Ça fait trois semaines qu'on ne l'a pas revu et Gustave dit qu'il n'est pas non plus sorti de chez lui.

— Et si elles l'avaient refilée à d'autres clients ? Est-ce que vous savez s'il y en a qui sont tombés malades, ces derniers temps ?

On n'avait aucune réponse vraiment fiable, on ne pouvait faire que des suppositions, mais plus les jours passaient et plus le monstre de la petite vérole semblait relâcher son emprise sur le *Magnolia*. Il n'y eut pas d'autres symptômes, à part Victoire et Fatima, qui firent toutes deux une bonne poussée de fièvre à la suite du vaccin administré par le docteur Hémon.

Les soirées étaient longues. Alors que la maison fonctionnait en général avec neuf filles, désormais elles n'étaient plus que six. Obligées de pallier le manque, elles n'avaient plus vraiment de temps pour jouer, chanter ou amuser les clients dans les salons : très vite, il fallait monter, satisfaire, se nettoyer, redescendre, attraper le suivant, monter de nouveau... Certes, elles gagnaient plus d'argent, mais on ne subissait pas huit à neuf clients dans la soirée sans que le corps n'accuse la fatigue et l'écœurement. Le moral descendit en flèche et certains hommes, déçus par l'ambiance plus morose que d'ordinaire, allèrent chercher sous d'autres toits les sourires et les fesses potelées dont ils étaient friands.

Contre toute attente, Madame Angèle se montra extrêmement accommodante. C'était dans des épreuves de ce genre que ressortait son instinct maternel. Ces filles, c'étaient un peu les siennes, et cela lui faisait mal de songer aux trois pauvres malades qui mouillaient leurs lits de sueur, qui n'arrivaient plus à rien avaler sans le vomir et qui voyaient leur corps et leur visage se couvrir de pustules. La tenancière se faisait rapporter par Anne la moindre évolution de la maladie ; elle ne pouvait malheureusement rien faire de plus que faire déplacer le médecin, renouveler ses prescriptions et essayer de soulager les trois filles, en leur faisant porter du linge propre, de la nourriture appétissante et saine, et tous les divertissements qu'elles demandaient pour passer le temps, lorsqu'elles n'étaient pas terrassées par la fièvre.

Il fallait attendre que la maladie s'estompe et prier pour qu'elle ne se répande pas.

Victoire, de son côté, bénissait le ciel que son petit Félix ne vive plus avec elle. Pour une fois, elle se réjouissait de le savoir à l'abri chez sa nourrice et elle annula, sans remords, ses visites hebdomadaires pour ne pas risquer de lui transmettre quoi que ce soit.

Chez un enfant si jeune, la variole aurait, à coup sûr, été fatale.

* * *

— Où est Victoire ?

— Elle est en haut, elle va redescendre dans un moment.

— Qu'est-ce qui lui prend ? Elle doit m'attendre, le vendredi, elle le sait très bien !

Du haut de l'escalier, Victoire avait reconnu la voix agacée de Laurent, qui venait d'arriver dans le hall. Mais au lieu de descendre tout de suite le voir, elle se dirigea vers la grande salle de bain où elle mit de longues minutes à faire sa toilette. Elle devait être plus minutieuse encore que d'ordinaire, c'étaient les ordres de la patronne, pour éviter une éventuelle contagion des pensionnaires vers les clients. Non seulement son entrejambe passait à l'alcool et au vinaigre, mais elle devait aussi se débarbouiller le visage et le corps avec de l'eau additionnée de vinaigre, dans laquelle on avait versé quelques gouttes d'huile parfumée pour masquer l'odeur. Après quoi, elle glissa quelques gouttes d'*Eau de nuit* dans son cou, renfila son corset et sa robe.

Tout cela lui prenait un temps fou, mais Madame Angèle préférait encore perdre quelques clients irrités à force d'attendre après les filles — trop peu nombreuses et ralenties par ce rituel —, plutôt que de risquer que l'un d'eux soit déclaré malade à son tour. Ce serait une catastrophe bien plus grave encore pour le *Magnolia*, qui reposait entièrement sur son excellente réputation. Tant et aussi longtemps que Toinette, Léontine et Olivia étaient contagieuses, la maison serait donc contrainte de se soumettre à des règles draconiennes.

— Ah, te voilà! s'exclama Laurent lorsque Victoire, enfin prête, descendit dans le premier salon pour le retrouver. Pourquoi ne m'as-tu pas attendu, comme d'habitude?

— Nous sommes trop peu nombreuses pour satisfaire tout ce beau monde, déclara Victoire en volant une gorgée de cognac dans le verre du jeune homme. Je ne pouvais pas attendre sans rien faire jusqu'à ce que tu arrives. C'est Madame qui m'a dit de monter.

— Tu sais que je n'aime pas ça, fit Laurent en lui jetant un regard noir. En plus, j'ai dû patienter…

— Je sais, mon chéri, et je suis désolée, crois-moi. Malheureusement, ce n'est pas moi qui décide, ici, alors il faut t'adresser à Madame si tu veux protester, le taquina Victoire.

Laurent, agacé d'avoir perdu son privilège d'être le premier de la soirée à coucher avec la jeune femme, avait sa tête des mauvais jours. Cependant, celle-ci ne se démonta pas. Elle le connaissait bien, désormais, et l'attitude austère qui l'avait tellement impressionnée lorsqu'elle l'avait connu, au tout début, ne l'effrayait plus. Si elle laissait à Laurent quelques minutes pour exprimer sa colère sans entrer dans son jeu, il finirait par se calmer tout seul.

D'ailleurs, intrigué, celui-ci rebondissait déjà.

— Les filles sont encore malades, là-haut?

— Oui. Léontine va mieux, sa fièvre est tombée, mais elle est encore trop faible pour travailler. Quant aux autres, elles sont toujours au lit.

— Dis-moi, ce n'est pas la fièvre typhoïde, j'espère?

— Quelle idée? s'exclama Victoire en riant pour cacher son malaise. Je t'ai dit que c'était un simple coup de froid! Une grosse grippe, rien de plus!

— Évidemment… Qui les tient au lit depuis plus d'une semaine… ironisa Laurent. Tu me crois si naïf? Alors que j'ai appris que tu n'allais même plus voir ton fils?

Victoire se mordit les lèvres. Elle pouvait donner le change face aux clients ordinaires, mais cette fois, que pouvait-elle répondre à cela?

Elle jeta des regards inquiets autour d'elle pour s'assurer que personne ne les écoutait. Laurent, heureusement, avait naturellement baissé le ton.

— Quel idiot je fais… continua-t-il en raisonnant pour lui-même. C'est forcément contagieux, et c'est pour ça que tu t'empêches d'aller le voir. Quelle autre raison, sinon? Ça pourrait être le choléra, la petite vérole, la tuberculose… Allez savoir, avec tous ces hommes qui passent! À moins que ces pauvres filles n'aient attrapé la syphilis et que Madame Angèle n'essaye de nous le cacher?

— Ne parle pas de malheur! Mais tu te casses la tête pour rien, je t'assure, le rassura Victoire avec un large sourire, avant de changer de sujet. On monte? Je croyais que tu n'avais pas envie d'attendre? Je suis à toi, maintenant!

* * *

Laurent avait malheureusement raison de s'inquiéter.

Chez Léontine, la fièvre finit par passer pour de bon. Elle restait marquée sur le visage et le corps par des lésions importantes, mais qui allaient sécher et tomber — et on l'espérait le plus vite possible. Pour Olivia, les pustules paraissaient plus impressionnantes encore en raison de sa peau noire. Elle ressemblait à ces photographies de jeunes Africains au visage scarifié et elle avait les yeux encore vitreux, ce qui lui donnait une apparence effrayante — le genre de vision cauchemardesque qu'il ne fallait pas avoir la nuit, au détour d'un couloir. Cela dit, le docteur n'était pas trop inquiet pour elle non plus. La fièvre baissait lentement et, bien qu'Olivia soit épuisée, elle finirait par s'en remettre.

En revanche, Toinette n'allait pas bien du tout. Elle avait été la première à tomber malade, la première sur le visage de laquelle les taches rouges puis les vésicules purulentes étaient apparues. Selon toute logique, elle aurait donc dû être la première à guérir, car la maladie progressait généralement par étapes très nettes. Or, la fièvre ne baissait pas, ou alors seulement pour mieux remonter le lendemain. Lorsqu'elle était au plus mal, on entendait la pauvre fille délirer dans son lit, se tournant en tous sens pour trouver un peu de sommeil, de fraîcheur, d'apaisement pour les insupportables démangeaisons que provoquaient les boutons et pustules en tous genres. Incapable de garder la plupart de ses aliments — qu'elle vomissait en quelques minutes —, elle ne se nourrissait que de bouillon qu'Anne lui faisait patiemment avaler à la cuillère et qu'elle agrémentait d'un peu de pain mouillé. Léontine, une fois debout, prit la relève. Toinette buvait de l'eau en quantité énorme, qu'elle transpirait aussitôt dans les heures suivantes, de sorte qu'elle n'était jamais réellement désaltérée. Seules des compresses humides très fraîches, appliquées sur son visage et sa poitrine, soulageaient un peu son martyre.

Les jours passèrent. Madame fit venir le docteur Hémon plusieurs fois et les pensionnaires, inquiètes, eurent de plus en plus de mal à donner le change pendant les soirées avec les clients.

Parmi elles, Victoire sentait son ventre se tordre d'angoisse. La nuit, elle ne dormait plus, écoutant, impuissante, les râles de son amie dans la chambre voisine. Le jour, elle le passait à monter et à descendre l'escalier de service pour venir aux nouvelles, frustrée de ne pas pouvoir dépasser le pas de la porte.

De toute façon, le spectacle à lui seul la tenait à distance. Toinette avait toujours été naturellement pâle, mais cette fois elle avait la peau cireuse, luisante, défigurée par des centaines de pustules qui, déjà très nombreuses sur le corps, se concentraient encore plus sur le visage. Elle en avait près du nez, de la bouche, des yeux, et tout cela suintait parfois, laissant des traces sur l'oreiller. Il fallait faire un effort pour reconnaître, sous cette couche boutonneuse répugnante, le véritable visage de la jeune femme.

Le plus souvent, assommée par la fièvre, Toinette geignait ou délirait, totalement déconnectée du monde réel. Mais lorsque la maladie lui donnait un peu de répit, on la trouvait alors étonnamment lucide, immobile dans son lit, ses yeux fixes et grands ouverts tournés vers sa petite lucarne, comme si elle pouvait, par la seule force de sa volonté, s'évader par là.

— Chérie, comment te sens-tu ? murmura Victoire un matin, alors qu'elle venait tout juste de se lever et s'empressait de prendre des nouvelles de son amie.

— Je ne sais pas, répondit Toinette d'une voix faible. Je suis fatiguée.

Désarmée, Victoire ne sut quoi dire pour la réconforter. Elle sentit des larmes lui monter aux yeux. Le spectacle de cette chambre exprimait toute la misère du monde.

— Tu veux que je te tienne compagnie, un peu ? fit-elle en s'asseyant par terre, sur le plancher, tout près de la porte.

— Tu es descendue manger ?

— Pas encore.

— Alors, va.

Victoire eut un pauvre sourire. Même au plus profond de la maladie, son amie trouvait encore le moyen de se soucier de son bien-être, au lieu du sien.

— Ne t'en fais pas pour moi, je ne me laisserai pas mourir, répondit-elle en essayant de faire un peu d'humour.

— Moi, si, souffla Toinette en tournant ses grands yeux vers la lucarne.

Victoire sentit sa gorge se nouer. Elle n'arrivait plus à respirer.

– Ne dis pas des choses pareilles, murmura-t-elle d'une voix étranglée.

– Je ne guérirai pas. C'est trop tard, maintenant. Il faut seulement l'accepter et laisser venir.

– Toinette, ne dis pas ça… Le docteur…

– Il fait ce qu'il peut, le pauvre. Mais mon corps ne l'écoute pas. Alors, au bout d'un moment, il faut arrêter de se battre contre l'inéluctable.

Toinette avait une voix très douce, faible mais paisible, sans la moindre trace d'angoisse ou de regret. La mort, dans l'état où son amie se trouvait, serait forcément un soulagement, mais c'était une idée que Victoire repoussait avec horreur.

* * *

Elle ne va pas me laisser !

Toinette, mon amie, ma sœur, celle qui m'a accueillie ici, qui m'a tout appris !

Ne me laisse pas toute seule !

* * *

– Tu t'occuperas de Suzanne ?

Voilà, on y était. Régler les derniers arrangements, transmettre l'héritage. Préparer son départ.

– Bien sûr… répondit Victoire alors que de grosses larmes coulaient sur ses joues.

– J'ai un peu d'argent, là, fit Toinette en pointant l'armoire d'une main lasse. Derrière, dans le mur, il y a un trou. Je te laisse tout.

Toinette s'arrêta un moment. Parler commençait à la fatiguer.

– J'aimerais bien qu'elle vive dans une vraie famille, un jour, souffla-t-elle de nouveau.

Victoire renifla, ravala ses larmes juste assez pour pouvoir répondre d'une voix un peu plus assurée :

— Je m'occuperai d'elle. Si je sors d'ici et que je reprends mon fils, j'irai chercher Suzanne. Elle sera ma fille aussi, je te le jure.

Elle n'avait aucune idée de ce qu'elle était en train de promettre, mais elle le fit avec tout l'aplomb dont elle était capable et cela eut l'effet escompté sur Toinette. Cette dernière esquissa une grimace, qui, en dépit de ses lèvres douloureuses, se transforma en un sourire lumineux, comme celui qu'elle avait toujours eu.

— Merci, ma chérie…

Et alors que son amie souriait toujours, Victoire, au contraire, se remit à pleurer.

* * *

Toinette mourut deux jours plus tard. Les filles la trouvèrent sans vie lorsqu'elles montèrent se coucher, à l'aube, après une soirée de plus à divertir les hommes.

Il n'y eut aucun effet de panique. Au fond, elles s'y attendaient toutes. Au milieu d'un silence de cathédrale, Joséphine descendit calmement annoncer la nouvelle à Madame Angèle, qui vint aussitôt pour constater le décès. Dans un geste plein de délicatesse, la tenancière remonta le drap sur le visage de la pauvre fille et se recueillit un instant. Puis, elle se tourna vers ses pensionnaires qui faisaient le pied de grue, à la porte de la chambre.

— Allez vous coucher, les filles, il est tard. Nous nous occuperons d'elle dès demain.

— Quoi ? Elle va rester là ? chuchota Marie-Louise. Mais je n'ai pas envie de dormir à côté d'une morte, moi !

— Alors, descends te mettre sur un canapé et ferme-la ! la rembarra aussitôt Fatima.

Les filles allèrent donc dormir, essayant tant bien que mal de fermer l'œil. La journée du lendemain promettait d'être éprouvante.

* * *

Elle le fut, en effet. Les visages étaient graves, l'ambiance pesante.

On avait dépêché Henri au service des pompes funèbres, pour procurer à Toinette un de ces cercueils en pin tout simples et déjà montés — il aurait été trop long de lui en faire faire un sur mesure. Pendant ce temps, Anne avait procédé à la dernière toilette de la jeune femme et l'avait habillée d'une robe bleue, un peu fanée mais encore assez jolie, et qui était une des rares possessions de Toinette. Quant aux autres filles de la maison, elles étaient occupées à installer des draperies noires dans le troisième salon, transformé en chambre funéraire.

C'est là que l'on exposa le corps de Toinette. Ou plutôt son cercueil, car comme on ne savait pas si la dépouille était encore contagieuse, Madame Angèle avait préféré faire sceller le tout. Un prêtre du quartier vint prononcer les bénédictions rituelles, les filles furent invitées à se recueillir si elles le souhaitaient, à prendre le temps de faire leurs adieux.

Le soir, le *Magnolia* fut fermé. La lanterne rouge, couverte d'un voile noir, ne brillait pas, et à ceux qui s'aventuraient tout de même jusqu'à la porte d'entrée, on les pria de revenir un autre jour. Dans les salons, dans les chambres, serrées les unes contre les autres comme des moineaux au cœur de l'hiver, les filles laissaient libre cours à leur chagrin. Elles savaient que c'était le seul moment où cela le leur serait accordé.

Le jour suivant, levées tôt pour une fois, elles se rendirent toutes à l'église pour une ultime messe. Toinette fut enterrée dans la fosse commune. Et ce fut tout.

Pendant tout ce temps, son amie n'avait eu qu'une pensée, obsédante.

On avait enfermé Toinette dans une boîte et Victoire, qui avait partagé le même lit pendant des mois, n'avait même pas pu lui tenir la main une dernière fois.

Chapitre 10

Les Anglais avaient un dicton qui disait : « Si vous voulez une femme qui aura toujours un beau visage, épousez une laitière. »

Cela venait du fait que les fermières habituées à traire les vaches contractaient souvent une forme légère de la variole, transmise par les bêtes, et devenaient par le fait même immunisées. Aucun risque pour elles d'avoir le visage défiguré par les cicatrices de la maladie.

Pour Léontine, malheureusement, il était trop tard.

– J'aurais dû y rester. J'aurais préféré ça plutôt que de continuer à vivre avec cette tête-là… répétait-elle en désignant les profondes marques que ses multiples croûtes avaient laissées sur sa peau.

Elle en avait un peu partout sur le corps, mais c'était sur son visage qu'elles étaient les plus impressionnantes. Désormais, la pauvre Léontine faisait partie de ces faces grêlées qu'on croisait parfois dans la rue et qui témoignaient du passage du virus. Néanmoins, si ce problème esthétique était dérisoire pour n'importe quel homme fort et travaillant, cela avait pour la pauvre fille un impact majeur : avec un visage aussi abîmé, ses clients se raréfièrent encore plus. Quelques-uns de ses réguliers — elle en avait — firent semblant de ne rien remarquer, mais, pour la plupart, ils commencèrent à la délaisser au profit de ses compagnes. Pour Léontine, qui n'avait déjà pas un caractère très affirmé et qui était une de celles qui rapportaient le moins d'argent à

Madame Angèle, les jours au *Magnolia* étaient comptés. À la première occasion, sa patronne la revendrait non pas à un autre bordel de luxe, comme cela avait été le cas pour Clémence, mais probablement à une maison de moins grande classe, voire à un de ces bouges d'ouvriers et de marins où la pauvre fille trimerait du matin au soir pour quelques piécettes. Dans un cas comme dans l'autre, la maladie l'avait condamnée à une lente déchéance.

— J'aurais préféré avoir la syphilis. Ça, au moins, ça aurait été une bonne raison de me laisser crever dans un coin. Là, on va me laisser crever, même si je suis en bonne santé! N'est-ce pas ironique? ricanait-elle, lorsqu'elle ne pleurait pas à chaudes larmes.

— Ne dis pas des choses pareilles, essayaient de la réconforter ses amies. On s'occupera de toi. Pour le moment, Madame n'a rien dit à ton sujet. Tu vois bien que rien n'a changé.

— Si, ça, lâcha-t-elle d'une voix grinçante en pointant son visage. Tu ne vois pas à quel point je suis devenue laide? Qui voudra de moi, maintenant? Il faudrait me mettre un masque sur le visage pour que j'arrive encore à faire bander un homme!

La dureté de ses mots reflétait l'ampleur de son désarroi, auquel ses compagnes pouvaient difficilement répondre.

Contre toute attente, peut-être prise de pitié face à une fatalité que personne ne pouvait prévoir, Madame Angèle ne la renvoya pas. Elle n'avait aucune obligation de le faire — Léontine n'était pas un danger pour les clients, contrairement à la pauvre Ninon qui, l'année précédente, avait attrapé la syphilis et risquait de la transmettre. Bien sûr, la dette de Léontine se creusait un peu plus vite puisqu'elle ne parvenait plus à travailler suffisamment, mais la tenancière la rassura sur le fait que le *Magnolia* restait son foyer.

Pour le moment, en tout cas. Car aussitôt que Madame Angèle aurait besoin d'une nouvelle fille pour contenter les clients, Léontine pouvait s'attendre à être remplacée.

Olivia s'en était mieux sortie. Elle aussi portait plusieurs marques, mais comme, dans son cas, son atout principal était la couleur de sa peau, les clients n'en firent pas grand cas. Qu'elle soit belle ou pas importait peu : une mulâtre, dans un bordel, était une denrée rare, et de ce fait sa place était assurée pour un bon moment, même avec quelques cicatrices disgracieuses.

Quoi qu'il en soit, ce fut une nouvelle période difficile pour le *Magnolia*, profondément ébranlé par cette soudaine maladie et par le décès de Toinette. C'était la première fois qu'on enterrait une des filles de la maison, et il ne s'agissait pas de n'importe laquelle : Toinette, doyenne de toutes les pensionnaires, avait été pour chacune d'elles une sorte de grande sœur. Celles qui l'avaient bien connue la pleurèrent longtemps et, à la grande table de la cuisine, on resta pendant plusieurs mois incapable de s'asseoir à la place qui lui avait été attribuée.

Pour Victoire, la mort de Toinette eut l'effet d'un électrochoc.

C'était peut-être une mort comme la sienne qui l'attendait si elle aussi tardait trop et si elle s'enlisait pour de bon dans la vie de bordel.

Elle devait quitter les lieux au plus vite.

* * *

Sors d'ici avant d'y laisser ta peau, toi aussi…
Le plus bel hommage que tu puisses rendre à Toinette, c'est de suivre ses conseils.
Sors d'ici !

* * *

— J'aurais une course à faire en ville, juste avant. Est-ce que je peux arriver seulement vers onze heures ?

Voilà ce que la jeune femme avait dit à Émile lorsqu'il lui avait demandé si elle pouvait venir chez lui le lendemain, pour une de leurs habituelles séances. Le peintre avait acquiescé sans poser de question.

À Madame Angèle, en revanche, Victoire n'avait rien précisé, de sorte que son horaire habituel pour aller chez Émile demeurait officiellement inchangé, alors qu'en réalité la jeune femme disposait d'une heure trente de liberté.

Qu'elle employa à se faire conduire dans le quartier du port.

Il y avait, près du marché Bonsecours, une petite porte enfoncée entre deux commerces, qu'on ne remarquait guère, à moins de chercher précisément cet endroit. Sur le côté, une plaque de cuivre si noircie qu'elle se fondait avec la couleur du mur indiquait en petits caractères : « Maître Giguère, notaire ».

Victoire avait peiné à trouver l'adresse. Usant du même stratagème et détournant la voiture censée la ramener au *Magnolia* après une nuit passée chez Laurent, elle s'était rendue à trois reprises à la mairie, où on avait eu du mal à la renseigner. Mais à présent qu'elle sonnait à la petite porte, elle retint un sourire plein d'espoir.

Elle attendait beaucoup de cette rencontre.

Ce fut un homme très grand, aux épaules larges et au pas lourd qui lui ouvrit la porte. Il portait une longue redingote noire, qui aurait pu lui donner l'air d'un prêtre s'il n'avait pas eu cette démarche de bûcheron.

— Oui ? demanda-t-il, le regard suspicieux.

— Je cherche maître Giguère, expliqua Victoire.

— C'est pour… ?

— Une affaire personnelle. J'ai besoin d'un notaire pour régler un problème de famille.

L'homme plissa les yeux comme s'il jaugeait la jeune femme. Puis, il s'effaça pour la laisser passer.

Il la conduisit au fond d'un couloir sombre, dans un bureau d'étude plus noir encore. Parmi des centaines de dossiers empilés sur des étagères, on trouvait de gros livres de lois, des plumes, des encriers, des calculs griffonnés sur des papiers épars. Un jeune garçon, assis à une petite table, la mine renfermée, travaillait à recopier Dieu sait quoi. Il leva à peine la tête lorsque Victoire entra et il continua à faire crisser sa plume sur sa feuille, avec un petit bruit désagréable.

Au centre de la pièce se dressait un large bureau de bois massif, qui avait visiblement connu de plus belles années mais qui, monté sur une petite estrade, avait l'avantage d'être très majestueux.

L'homme s'assit derrière.

— Je suis maître Mathieu Giguère. Asseyez-vous, je vous en prie, dit-il en désignant à Victoire un siège qui lui faisait face.

La jeune femme, stupéfaite, s'assit. L'homme n'avait réellement pas le physique de l'emploi. Les notaires ne devaient-ils pas tous être de petits rats de bibliothèque légèrement bedonnants, avec des lunettes rondes sur le nez et des taches d'encre sur les doigts? Ne devaient-ils pas porter une moustache impeccable et un petit chapeau melon, comme le notaire de Boucherville qu'elle avait connu?

— Qu'est-ce qui vous amène, madame? demanda-t-il.

— Mademoiselle, corrigea Victoire.

Mal à l'aise, elle glissa un rapide coup d'œil en direction du jeune garçon, toujours plongé dans son écriture. Elle ne pouvait décemment pas dévoiler son projet de but en blanc en sa présence. Mais comme Giguère attendait patiemment, elle commença le récit qu'elle avait préparé.

— Justement, il se trouve que je suis sur le point de me marier, raconta-t-elle. Mon fiancé est marin, il travaille pour une compagnie commerciale qui fait des allers et retours avec l'Angleterre. Nous avons le projet de louer une petite maison, pour nous y installer dès que nous serons mariés...

Elle jeta un autre coup d'œil en direction du jeune homme. Suivant sa pensée, Giguère ordonna d'une voix paisible :

— Martin, le bruit que tu fais dérange Madame. Va donc prendre une pause, dehors. Je t'appellerai quand j'aurai besoin de toi.

Ce dernier s'exécuta sans un mot.

— Vous parliez d'une maison, reprit Giguère lorsque son jeune employé eut disparu.

— Oui, en effet. Le problème est que l'on refuse de nous la louer tant que nous ne sommes pas mariés.

— Et alors ?

— Nous voulons vraiment avoir cette maison, qui est sur le point d'être louée à quelqu'un d'autre… Elle se trouve tout près de chez ma mère, qui a besoin de moi, vous comprenez… L'ennui, c'est que mon fiancé est parti pour deux mois.

Giguère ne dit pas un mot. Il observait Victoire avec son regard plissé qui la jaugeait, et il attendait qu'elle expose le motif de sa visite.

— Je me suis dit que, peut-être, nous pourrions nous sortir de cette situation-là avec un certificat… Juste le temps de prendre la location à notre nom. Comme ça, dès que mon fiancé reviendra, nous pourrons nous marier et tout rentrera dans l'ordre, acheva-t-elle d'une petite voix.

À présent qu'elle racontait son histoire, sous le regard implacable de ce drôle de notaire, elle se rendait bien compte que le récit n'avait pas grand-chose de crédible. Cependant, l'homme devait avoir l'habitude de ce genre de bouffonnerie : on n'arrivait pas chez lui en claironnant qu'on souhaitait lui acheter de faux papiers.

— En résumé, mademoiselle, corrigea-t-il automatiquement, vous cherchez à vous procurer un faux certificat de mariage ?

— Non ! Enfin, disons que ce serait juste temporaire…

— Et en quoi puis-je vous aider ?

– Mais… On m'a dit que… J'ai un peu d'argent, monsieur, et je…

Victoire n'en menait pas large. Derrière son bureau surélevé, avec ce regard vif et inquisiteur qui ne la lâchait pas, l'homme se faisait de plus en plus menaçant.

– Croyez-vous vraiment qu'un notaire digne de ce nom accepterait de mettre en place une ruse aussi grossière? demanda-t-il.

– Je ne sais pas. On m'a dit que vous pourriez peut-être m'aider, alors je suis simplement venue voir si…

– Qui ça?

– Je vous demande pardon?

– Qui vous a conseillé de venir me voir?

La jeune femme ouvrit de grands yeux. Elle n'avait pas pensé à cela. Elle se mit à rougir et commença à avoir peur. L'homme ne semblait pas très disposé à marchander. Il se leva et s'approcha d'elle, ce qui déclencha aussitôt un réflexe de fuite.

Victoire se dressa sur ses pieds.

– Excusez-moi, je ne voulais pas vous faire de tort, bafouilla-t-elle avant de faire volte-face.

Elle n'eut pas le temps de se rendre jusqu'à la porte. Giguère l'attrapa par le bras et se pencha vers elle, son visage tout près du sien. Cette fois, elle sentit la panique l'envahir.

– Je vais le demander gentiment, gronda l'homme. Qui vous a parlé de moi?

– Le juge, bredouilla Victoire. Le juge Édouard.

Giguère la relâcha aussitôt et se mit à rire.

– Langelier? Non! Ah, ça, c'est la meilleure! Langelier qui m'envoie des clients! Celle-là, je dois dire que je ne m'y attendais pas!

Riant de plus belle, il retourna alors derrière son bureau et se laissa tomber dans son fauteuil. Il fit signe à sa visiteuse de reprendre place.

– Comment le connaissez-vous?

Maintenant que le petit roman que la jeune femme avait préparé volait en éclats, il ne lui restait plus qu'à avouer la vérité.

— C'est un de mes clients. Je travaille dans... une maison.

— Ah, je comprends mieux, maintenant, ricana Giguère, qui changea aussitôt d'attitude et se montra plus familier. J'en déduis que tu cherches à quitter le métier?

Victoire fit semblant de n'avoir pas remarqué le changement de ton.

— Oui. J'ai besoin d'un certificat de mariage à présenter à la police, pour me faire rayer pour de bon et recommencer à neuf.

— Je comprends. Mais un certificat ne sera pas suffisant, ma jolie, car, dans ce cas, ils voudront rencontrer ton mari. Si tu veux te refaire une respectabilité, être mariée c'est bien, mais être veuve c'est encore mieux.

— Vraiment? fit la jeune femme, déconcertée.

— C'est la meilleure solution, si tu veux avoir la paix.

— Et vous pourriez faire ça pour moi?

— Peut-être bien... Ceci dit, deux certificats au lieu d'un, ça va te coûter cher et la maison ne fait pas de ristourne, indiqua Giguère en durcissant le ton.

— Si ce n'est que ça, je suis certaine qu'on devrait pouvoir s'arranger, lui répondit Victoire avec un petit sourire engageant.

Elle se savait jolie. Elle portait une des toilettes élégantes de Madame Angèle, et elle était prête à effectuer une ou deux passes gratuitement si cela pouvait l'aider à obtenir les papiers dont elle avait besoin.

Mais le notaire partit d'un nouvel éclat de rire, et Victoire mit quelques secondes à réaliser qu'il se moquait d'elle. Ce rire était plus humiliant encore que les familiarités dont il faisait preuve à son égard.

— Ah, ces filles! Elles veulent toujours tout acheter avec leur cul! s'exclama l'homme. Le tien est sûrement très joli, ma belle, mais je préfère qu'on me paye avec de la bonne monnaie...

Victoire se mordit les lèvres. Giguère était un homme intelligent — et il fallait l'être, sans doute, pour parvenir à duper les policiers et les juges pendant si longtemps — et elle aurait été bien naïve de croire qu'il prendrait de tels risques pour seulement quelques minutes de plaisir avec une putain. Elle avait tenté sa chance, sans succès.

— Trouve-moi au moins cent dollars et peut-être que je pourrai faire quelque chose pour toi, conclut Giguère. Reviens me voir quand tu auras l'argent. D'ici là, je ne t'ai jamais vue...

* * *

Le soir même, la jeune femme fit ses comptes.

Cent dollars, c'était une vraie fortune. Presque autant que le montant de sa dette au *Magnolia*. Cela allait lui prendre un temps fou pour réunir une telle somme.

Après la naissance de Félix, elle avait peu à peu retrouvé tous les clients qui l'avaient boudée pendant sa grossesse — elle en avait même quelques-uns de plus —, mais le nombre d'hommes dans les salons n'était pas infini et elle ne pouvait pas travailler plus que ce qu'elle faisait déjà. Si elle commençait à se jeter sans distinction au cou de tous les hommes qui passaient, elle finirait par s'attirer les foudres de ses compagnes. Son statut de favorite ne la plaçait pas au-dessus des règlements de la maison.

Et puis, son corps avait ses limites. Entre quatre et sept clients par soir, c'était déjà beaucoup.

Alors, quoi? Fallait-il aussi qu'elle travaille dans la journée? En serait-elle seulement capable?

Dans un premier temps, la jeune femme repoussa cette idée d'un haussement d'épaules. Ce n'était pas possible. Puis, elle y réfléchit, et elle réalisa que, peut-être, cela pourrait s'envisager.

Contrairement à ses camarades, toujours très surveillées lorsque, par chance, elles avaient l'occasion de sortir de la maison,

Victoire, au contraire, disposait d'une certaine liberté. Comme elle avait l'habitude de se rendre régulièrement chez Laurent ou Émile, et maintenant chez la nourrice pour voir son fils, Madame Angèle relâchait sa vigilance. Il n'était pas rare que Victoire fasse appeler une voiture sans que sa patronne contrôle avec exactitude à quelle heure et où elle partait.

Si elle était capable de voler une heure pour se rendre chez Giguère, comme elle l'avait fait aujourd'hui, pourrait-elle renouveler l'expérience de façon régulière ? Dans ce cas, elle pourrait rencontrer des hommes ailleurs qu'au *Magnolia*, et garder la totalité de l'argent pour elle. D'un point de vue financier, l'idée avait de quoi séduire…

En revanche, impossible pour elle d'aller arpenter les trottoirs pour aborder des inconnus. C'était bien trop dangereux, elle pourrait à tout moment tomber sur un homme violent, sans compter que la police aurait tôt fait de lui mettre le grappin dessus. Alors que, si elle pouvait louer une chambre d'hôtel pour quelques heures, il ne lui resterait plus qu'à trouver les clients et à leur donner rendez-vous sur place.

Trouver les clients, voilà la vraie difficulté. Elle ne pouvait pas demander ça à ceux qu'elle rencontrait au *Magnolia*, le risque qu'ils répètent tout à Madame Angèle était bien trop grand. Victoire ne se souvenait que trop bien d'Adrien et du scandale qu'il avait fait lorsqu'il avait croisé la jeune femme en dehors de chez elle.

C'est alors qu'elle songea à Madame Rainville. Et ce fut comme si des pièces venaient soudain de s'emboîter les unes dans les autres.

La première fois que Victoire l'avait croisée, plusieurs années auparavant, la rabatteuse était en compagnie d'une très jolie fille, vêtue avec beaucoup d'élégance. Peut-être un peu trop, d'ailleurs, vu les circonstances — une simple visite dans une usine de chapeaux.

Victoire, en se remémorant la scène, pouffa de rire. Elle venait de réaliser que la demoiselle en question n'était probablement qu'une courtisane, elle aussi, et que la seule explication à sa présence dans un endroit pareil en compagnie de Madame Rainville était qu'elle venait rencontrer Goudreau lui-même, le patron de l'usine. Difficile d'imaginer que ce jeune homme à bésicles, bien sous tous les rapports, cachait une maîtresse. Et pourtant…

Si le raisonnement était bon, cela signifiait qu'en plus de fournir les plus beaux bordels de la ville, Madame Rainville avait sûrement quelques « protégées » indépendantes. Était-ce là la solution au problème? Si cette femme rabattait des filles vers les maisons de tolérance, pouvait-elle aussi, de la même façon, rabattre des clients vers les filles?

Victoire n'aurait la réponse que si elle avait le culot de lui poser directement la question. La rabatteuse serait-elle prête à établir un petit commerce avec une nouvelle protégée? Ou bien irait-elle aussitôt la dénoncer à Madame Angèle?

Il fallait courir le risque.

* * *

Victoire se retrouva donc, un après-midi, face à la grande porte cochère d'un très bel immeuble particulier.

Elle reconnaissait la façade: c'était là qu'elle était venue déposer, il y a bien longtemps, une lettre indiquant à Madame Rainville qu'elle cherchait du travail et qu'elle était toute disposée à écouter la proposition que cette femme lui avait faite.

Un domestique en livrée lui fit traverser un grand hall et l'introduisit dans un petit boudoir, avant de s'éclipser pour aller chercher sa maîtresse.

— Victoire? s'exclama Madame Rainville en apparaissant dans le vestibule, peu après. Quelle surprise! Comment allez-vous, ma chère?

Le ton affectueux sonnait un peu faux, car la rabatteuse n'avait pratiquement pas échangé un seul mot avec la jeune femme depuis qu'elle l'avait conduite à son entretien d'embauche au *Magnolia*, deux ans auparavant, mais Victoire ne s'en formalisa pas. Cela faisait partie du décorum.

Elles s'assirent, se firent servir du thé et commencèrent par quelques banalités avant d'en arriver au vif du sujet. Madame Rainville ouvrit de grands yeux étonnés lorsque Victoire lui exposa son projet.

— Vous me surprenez! Moi qui pensais que vous étiez venue me voir pour que je vous trouve une place dans une autre maison...

— Non, le *Magnolia* me convient très bien. Mais j'ai besoin d'argent, le plus vite possible, et je veux travailler autant que je le peux.

Une ombre de soupçon passa dans le regard de la rabatteuse.

— Un soudain besoin d'argent? Vous êtes pourtant bien logée et nourrie, je crois, non?

Victoire se força à garder son air naturel. Elle avait compris depuis longtemps que l'intérêt de Madame Rainville, tout comme celui de sa patronne et de tous ceux qui fréquentaient le *Magnolia* de près ou de loin, était de l'y maintenir le plus longtemps possible. La dette n'était qu'un moyen de pression pour obliger les filles à travailler, et on n'encourageait pas celles qui, comme Victoire, acceptaient de travailler plus fort encore afin de tout rembourser. Une fille qui rembourse est une fille qui s'en va. C'est une fille qui ne rapporte plus rien...

— J'ai... un ami qui a besoin d'argent, mentit-elle.

— Un amoureux?

La jeune femme hocha la tête. Madame Rainville se détendit aussitôt.

— Je vois... Un amoureux dans le besoin. C'est qu'ils sont gourmands, ces hommes-là!

— Oh, mais ce n'est pas ce que vous pensez! rétorqua Victoire en faisant semblant de s'offusquer. Simplement, il a des ennuis en ce moment, et je voudrais l'aider. D'ailleurs, il ne m'a jamais rien demandé, c'est moi qui le lui ai proposé…

Madame Rainville eut un sourire entendu et ne répondit pas. Victoire se rassura à son tour : son mensonge semblait produire son petit effet.

— J'aurais peut-être quelques personnes à te présenter, conclut la rabatteuse en sirotant son thé.

La scène avait quelque chose de surréaliste. Dans ce charmant boudoir, au milieu des meubles de prix et des coussins brodés, un lieu fait pour que des bourgeoises organisent, entre deux pâtisseries, leur prochaine œuvre de charité, Victoire et Madame Rainville mirent au point un nouveau commerce.

— Je connais un petit hôtel très propre, où on loue les chambres à l'heure. Tu pourras t'y présenter et t'installer dans la chambre, toujours la même. Quant à ces messieurs, je te les enverrai aux heures convenues. Tu me diras les jours, les heures, et combien tu veux en prendre.

La rabatteuse était passée du vouvoiement flatteur au tutoiement familier sans même s'en rendre compte. Victoire, elle, voyait bien la différence. C'était partout la même chose. On l'accueillait d'abord avec tout le cérémonial, puis on se mettait à lui parler comme à une domestique dès lors qu'on discutait de son statut de prostituée.

* * *

Sitôt qu'on parle de mon métier, les gens abolissent sans vergogne les règles les plus élémentaires de politesse. Ils me traitent avec une familiarité qu'ils ne se permettraient jamais autrement. Mais depuis quand les putains sont-elles ainsi à disposition ? Est-ce que je ne suis pas aussi Victoire, simple visiteuse ? Est-ce que je ne mérite pas qu'on me parle respectueusement ?

* * *

— Bien entendu, vous comprendrez que je souhaite travailler pour moi seule, glissa Victoire tandis que son hôte s'emportait dans ses projets.

— C'est bien normal, puisque tout cela se passe en dehors du *Magnolia*, répondit tout naturellement Madame Rainville. Soyez sans crainte, vous pourrez compter sur ma discrétion absolue à ce sujet.

— Et en ce qui concerne vos honoraires ?

— Deux dollars sur chaque client que je t'enverrai. Tu devras aussi régler la location de la chambre d'hôtel, mais si tu es assidue, le propriétaire pourra sans doute te faire un bon prix.

Deux dollars, sur une passe qui en coûtait en moyenne cinq, en plus du logement, c'était du vol. Mais Madame Rainville était sereine. Apparemment, elle ne doutait pas un seul instant que Victoire refuserait son offre, car elle continuait ses préparatifs.

— J'ai déjà en tête une demi-douzaine de messieurs qui seraient sûrement intéressés par tes services, et je pourrai t'en trouver d'autres. Il faudra aussi que tu me fournisses des photographies, c'est toujours plus facile lorsqu'ils voient à l'avance comment tu es faite.

— De quel genre de client parle-t-on, exactement ?

— Est-ce que c'est important ?

— Oui. Je veux gagner de l'argent, mais pas au point de risquer ma santé ou ma sécurité. Je ne veux que des hommes dignes de confiance et c'est pourquoi je suis venue vous voir.

Madame Rainville eut un petit sourire.

— Tu es prudente, c'est bien. Dans ce métier, on ne l'est jamais assez, et les hommes apprécieront que tu ne traînes pas avec n'importe qui. Ce sont des gens aisés, et tu sais comment ils sont : ils veulent l'assurance que la demoiselle est en bonne santé. Certains sont de passage en ville, d'autres sont des amis que je connais depuis longtemps. Tu n'auras pas à t'inquiéter de leur hygiène ou de leurs manières…

Victoire fit ses comptes, dans sa tête. Elle perdait presque la moitié de sa passe, mais malgré cela, si elle faisait quatre clients par après-midi, elle pouvait tout de même espérer gagner assez d'argent pour payer le notaire.

L'accord fut donc conclu.

* * *

Madame Angèle ne s'était jamais doutée que Victoire rendait régulièrement visite à son bébé — seules les autres pensionnaires étaient au courant, et elles avaient soigneusement tenu leur langue. Tout un hiver avait passé depuis que le petit Félix avait quitté le *Magnolia*, lorsque la tenancière, satisfaite du bon comportement de Victoire, se décida soudain à lui accorder une demi-journée toutes les quinzaines pour aller voir son enfant.

Pour la jeune mère, cela ne changeait pas grand-chose. Elle disposait seulement d'une plus grande liberté : puisqu'elle pouvait payer elle-même un fiacre pour se faire conduire chez Madame Lagacé, elle pouvait tout aussi bien en profiter pour se rendre n'importe où en ville. Cela lui simplifia donc grandement la vie en ce qui concernait ses rendez-vous secrets avec les hommes que lui envoyait Madame Rainville.

Cela se passait dans un petit hôtel charmant, proche de la basilique. Au deuxième étage, le patron réservait pour Victoire la chambre du fond — une pièce élégante, avec un couvre-lit à fleurs et une petite commode qui pouvait servir de console. Victoire n'omettait jamais d'apporter une bouteille de vin, qu'elle payait à Dorine en lui faisant croire qu'il s'agissait de sa consommation personnelle, pour offrir un verre à ses amants furtifs.

Le reste se passait dans des conditions similaires à celles du *Magnolia*. Victoire donnait à ses clients des rendez-vous à heures fixes, en leur précisant bien de n'être pas en retard, et elle les mettait à la porte avec le plus de délicatesse possible afin qu'ils ne se croisent pas dans l'escalier. Conscients qu'ils défilaient probablement à la chaîne, ces derniers ne faisaient pas de difficulté. Ils ne venaient que pour des rendez-vous secrets et n'avaient aucune envie de rencontrer un de leurs semblables sur le palier de la chambre.

Une fois enfermés avec la jeune femme, ils observaient toujours le même cérémonial. Ils commençaient par boire un peu, bavardaient de choses et d'autres, apprenaient à se connaître un peu, puis la jeune femme s'approchait de l'homme en se faisant plus joueuse. Ces hommes-là, qui ne fréquentaient pas les bordels par peur du qu'en-dira-t-on, n'avaient pas toujours l'habitude des filles de maison, et c'était à elle de s'adapter pour ne pas leur paraître trop effrontée. La limite était mince, d'autant qu'ils avaient tous un caractère bien à eux et des attentes différentes.

S'ils étaient satisfaits du moment qu'ils avaient passé avec Victoire, ils lui demandaient un rendez-vous pour la semaine suivante. Certains ne revinrent pas, préférant peut-être d'autres plaisirs. La jeune femme ne reçut jamais aucune plainte de leur part ni de celle de Madame Rainville, qui se contenta de lui envoyer d'autres hommes pour remplacer les précédents.

Victoire ne connaissait que leurs prénoms. André, Gervais, Jean, Joseph, Albert… Ils étaient commerçants, magistrats, industriels, ou encore rentiers à la tête d'une fortune confortable. Le plus souvent des hommes dans la force de l'âge, encore assez jeunes pour rechercher la compagnie d'une belle fille, mais assez expérimentés pour ne plus se laisser tourner la tête par des galantes cherchant à se faire entretenir ou à faire main basse sur leurs biens.

Les rendez-vous discrets dans ce petit hôtel du centre-ville étaient la formule idéale.

Une fois l'amour terminé, Victoire remerciait gentiment son compagnon d'une heure, refaisait le lit, aérait la chambre, cachait les verres sales, bref, elle effaçait du mieux qu'elle pouvait les traces de ce qui venait de se passer, afin que le client suivant n'ait pas l'impression d'entrer sur le territoire d'un autre. Elle allait même jusqu'à ouvrir entièrement les draps du lit pour le laisser refroidir.

Elle n'eut, par chance, aucun problème pour se faire payer après chaque prestation. Elle devait parfois réclamer son dû, mais dans l'ensemble, les hommes ne faisaient pas les difficiles, et elle retirait une satisfaction toute particulière lorsqu'elle sentait entre ses doigts le papier sec des billets de banque. C'était la première fois qu'on la payait pleinement, avec du véritable argent au lieu des jetons de bronze du *Magnolia* — qui, eux, n'avaient de valeur que ce que Madame Angèle voulait bien leur donner.

Au début, Madame Rainville se déplaça quelques fois jusqu'à l'hôtel, pour s'assurer que sa petite protégée y prenait ses marques et que tout se passait bien. Par la suite, Victoire dut régulièrement faire des détours par le grand appartement de la rabatteuse pour s'acquitter des frais qu'elle lui devait. Et chaque fois, Madame Rainville lui offrait le thé avec tout le pompeux d'une visite de courtoisie, comme pour enrober d'élégance les transactions qu'elles faisaient ensemble et qui n'avaient rien de très honorable.

La rabatteuse portait peut-être de belles robes, mais elle n'était rien de plus qu'une maquerelle qui vendait des filles à des hommes riches, comme le faisait Madame Angèle.

* * *

— Qu'est-ce que tu as ? Tu as l'air fatigué, s'étonna Émile.

Victoire était arrivée chez lui dans l'après-midi, après avoir rencontré trois clients dans sa chambre près de la basilique.

Elle n'avait aucune envie de remettre le couvert avec le jeune peintre et elle avait sèchement repoussé ses avances.

— Est-ce qu'on peut travailler, pour une fois ? rétorqua-t-elle. Je dois partir dans deux heures, si je veux être rentrée à temps à la maison.

Elle disparut derrière le paravent.

— Tu ne m'as toujours pas dit comment tu allais me peindre, ajouta-t-elle tout en se déshabillant. Laurent s'impatiente, et je ne sais plus quoi lui répondre.

— Il n'a qu'à attendre. Je ne suis pas satisfait de mes dessins, c'est tout.

— Mais quand on a commencé à se revoir, toi et moi, tu disais que tu avais plein d'idées et de projets !

— C'est vrai. Seulement c'est si tentant de me faufiler dans un lit avec toi... lança Émile avec un sourire canaille.

Victoire, derrière son paravent, eut un sourire un peu amer. La chimie des corps, qui fonctionnait à plein régime lorsqu'ils étaient ensemble, était aussi forte qu'au début de leur relation.

Malheureusement, cela ne lui suffisait plus.

* * *

— On devrait arrêter pour le moment, déclara Émile un peu plus tard. Je te sens nerveuse et ça se voit dans tes poses, tu es toute raide. On reprendra une autre fois. De toute façon, tu dois partir bientôt.

Plein d'attention, il se leva pour passer sur les épaules de Victoire le joli peignoir qu'il réservait à ses modèles. Il déposa un baiser dans son cou et s'éloigna pour lui préparer un thé.

La jeune femme en profita pour étirer ses muscles engourdis, puis elle s'approcha de la table de travail et examina les croquis qu'Émile avait réalisés.

— Pourquoi dis-tu qu'ils sont mauvais ? commença-t-elle lorsque ce dernier revint. Je les trouve très bons, moi... Cette pose-là est très belle, avec la lumière de la fenêtre... Et j'aime bien celle-ci, aussi...

— C'est parce que tu es meilleur modèle que je ne suis peintre, répondit Émile avec un doux sourire.

— Ah, ne dis pas ça... le réprimanda doucement Victoire.

Il passa un bras autour d'elle et, pendant un moment, ils se serrèrent l'un contre l'autre tout en observant les dessins. Victoire, dans son petit peignoir, se réchauffait au contact d'Émile.

— Je ne suis bon à rien, ces temps-ci, continua ce dernier. Je déteste qu'on me presse et plus Laurent me réclame cette toile, moins ça me donne envie de la lui livrer.

— Dis-toi que tu ne peins pas pour lui, mais pour moi. Ou pour les générations à venir.

— Rien que ça ! s'exclama le peintre, amusé. Quelle ambition !

— Il faut que tu sois un peu ambitieux, mon amour, répliqua Victoire. Tu es terriblement doué, mais si tu ne le montres pas, personne ne s'en rendra compte.

— Tant que toi tu le sais, ça me suffit, répondit Émile en enfouissant son visage dans le cou de la jeune femme. Les autres n'ont pas d'importance...

Victoire leva les yeux au ciel. C'était un discours qu'Émile tenait souvent, mais, à cet instant précis, ils étaient si confortablement enlacés qu'elle n'eut pas envie de briser tout cela par des remontrances. Au contraire, elle passa ses deux bras autour de lui pour le serrer plus étroitement encore, et elle l'embrassa.

C'était un de ces moments tendres où elle retrouvait l'Émile qu'elle aimait. Elle savait que toutes les caresses qu'il lui prodiguait ne parviendraient pas à les réunir — pas depuis sa demande en mariage et tous les projets pour lesquels le peintre s'était dérobé — et qu'elle n'avait rien à attendre de lui, mais, tout de même, c'était bon de se sentir aimée, même si ce n'était que fugitif. Émile, elle le savait désormais, ne serait jamais un compagnon de vie. Il ressortirait de la sienne comme il y était entré, sans prévenir.

C'était peut-être cela qui rendait leurs étreintes si fortes : savoir qu'il s'agissait des dernières, que tout finirait tôt ou tard. Victoire n'avait même plus la gorge serrée en songeant, blottie contre son amant, à tout ce qu'ils ne vivraient pas ensemble. Elle ne faisait que profiter de sa présence aussi longtemps que possible, sans plus n'avoir aucune attente.

— La récompense après l'effort, je suppose ? lança une voix dans la pièce. J'espère qu'à ce train-là, j'aurai ma toile avant la fin du mois…

Émile et Victoire, surpris, se retournèrent. Laurent se tenait dans le cadre de la porte. Les deux amants se séparèrent aussitôt, rougissant un peu, mais il fit mine de n'avoir rien vu.

— Comme tu ne me dis pas grand-chose de ce que tu fais, continua-t-il à l'adresse d'Émile, je suis venu voir en personne où tu en étais.

Il s'approcha et vint admirer les croquis étalés sur la table. Victoire, mal à l'aise de se trouver presque nue face aux deux hommes, remonta son peignoir jusqu'à son cou. La présence de Laurent, et l'air un peu narquois qu'il avait, n'annonçait rien de bon. Tous les signaux de la jeune femme étaient en alerte : il allait forcément faire une scène.

Pourtant, Laurent ne montra pas le moindre signe de colère ou de jalousie. Le peintre et son mécène échangèrent quelques mots au sujet des dessins, et ce dernier, en amateur éclairé, donna son opinion avec beaucoup de goût et de finesse. Émile, d'abord désarçonné par l'arrivée imprévue de son ami à un moment où il n'aurait pas dû être là, reprit rapidement ses esprits, orienta la conversation sur l'art antique, déviant très vite sur d'autres toiles qu'il avait faites pour établir une comparaison avec la prochaine qu'il préparait. Bref, il donnait à Laurent du grain à moudre pour le faire patienter.

Victoire, ne sachant trop comment se comporter, assista à l'échange pendant un moment, puis, les voyant occupés, elle s'esquiva avec l'intention d'aller se rhabiller.

— Où vas-tu ? lui demanda aussitôt Laurent.

— M'habiller, répondit celle-ci.

— Non, non, reviens plutôt par ici.

Sentant un ordre déguisé derrière ce ton faussement désinvolte, Victoire obéit.

* * *

Il n'osera pas…

* * *

Pourtant, si.

— Avec un modèle pareil, je suppose que tu dois être facilement distrait, relança Laurent à Émile, en attrapant la jeune femme par la taille pour la serrer contre lui. Elle est toujours aussi belle, notre Victoire, n'est-ce pas ? Je trouve même que la maternité lui va bien, ça lui a donné des hanches bien rondes. Et si tu avais vu ses seins, quand elle avait son garçon avec elle ! Ils étaient magnifiques !

Tandis qu'il parlait, avec un enthousiasme inhabituel, il ouvrit le peignoir de la jeune femme et prit un de ses seins à pleines mains. Elle se serait bien dégagée si elle n'avait pas senti avec quelle force il la tenait contre lui de son autre bras. Visiblement, il n'avait pas l'intention de la laisser aller.

C'était un comportement gouailleur, provocant, même indécent, que Simon-Pierre ou Eugène auraient facilement pu avoir à la fin d'une soirée trop arrosée, lorsque la résistance des femmes s'amollissait dans des rires surexcités. Mais cela ne ressemblait pas du tout à l'attitude froide, toujours en contrôle de Laurent, et c'était cela qui faisait presque peur. Victoire hésitait entre se soumettre et se débattre. Quant à Émile, qui avait reculé de quelques pas, il assistait à la scène sans réagir.

— Tu exagères, Laurent, protesta faiblement Victoire en essayant de refermer les pans du peignoir. Je suis un modèle, pas une poupée qu'on déshabille.

— Oh, je sais très bien ce que tu es, répondit Laurent avec un sourire acide. Dis-moi, est-ce qu'il t'a déjà prise sur cette table? lui chuchota-t-il à l'oreille.

Il avait parlé assez fort pour qu'Émile entende tout. Puis, il en rajouta en se tournant vers le peintre et en affirmant, sur le ton de celui qui donne un bon conseil:

— Tu sais, elle dit toujours qu'elle préfère faire ça sur un lit, parce que c'est plus confortable, mais si tu la prends bien solidement, contre une table ou un mur, elle va se mettre à gémir si fort qu'on pourra l'entendre jusqu'au bout de la rue...

— Laurent! protesta Victoire. Là, tu vas trop loin! Arrête ça tout de suite!

— Oh non, ma toute belle, continua-t-il. Tu me fais envie, toute nue sous ton joli peignoir...

Et sous les yeux horrifiés de la jeune femme, qu'il maintenait toujours d'un bras, en la coinçant entre la table, il commença à déboutonner son pantalon.

— Laurent! Arrête! cria-t-elle encore.

— Chuuuut... Laisse-toi faire, je ne serai pas long... chuchota-t-il de nouveau en lui écartant les cuisses.

Elle jeta un cri lorsqu'il s'enfonça en elle sans ménagement. Puis, ce fut tout. Absente, réfugiée dans un coin de sa tête, elle se laissa faire.

Ce ne fut que lorsque la porte claqua, quelques minutes plus tard, qu'elle reprit ses esprits : elle constata qu'Émile avait quitté la pièce. Laurent, lui, s'agitait toujours sur elle.

* * *

Un jour, peut-être, je rencontrerai quelqu'un qui prendra réellement soin de moi. Qui ne fera pas semblant pour ensuite me poignarder dans le dos.

Ce Laurent, qu'il aille au diable.

Je l'aimais bien, pourtant. Comment a-t-il pu faire ça ? Comment peut-il se montrer à la fois si gentil, si présent — presque trop, parfois — et ensuite me prendre comme une putain ? C'est donc tout ce que je suis, pour lui, finalement ? Les sorties, les repas au restaurant, les théâtres, les soupers avec ses amis, le séjour à Knowlton… Tout ça pour ensuite me cracher au visage ?

Je ne lui appartiens pas ! Ce n'est pas parce qu'il me paye généreusement, qu'il s'occupe de la nourrice de mon fils, que je lui suis redevable de quoi que ce soit ! Je ne lui ai rien réclamé ! Je n'ai commencé à coucher avec lui que parce qu'il était un client, comme les autres. Il a proposé seul de trouver une nourrice et de la payer à ma place. C'est lui qui a fait tout ça, seul, et il faudrait maintenant que je lui sois redevable, que je sois sans cesse disponible pour lui, que je me laisse faire ? Il faudrait que j'efface Émile de ma vie simplement parce que ça ne plaît pas à Monsieur Dagenais ? Il n'a aucun droit sur moi, bon sang !

Victoire la putain. Très bien, puisque c'est comme ça qu'il me veut, c'est comme ça qu'il m'aura. Je lui donnerai mon cul aussi longtemps qu'il me paiera pour ça. Mais ma confiance, mon amitié, non. C'est terminé.

En fait, je n'ai pas d'importance pour eux. Laurent et Émile. Ce n'est pas moi qu'ils veulent.

Laurent veut me posséder comme si j'étais sa chose. Il paye, donc il entend bien disposer de moi à sa convenance. Il n'a aucun respect pour la personne que je suis, au fond.

Et Émile… Mon cher, mon pauvre Émile… Lui rêve d'autre chose. Il aime l'illusion qu'il se fait de moi.

Qu'ils aillent tous au diable…

* * *

— Voici cinquante dollars, annonça Victoire en déposant une liasse de billets sur le bureau du notaire. Je pensais à une chose, aussi : pouvez-vous ajouter un nom supplémentaire, sur le certificat ? Il se trouve que j'ai un petit garçon…

Giguère empocha aussitôt les billets et la regarda d'un œil soupçonneux.

— Il n'a pas de père, cet enfant ? demanda-t-il.

— Si, bien entendu. Mon mari, celui qui sera sur le certificat, répondit la jeune femme avec aplomb.

L'homme, qui avait saisi le stratagème, eut un sourire narquois.

— … et qui sera mort, puisque vous serez officiellement veuve aussitôt que vous m'aurez apporté d'autres billets, compléta-t-il. C'est bien pratique, pour rendre cet enfant légitime, n'est-ce pas ?

— En effet, c'est pourquoi j'aurais tort de m'en priver, rétorqua Victoire sur le même ton.

Elle ne s'était pas vraiment préoccupée de la paternité de son fils auparavant, ni du statut d'enfant bâtard que ce dernier porterait toute sa vie. Elle avait commencé à s'en inquiéter peu après avoir découvert que Laurent essayait de se faire passer pour le père de Félix auprès du couple Lagacé. C'était le regard un peu perplexe de la nourrice qui avait fait réaliser à la jeune mère que son fils souffrirait forcément de ne pas avoir de père officiel et c'est pourquoi elle songeait maintenant à le faire inscrire sur le faux certificat : Félix apparaîtrait ainsi comme enfant légitime, né dans le cadre d'un mariage honnête, et il serait à l'abri des quolibets.

— Je ne travaille pas gratuitement, ma jolie, objecta pourtant Giguère.

La jeune femme tressaillit. Le notaire lui coûtait déjà une véritable fortune, et il était déjà difficile pour elle de jongler entre les clients qu'elle avait au *Magnolia* et ceux qu'elle rencontrait à l'hôtel. Son corps, écœuré, pourrait-il en endurer encore ?

Heureusement, l'homme la détaillait à présent des pieds à la tête sans cacher ce qu'il envisageait. Victoire, qui connaissait parfaitement ce genre de regard, sauta sur l'occasion.

— Un simple coup de plume sur un papier, ce n'est pas grand-chose. On devrait pouvoir s'arranger, chuchota-t-elle en se penchant par-dessus le bureau.

— Qu'est-ce que tu proposes ? demanda le notaire.

— Je ne sais pas… Qu'est-ce que tu aimes ? répondit-elle avec une petite moue alléchante.

Il lui lança un long regard, comme s'il la sondait, puis il se tourna vers Martin, le jeune garçon qui travaillait pour lui.

— Hé ! Arrête un peu de gratter cette feuille, tu vas finir par passer au travers. Va plutôt m'acheter du tabac, tu veux ?

Et comme le garçon, obéissant, quittait la pièce sans un mot, Giguère se leva et vint se placer devant le bureau. Grand et costaud comme il l'était, il pouvait faire de Victoire ce qu'il voulait et celle-ci se demanda un instant si elle avait bien fait de lui proposer quelques avantages. Elle se méfiait comme de la peste de ces hommes trop robustes, au tempérament incertain, qui pouvaient la briser sur-le-champ.

Heureusement, le notaire ne semblait pas trop difficile à contenter.

— Commençons donc par ça, fit-il en déboutonnant la ceinture de son pantalon. À genoux, ma toute belle…

Alors la jeune femme fit comme d'habitude : elle enterra son esprit très loin, dans un coin de sa tête où personne ne pouvait l'atteindre, et elle s'exécuta.

***

Lorsque Victoire sortit du bureau, un peu plus tard, elle trouva Martin, derrière la porte, les bras croisés et les yeux au sol. Il attendait sagement que son maître termine son affaire pour reprendre son travail.

Il avait probablement tout entendu de la scène qui s'était déroulée là, mais il ne lança pas un regard à la jeune femme.

* * *

Émile ne reparla jamais de la visite de Laurent. Il l'ignora comme si elle ne s'était jamais produite, et Victoire n'essaya pas de provoquer une mise au point. Elle savait que ce serait inutile.

Le peintre, d'ordinaire si caressant, si affectueux, se fit plus distant. Il y avait encore des baisers et des mots tendres, mais ils ne recouchèrent plus ensemble, comme mus par une sorte d'écœurement mutuel. L'intervention de Laurent avait porté ses fruits : la fin était proche.

Ce fut aussi le déclencheur qui poussa Émile à commencer enfin sa toile.

Il avait longtemps hésité, puis, inspiré par un opéra de Purcell, il s'était lancé dans un autre portrait de femme antique et tragique : Didon. Il prévoyait peindre Victoire incarnant la belle reine de Carthage, après qu'Énée, son amant, l'eut quittée pour obéir à la volonté des dieux, qui souhaitaient pour lui un autre destin. Souffrant de la trahison d'Énée, qui avait pourtant juré qu'il désobéirait aux dieux plutôt que de la quitter, Didon, désespérée, regarde les voiles du navire qui s'éloigne et s'apprête à monter sur le bûcher funéraire où elle veut s'immoler.

Pendant plusieurs semaines, Émile ébaucha, esquissa, posa ses premières couches de peinture. Il travaillait sur le fond lorsque la jeune femme n'était pas là, de sorte que, chaque fois qu'elle venait, il y avait un élément nouveau sur la toile. Le gros du travail sur la reine de Carthage restait encore à faire, mais ce serait l'affaire de quelques semaines.

Malheureusement, aussi ambitieux que soit le projet, Victoire savait que Didon ne serait jamais achevée et, en voyant la toile, ce jour-là, elle eut un pincement au cœur. Elle n'avait rien préparé, rien anticipé, et pourtant cela lui apparut soudain comme une évidence.

Elle n'avait pas ressenti ce petit frémissement dans son ventre, en embrassant Émile. Il ne s'était rien passé. Elle s'était sentie vide.

Avec des gestes d'automate, la jeune femme commença à se déshabiller. Puis, elle s'interrompit. Soupira.

C'était aujourd'hui que tout se terminait.

— Qu'est-ce qu'il y a ? demanda le peintre.

— Ça ne sert à rien. Je ferais mieux de m'en aller.

Devant Émile, stupéfait, elle rajusta son vêtement, ramassa sa petite bourse de velours et se tourna vers la porte.

— Tu t'en vas comme ça ? À peine arrivée ? Et comment je fais, moi, pour peindre ? Tu reviens demain, j'espère ?

— Non, mon amour. Je ne reviendrai plus.

— Qu'est-ce que tu veux dire ?

L'expression du visage de Victoire parlait pour elle. Émile comprit aussitôt. Il se décomposa.

Il y eut un silence pénible, pendant lequel leurs regards ne se croisèrent même pas. Victoire, la mine basse, s'était immobilisée.

— C'est parce que j'ai refusé de t'épouser que tu me fais ça ? souffla-t-il.

– Je suis fatiguée, c'est tout. Tu ne veux pas de moi, alors je préfère m'en aller. Je m'épuise, à force d'attendre.

– Mais qu'est-ce qui te fait croire que je ne veux pas de toi ? C'est un comble ! fit Émile en commençant à s'emporter. C'est toi qui prends tes distances, depuis quelque temps. Je ne retrouve plus la Victoire d'avant, celle qui était joueuse, aventureuse, qui ne faisait pas tout un drame de la vie… On est bien, tous les deux, non ? Pourquoi veux-tu tout gâcher ?

– Que fais-tu de Félix ? Que fais-tu de ma vie au *Magnolia* ? C'est ce que tu souhaites pour moi ? Que je continue à faire la putain, et que je sois éternellement privée de mon fils ?

– Non, bien sûr que non !

– Alors, aide-moi ! Essaye au moins de faire quelque chose ! Tu ne comprends pas que je n'en peux plus de cette vie-là ?

Le regard d'Émile, déjà noir, devint plus sombre encore.

– C'est pour sortir de la maison que tu voulais que je t'épouse ? C'est à ça que je te sers ?

– Non, mon amour. Je veux seulement vivre avec toi, être à tes côtés chaque jour, te préparer tes repas, tenir ta maison, te regarder peindre, poser pour toi chaque fois que tu en aurais envie, porter tes enfants. Je veux un foyer, avec toi. Et je veux que Félix soit là, aussi.

– Tu ramènes tout à des considérations matérielles. Vous, les femmes, vous êtes toutes comme ça… Je te croyais différente.

Victoire soupira. C'était encore la même conversation qui se profilait, les mêmes incompréhensions. Un cercle vicieux dont elle n'arrivait pas à se sortir.

– L'amour se vit au quotidien, tu sais. Un jour à la fois. Ce n'est pas un rêve éthéré, une bulle hors du temps, comme tu aimes à le croire.

– Pourtant, on a eu de beaux moments, non ?

– C'est vrai, ils ont été magnifiques. Tu m'as fait découvrir des choses merveilleuses que je n'oublierai jamais. Mais j'ai une vie à vivre, un enfant à nourrir, et j'ai besoin d'un homme qui ait les pieds sur terre, qui soit présent pour moi quand j'ai besoin de lui, et pas seulement quand il en a envie. Le monde dans lequel tu vis n'a rien à voir avec ma réalité à moi.

Elle s'approcha et l'embrassa doucement.

– Merci pour tout ça, mon amour.

Et elle s'en alla, le plus simplement du monde.

Elle eut le temps de traverser deux rues avant de fondre en larmes.

Chapitre 11

Félix avait réussi ses premiers pas lorsque l'encre sécha enfin sur l'acte de décès d'un certain Julien Martel, décrit comme étant âgé de vingt-huit ans, bûcheron de profession et époux de Victoire Letellier.

Le notaire Giguère avait bien fait son travail. Il avait tenu compte du fait que sa cliente était enregistrée comme prostituée depuis trois ans pour lui inventer un mariage à la sauvette avec un prétendu bûcheron et livreur de bois, qu'elle aurait rencontré au *Magnolia* où elle travaillait — c'est Victoire elle-même qui lui avait soufflé cette possibilité en s'inspirant des amours de Ninon et de son Pierric. La date de naissance de Félix avait été prise en compte, pour que ce fameux Julien puisse être considéré comme son père.

Giguère avait écrit que le faux époux était né à Timmins, une obscure petite ville de l'Ontario. C'était loin, dans une province anglophone de surcroît, ce qui découragerait facilement les policiers montréalais au cas où ils seraient tentés de vérifier ces informations. Il inventa aussi un décès à la suite d'une pneumonie contractée pendant l'hiver, le genre de maladie commune et qui ne laissait pas de trace puisqu'on en mourait généralement dans son lit, loin des hôpitaux.

Victoire paya cher pour tous ces petits arrangements. Non seulement elle versa rubis sur l'ongle les cent dollars qu'il lui avait réclamés, mais elle dut agrémenter le tout avec des passes gratuites, selon le bon vouloir du notaire — contrairement à ce qu'il avait prétendu lors de leur première rencontre, il se montra finalement très intéressé par la perspective de coucher Victoire en travers de son bureau pour lui retrousser ses jupons.

La jeune femme ne protesta jamais. Après avoir enduré les centaines de clients qui avaient franchi les portes du *Magnolia* et ceux de son petit hôtel du centre-ville, elle n'était plus à un amant près. Giguère pouvait bien lui faire ce qu'il voulait, tant et aussi longtemps qu'il lui livrait la marchandise promise.

— Voilà, j'espère que tu en feras bon usage, conclut ce dernier le jour où il lui tendit enfin le certificat de mariage et l'acte de décès.

Il s'était permis de prendre un petit ton moralisateur, comme s'il doutait des capacités de Victoire à rester loin de la prostitution une fois sa liberté retrouvée, mais celle-ci ne répondit même pas. Elle était écœurée de ces hommes qui profitaient d'elle à la première occasion et qui, ensuite, l'accusaient de se laisser faire, et elle n'avait plus envie de se justifier. Giguère pouvait bien penser ce qu'il voulait, ça lui était égal : elle avait ses papiers, c'était tout ce qui comptait.

Le jour même, son certificat et son acte de décès en poche, dûment signés et validés, elle se rendit au commissariat de police. Mais en arrivant devant la façade, elle hésita. Elle était seule : lui chercherait-on des ennuis si elle se présentait sans personne pour la chaperonner ? Prudente, elle fit demi-tour.

Elle avait décidé depuis longtemps qu'elle ne mettrait Madame Angèle au courant de ses projets de quitter le *Magnolia* qu'au tout dernier moment. Elle préférait la placer devant le fait accompli, pour empêcher la tenancière d'inventer une excuse afin de la retenir. Elle se doutait bien que sa patronne n'apprécierait pas vraiment de devoir la laisser partir, aussi valait-il mieux pour la jeune femme se montrer prudente et patiente, afin de ne pas rater son départ.

Elle revint le lendemain, accompagnée de la petite Anne, qu'elle avait convaincue de l'escorter pour une simple course.

— La police? s'affola la bonne lorsque Victoire l'entraîna à l'intérieur du commissariat. Mais qu'est-ce qu'on vient faire là? Qu'est-ce que tu as fait?

— Rien du tout. Je viens seulement pour me faire désinscrire du registre.

— Tu ne travailles plus pour Madame Angèle? Elle ne m'a rien dit de tout ça!

— C'est parce qu'elle n'est pas encore au courant. Et tu n'as pas intérêt à lui répéter! Tiens ta langue, et tu pourras te faire un joli petit magot.

Anne, désorientée, ne comprenait pas bien ce qui se passait, mais elle se tut, appâtée par l'idée de gagner un peu d'argent.

Malheureusement pour Victoire, cette visite au commissariat se solda par un échec cuisant.

— Votre mari n'est pas avec vous? lui jeta le policier qui s'occupa d'elle, en lui lançant un regard soupçonneux.

— Non, il est mort il y a deux semaines. C'est inscrit sur l'acte que vous avez dans les mains, lui répondit la jeune femme avec patience. Regardez, juste ici…

Le policier lança un vague regard aux documents qu'elle lui présentait.

— Et vous voulez être rayée? Pourquoi?

— J'ai un fils, vous comprenez. Ma vie est différente, maintenant, et je veux l'élever pour que son père — Dieu ait son âme! — soit fier de lui. C'était un homme bien, honnête, travailleur, et je ferai ce qu'il faudra pour que son fils suive le même chemin.

— Mmm… grommela le fonctionnaire, le regard encore plus soupçonneux.

Il examina les papiers, non pas pour vérifier les informations qu'ils contenaient, mais pour s'assurer que le sceau du notaire était légal. Comme il ne trouvait rien pour étayer ses soupçons, il jeta quelques regards à Victoire, vérifiant sa tenue — tout à fait modeste et discrète — ainsi que la présence de la bonne Anne à ses côtés, et essayant de deviner sur le visage de la jeune femme s'il s'agissait d'un mauvais coup. Victoire, en retour, lui offrit son air le plus franc et le plus aimable.

— Dans quelle maison êtes-vous?

— Au *Magnolia*, sur la rue Clark. Il est tenu par Madame Angèle.

— Connais pas.

— Vraiment? Excusez-moi, je croyais. C'est ici même qu'elle m'a amenée il y a trois ans pour me faire inscrire.

— Vous avez travaillé ailleurs, avant d'arriver là?

— Non.

— Que faisiez-vous?

— J'étais ouvrière à l'usine de chapeaux Goudreau. Avant cela, j'étais dans ma famille.

Le policier, qui ne quittait pas son air buté, se mit à fouiller dans un énorme livre. Victoire, en le voyant tourner les pages, nota que par endroits certains noms avaient été proprement rayés, avec une petite mention supplémentaire qu'elle ne parvint pas à déchiffrer — une date, sans doute. Cela lui mit un peu de baume au cœur: ainsi, même si le chemin était difficile, certaines filles comme elle arrivaient bel et bien à disparaître des registres de la police pour commencer une vie nouvelle.

À la date indiquée par Victoire, il retrouva effectivement sa trace. Tout semblait en ordre.

— Votre dernier examen médical?

— Il y a dix jours.

— Et le résultat?

— Négatif. Je suis saine, comme je l'ai toujours été.

– Eh bien, vous direz à votre madame qu'il me faut un certificat du médecin pour me le prouver. Sans ça, je ne pourrai pas vous rayer.

Il referma le grand livre d'un coup sec et la regarda fixement. Comme il n'ajoutait rien, Victoire comprit qu'elle était remerciée et elle salua poliment.

– Je vous remercie, fit-elle. Je repasserai très bientôt.

Puis, elle s'éloigna, suivie d'Anne.

* * *

La patience et les finances de Victoire furent mises à rude épreuve.

D'abord, il lui fallut convaincre la petite bonne de garder le secret, aussi bien auprès de sa maîtresse que de Dorine ou des filles de la maison. Personne ne devait savoir que Victoire s'apprêtait à quitter la prostitution avant que celle-ci ne l'annonce en personne. Pour amadouer la bonne, la jeune femme usa de deux stratagèmes : l'appât du gain et l'affection que la bonne portait au petit Félix. Anne, qui avait bien vite repris ses esprits, commença par négocier ferme le prix de son silence. Mais elle s'était par ailleurs beaucoup attachée au petit Félix, qui avait fait la joie de la maison pendant les mois où il y avait vécu, et elle avait assez de bon sens pour saisir que le bien-être du petit passait par la présence de sa mère. Lorsqu'elle comprit que Victoire était déterminée dans ses projets de reprendre son fils pour l'élever correctement, elle se laissa fléchir pour de bon.

Mais ensuite, Victoire dut faire face à la mauvaise volonté flagrante des policiers, qui firent traîner les choses le plus longtemps possible. On se moquait littéralement d'elle.

Lorsqu'elle se présenta la fois suivante, avec en main le certificat médical qu'elle avait obtenu du docteur Hémon — avec la promesse formelle que ce dernier ne répéterait rien à Madame Angèle —, l'inspecteur qui la reçut exigea de voir son fils, afin de vérifier son état de santé général. La jeune femme tourna donc une fois de plus les talons et revint la semaine suivante avec Félix dans les bras. Impressionné par le regard noir du policier, l'enfant se mit aussitôt à pleurer, ce qui valut à Victoire quelques remontrances inutiles au sujet de la façon dont elle avait élevé son fils.

Ce n'était toujours pas suffisant pour qu'on la raye du registre des prostituées. Puisque la seule personne qui aurait pu se porter garante d'elle — son époux — était décédée, le policier voulut vérifier la véracité des faits et il exigea un témoignage officiel de la part d'une personne ayant connu ledit époux et pouvant répondre de ses bonnes mœurs.

Cette fois, Victoire s'alarma. Puisque le fameux Julien Martel n'avait jamais existé ailleurs que sur le papier, elle allait devoir mettre quelqu'un d'autre au courant de l'astuce et lui demander d'engager officiellement sa bonne foi par un témoignage signé. Et, malheureusement, elle se doutait qu'elle ne pourrait pas faire appel à une de ses compagnes — elle ne connaissait que trop bien le peu de confiance qu'on accordait à la parole d'une prostituée. Il lui fallait quelqu'un d'irréprochable.

Anne ? Elle était déjà dans la confidence, mais elle avait peur des policiers et elle monnayerait sans doute très cher ce service supplémentaire. Même si elle était une honnête petite bonne, elle travaillait dans un bordel, ce qui pouvait rendre son témoignage douteux.

Émile ? Impossible. Les ponts étaient définitivement coupés entre Victoire et lui.

Un de ses clients ? Elle pouvait demander à Charles, à François, à Simon-Pierre ou à Jean-Baptiste, en qui elle pouvait avoir confiance, mais elle les placerait alors dans une situation embarrassante : rares étaient les hommes qui assumaient pleinement — et devant un policier encore ! — le fait qu'ils fréquentaient les maisons closes. Ils étaient d'honnêtes citoyens et ne prendraient jamais le risque de faire un faux témoignage.

C'est alors que Victoire songea à Madame Lagacé. Soudain, tout s'éclaira.

C'était une épouse d'artisan respectable, une bonne mère de famille et une nourrice toute dévouée à ses petits protégés — autant dire qu'elle disposait d'une réputation inattaquable, même par le policier le plus retors. Si elle aimait bien Victoire, elle aimait encore plus le petit Félix, et son instinct maternel ne pouvait que favoriser les retrouvailles du petit avec sa mère.

Par-dessus tout, elle n'aurait même pas à fournir un faux témoignage, juste à déguiser un peu la vérité. Car, un prétendu père de Félix, la nourrice en avait connu un : Laurent. Il ne s'agissait, au fond, que de raconter tout ce à quoi elle avait assisté — les visites de Victoire et de son compagnon, puis les fois où ce dernier était venu seul pour voir le bébé — en se contentant de remplacer le nom de Dagenais par Martel. Rien de très difficile. Elle pouvait même conserver la description physique de Laurent si cela lui chantait, tant qu'elle ne révélait rien qui puisse mener jusqu'à lui.

— Vous croyez qu'ils ne se douteront de rien ? s'inquiéta la nourrice lorsque Victoire lui fit part de son projet.

— Il n'y a pas de raison qu'ils le fassent.

— Tout de même, je ne comprends pas que ce soit si difficile pour vous de reprendre votre garçon et de laisser tomber cette maison…

Avant que Madame Lagacé se mette à son tour à soupçonner Victoire de cacher quelque chose de grave qui l'empêcherait de quitter le métier comme elle était — théoriquement — en droit de le faire, cette dernière l'interrompit en soupirant :

— Si vous saviez, madame… Ils ne font aucune difficulté pour nous laisser entrer dans le métier, mais quand on essaye d'en sortir, c'est comme si le monde entier se liguait contre nous. Vous me connaissez depuis longtemps, vous savez bien que je ne suis pas une écervelée qui délaissera son fils à la première occasion. C'est pour lui que je fais tout ça.

Victoire dut encore user d'arguments, mais au final la nourrice finit par accepter de témoigner.

Quelques jours plus tard, elles se présentaient toutes les deux au commissariat, avec le petit Félix.

* * *

Pendant que Victoire menait son bras de fer contre les forces de l'ordre pour se faire rayer du registre, elle combattait aussi sur un autre front.

Émile avait cherché à la revoir. Il lui avait d'abord écrit de longues lettres, dans lesquelles il s'excusait, renouvelait ses sentiments, expliquait le déchirement qu'il ressentait à ne plus jamais la revoir. Victoire, émue aux larmes, puisa un peu de force auprès de Fatima, à qui elle avait raconté toute l'histoire, et qui lui conseillait d'abandonner le jeune peintre pour de bon.

— Il faut tourner la page, ma pauvre chérie, disait-elle. C'est le seul moyen de continuer dans la vie. Sinon, on s'embourbe dans les regrets et on n'avance pas.

Ça n'avait rien de facile. En dépit de tout ce qui s'était passé, et malgré la ferme résolution qu'avait prise Victoire de ne plus jamais revoir son amant, la tentation était forte.

Ne recevant aucune réponse à ses lettres, Émile, en désespoir de cause, vint sonner plusieurs fois à la porte du *Magnolia*. Anne avait pour consigne de ne pas le faire entrer, mais le jeune homme avait le réflexe de mettre le pied dans la porte, insistant, implorant, passant parfois une heure sur le trottoir, en espérant que Victoire finisse par lui répondre.

Blottie en haut de l'escalier, dans un endroit qu'Émile, depuis l'entrée principale, ne pouvait pas voir, elle l'écoutait se débattre face à Anne, sans résultat.

avait été prostituée, mais qu'elle était désormais libre de toute poursuite ou surveillance relative à cette activité.

— Comment as-tu fait ?

— J'ai été patiente, c'est tout, répondit Victoire sans entrer dans les détails. Si vous le voulez bien, j'aimerais partir dès aujourd'hui.

— Rien que ça ! Tu oublies que tu me mets dans l'embarras, objecta sa patronne. Si tu m'avais prévenue plus tôt de tes projets, j'aurais pu m'organiser… Tu ne peux pas partir comme ça. Que vont dire les clients ?

— Ce qu'ils voudront, ça m'est égal.

— Tu n'as donc aucun respect pour eux ? Depuis le temps, ils se sont attachés à toi ! Le fait d'être favorite ne te donne pas le droit de faire de tels caprices !

— Ce n'est pas un caprice. J'ai travaillé pour vous, j'ai remboursé ma dette, je suis libre de partir.

Devant l'attitude déterminée de sa pensionnaire, Madame Angèle hésita. Elle n'avait effectivement aucun moyen légal de retenir Victoire plus longtemps.

— Bien, soupira la tenancière, puisque tu sembles décidée…

Elle se pencha sur son livre de compte et se mit à calculer, surveillée par Victoire. Puis, elle compta une deuxième fois, pour vérifier qu'il n'y avait pas d'erreur, avant de lever la tête.

— Il manque six dollars et quinze sous, dit-elle.

Victoire retint une grimace sarcastique. Elle s'attendait à ce que sa patronne essaye de lui soutirer quelques sous supplémentaires, et elle s'y était préparée. Pendant tout l'entretien, elle s'était montrée parfaitement neutre, étalant les faits sans trahir la plus petite émotion, et elle ne voulait pas s'énerver au dernier moment et risquer une confrontation avec la tenancière.

La sortie était à portée de main. Elle avait été si patiente jusqu'à présent qu'elle pouvait bien faire encore un petit effort.

Imperturbable, elle fouilla dans la poche de sa robe et déposa sur le bureau le montant exact qu'on lui réclamait.

— Je vais faire mes bagages et dire au revoir aux filles, dit-elle. Je passerai vous saluer avant de partir.

— Tu as quelque part où aller, au moins? demanda la tenancière. Et que deviendra ton fils? Tu as un peu d'argent devant toi?

— J'ai ce qu'il faut, ne vous inquiétez pas pour moi, répondit Victoire.

Et, sur ces paroles, elle quitta le bureau.

* * *

Partir sans se retourner.
Si j'hésite, ne serait-ce qu'une seconde, elles feront tout pour me garder. Aussi bien Madame Angèle que les filles.

* * *

Fatima fut la première à apprendre la nouvelle, de la bouche même de Victoire qui la croisa dans l'escalier en montant préparer ses maigres bagages.

— Quoi? Quoi? Ce n'est pas possible! bredouilla la jeune Marocaine, tétanisée.

Sortant de sa torpeur, elle emboîta aussitôt le pas à son amie, réclamant des explications, haussant la voix à mesure que l'angoisse prenait le pas sur la surprise. C'est sa voix affolée qui donna l'alerte. Éloïse, qui s'était approchée pour savoir de quoi il était question, ouvrit de grands yeux et descendit aussitôt dans l'antichambre pour prévenir les autres, toujours occupées à faire leurs achats chez Madame Grenon.

— Victoire s'en va! Victoire s'en va! Elle fait ses bagages!

— Quoi? Elle s'en va pour de bon?

— Dans une autre maison?

— C'est Madame qui la chasse?

— Non, non! Il paraît qu'elle a remboursé sa dette!

Les filles, déjà abasourdies d'apprendre que leur compagne allait les quitter sans transition, le jour même, furent encore plus impressionnées d'apprendre que Victoire s'était libérée de sa dette.

Dans l'escalier qui menait au grenier, ce fut la bousculade. Tout le monde se précipita dans la chambre de la jeune femme, pour la découvrir en train d'étaler sur son lit le contenu de l'armoire, de plier ses vêtements aussi bien que possible pour les enfourner ensuite dans un grand sac de toile.

— Tu t'en vas!

— Comment tu as fait? On t'a aidée?

— C'est Émile qui t'a donné de quoi rembourser ta dette?

— Mais non, voyons, il n'a pas un sou! Elle part avec Laurent, c'est sûr! Depuis le temps que ça se prépare!

Mais Victoire nia les unes après les autres toutes les suppositions que ses amies faisaient à son sujet.

— J'ai profité de mes sorties en dehors de la maison pour faire des passes supplémentaires, expliqua-t-elle sobrement. Aussi longtemps qu'il le fallait pour tout rembourser. Pour une fois, l'argent restait dans ma poche, alors c'était plus facile d'économiser…

— Tu allais chercher les clients dans la rue? Et tu ne t'es jamais fait prendre? s'étonna Joséphine.

— Non. En fait, j'ai demandé l'aide de Madame Rainville. C'est elle qui m'envoyait les clients. On se rencontrait dans une chambre d'hôtel, dans un coin bien tranquille.

Les filles, qui allaient de surprise en surprise, étouffèrent une exclamation en reconnaissant ce nom.

Victoire avait hésité avant de révéler le rôle essentiel que Madame Rainville avait joué. Si cela venait aux oreilles de la tenancière du *Magnolia*, il était probable que cette dernière cesserait aussitôt de faire affaire avec la rabatteuse. Mais après tout, Victoire n'était pas concernée. Qu'elles se débrouillent entre elles.

— C'est pas bête, mais il fallait y penser! reconnut Éloïse. Et puis, il faut bien être une favorite comme toi pour avoir autant de temps libres. Moi, je ne pourrais jamais faire la même chose…

— Faut être endurante, surtout! C'est déjà pas triste de se faire passer dessus par nos clients du soir, si en plus il faut en faire d'autres dans la journée! ajouta Olivia.

— Mais alors… Tu t'en vas vraiment? demanda timidement Adéline.

Victoire, à cet instant, sortait de l'armoire une vieille robe qu'elle n'avait pas enfilée depuis trois ans. C'était sa robe couleur prune, celle qu'elle mettait le dimanche pour aller à l'église avec sa famille, celle qu'elle portait le jour où elle était entrée au *Magnolia*. Elle n'en possédait pas d'autres, en dehors de quelques chemises, jupes et corsages qu'elle utilisait dans la journée, mais qui la feraient passer pour une vulgaire fille de cuisine si elle les portait dans la rue.

Elle possédait aussi sa belle toilette d'opéra blanche, de chez Mademoiselle Émilie, que François lui avait offerte il y avait de cela plus de deux ans. La robe était conservée dans les appartements privés de Madame Angèle, avec les autres somptueuses toilettes du soir que la tenancière faisait porter à ses filles pour travailler. Pas question pour Victoire de quitter la maison en abandonnant sa belle robe blanche, qui lui appartenait de plein droit.

— Anne! cria-t-elle dans l'escalier. Peux-tu demander à Madame ma robe de chez Mademoiselle Émilie?

Il ne lui restait plus grand-chose à empaqueter. Elle laissa derrière elle les livres qu'elle aimait, mais emporta le tricot sur lequel elle travaillait depuis quelques jours — un grand maillot de corps pour Félix. L'automne serait là dans peu de temps, et après lui, l'hiver, et elle aurait plus que jamais besoin de ses aiguilles et de sa laine.

— Tu as besoin de quelque chose, chez Madame Grenon? Je peux aller te le chercher, si tu veux, proposa Fatima.

Une fois que les filles furent remises de leur surprise, leur solidarité reprit le dessus. À la différence de Clémence ou de Ninon, qui avaient quitté la maison dans des conditions différentes, Victoire partait la tête haute, libre de tout engagement, vers une vie de femme honnête à laquelle ses compagnes rêvaient toutes, et elles firent ce qu'elles purent pour accompagner son départ.

Bien sûr, il y eut des larmes. Fatima, surtout, et puis Joséphine et Éloïse, avec qui Victoire avait noué des liens plus étroits au long des années passées sous le même toit, à vivre les mêmes épreuves. Elles étaient ses amies, ses sœurs, et elle ne les quitterait pas sans douleur.

— Tu penseras à nous? fit Fatima, avant de se raviser aussitôt. Ou plutôt, non, ne pense pas à nous. Vis ta vie et oublie les moments que tu as passés ici.

— Comment veux-tu que j'oublie, ma chérie? répondit Victoire en serrant son amie dans ses bras, la gorge nouée. Vous avez toutes été merveilleuses pour moi, et pour Félix aussi... Je n'oublierai jamais tout ce que vous avez fait.

— Aussi, pourquoi dois-tu partir si vite? On ne s'y attendait pas!

— C'est vrai, mais je n'étais pas certaine de réussir et je voulais garder toutes mes chances. Si tu avais su que j'allais partir avec une semaine d'avance, tu aurais été triste. Il vaut mieux écourter les adieux, tu ne crois pas?

Fatima voulut répondre, mais un gros sanglot l'en empêcha et Anne, qui remontait avec la robe blanche emballée dans un grand papier brun, fit diversion.

* * *

Le soleil était encore bien haut dans le ciel lorsque Victoire ferma la porte du *Magnolia* derrière elle.

Elle jeta un dernier regard à la grosse lanterne de verre qui pendait à côté de la porte. Comme elle était éteinte et que le soleil l'éclairait pleinement, ce n'était encore qu'un simple globe décoratif, brun noir avec des reflets rougeâtres. Mais ce soir, après que Thelma l'aurait allumé, elle se transformerait en petit feu de l'enfer et deviendrait le symbole des maisons closes, signalant aux passants que le commerce était ouvert.

Elle descendit les marches du perron, traversa la petite allée sablée et dépassa la rangée de cèdres qui séparaient le devant de la maison du trottoir.

Elle songea un instant aux clients qui l'attendraient ce soir et qui seraient probablement furieux, déçus ou même tristes d'apprendre qu'ils ne la reverraient plus jamais. Charles, François, Wilfrid, Simon-Pierre, Jean-Baptiste, Édouard, Albert, Joseph, Raoul, François-Xavier, Louis, Gabriel, Armand, Gustave, Arthur, Samuel, Basile ou Jean... La liste des noms semblait infinie, de même que les visages qui défilaient dans la mémoire de la jeune femme. Il y avait ceux qu'elle avait aimés, les gentils, les clients devenus des amis, des complices, à force de passer du temps ensemble. Il y avait les autres, les tordus, les vicieux, les hypocrites qui lui avaient fait des coups pendables. Il y avait aussi un bon nombre d'anonymes, des hommes venus une ou deux fois seulement et qu'elle avait aussitôt oubliés, noyés comme ils l'étaient parmi leurs semblables.

Elle songea aussi à Laurent et à Émile. Juste un peu. Elle avait épuisé sa réserve de larmes de colère et de tristesse à leur sujet.

Parvenue sur le trottoir, Victoire hésita. Elle tourna la tête à droite, puis à gauche, balayant du regard cette petite rue Clark qui paraissait si paisible qu'on n'aurait jamais imaginé y trouver un bordel. Elle y avait vécu pendant trois ans, le *Magnolia* était son foyer, et elle ne réalisait pas vraiment qu'elle était libre, désormais, et qu'elle s'en allait. Elle ne reverrait plus ses compagnes, ces filles dont elle avait si longtemps partagé le sort. Fatima, Joséphine et les autres resteraient putains pendant longtemps encore. Le *Magnolia*, toujours fermement tenu par Madame Angèle, avait encore de beaux jours devant lui. La tenancière connaissait son affaire et elle n'était pas près de laisser son commerce aux mains de son incapable de fils, en dépit des manœuvres de Marie-Louise pour monter en grade et devenir à son tour une « madame ».

Plus loin, dans la rue, un enfant de cinq ou six ans qui se promenait en compagnie d'une domestique — sans doute une gouvernante — se mit à crier de joie en apercevant un chat, à la fenêtre d'une des maisons. Cela tira Victoire de ses rêveries.

Elle prit à gauche et commença à descendre la rue en direction du centre-ville.

Épilogue

Il ne faisait pas si chaud, sur la petite route de Saint-Eustache, mais Victoire était en sueur. Elle transpirait sous sa robe prune un peu usée, qu'elle avait élargie à la taille et agrémentée d'un joli corsage blanc orné d'une petite dentelle pour se donner un air très respectable. Elle portait sur une épaule son sac de toile, et sur sa hanche le petit Félix, qui se laissait faire sans broncher.

Il y avait plus d'une demi-heure de marche depuis la gare où Victoire était descendue, et les charretiers qu'elle avait croisés sur la route et à qui elle avait demandé qu'ils la laissent monter à l'arrière de leur véhicule lui avaient tous tendu la main pour se faire payer le service. La jeune femme avait préféré refuser, pour économiser son argent. Elle ne savait que trop bien qu'elle pourrait en avoir besoin pour des choses plus urgentes.

À sa sortie du *Magnolia*, elle avait quelques billets en poche, qu'elle conservait bien soigneusement, et les bijoux qu'on lui avait offerts. Elle les avait aussitôt revendus, en prenant le temps de visiter trois bijouteries différentes afin d'en tirer le meilleur prix. Elle n'était pas riche, mais elle avait de quoi survivre deux ou trois mois, le temps de se trouver un travail quelque part. Sans compter que, dans le fond de son sac, elle avait le petit magot que lui avait donné Toinette.

Au bout du chemin, elle aperçut enfin, parmi les arbres, un groupe de bâtiments — une maisonnette, une grange, quelque chose comme un poulailler, un grenier à grain.

C'était la ferme qu'elle cherchait.

* * *

Assise à la table de la cuisine, devant les tasses de thé fraîchement préparées, la nourrice fronça les sourcils lorsque Victoire lui exposa le motif de sa visite.

— Vous dites que sa pauvre maman est morte? Paix à son âme, fit-elle en se signant. Mais qui va me payer, maintenant? Vous?

— Non. Je suis venue pour vous reprendre la petite.

— Suzanne? Mais qu'est-ce que vous allez en faire? Vous n'êtes même pas de sa famille!

— C'est vrai, mais j'ai promis à sa mère que je m'occuperais d'elle. Voici une lettre, qu'elle vous a écrite à ce sujet...

Victoire tendit à la nourrice le message que Toinette avait rédigé sur son lit de mort, mais la nourrice n'y jeta qu'un bref regard.

Elle avait été prévenue du décès de Toinette par Madame Angèle, qui s'était engagée à payer les frais de Suzanne pendant encore quelques mois, le temps de décider de ce qu'on ferait d'elle. Mais comme Victoire se présentait plus tôt que prévu, la fermière avait compris qu'elle allait perdre un gagne-pain et cela n'avait pas l'air de lui plaire.

— Vous savez, la petite est bien, ici, se défendit-elle. Ça me fendrait le cœur qu'on me l'enlève! Elle nous aide tous les jours, mon mari et moi, c'est une bonne petite: elle fait, comme qui dirait, partie de la famille...

— Je vous paierai le dédommagement, répondit Victoire sans se troubler. Cela vous permettra de reprendre un autre enfant sous votre aile.

— Vous croyez que ça se trouve si facilement, des enfants à placer ? Dans quel monde vivez-vous ! J'ai mes propres enfants à nourrir, vous ne pouvez pas me demander de laisser la petite comme ça, sans que je puisse au moins m'organiser !

Mais comme Victoire, très calme, repliait la lettre et commençait à sortir des billets, la fermière changea tout à coup de discours. La vue de l'argent l'adoucissait.

— Très bien, très bien, finit-elle par céder, après quelques minutes de marchandage. Mais vous ne savez pas à quoi vous vous exposez. Prendre une enfant de cet âge, alors que vous avez déjà un bébé… Elle va vous demander du travail, croyez-moi !

* * *

Suzanne avait de beaux yeux brun clair, très doux, comme ceux de sa mère. C'était une gamine un peu malingre, aux vêtements sales, visiblement plus habituée à courir les bois et à jouer dans la poussière qu'à fréquenter les bancs de l'école. Victoire et la nourrice l'avaient trouvée dans la grange, occupée à brosser un cheval bien trop grand pour elle, mais à peine avait-elle aperçu cette belle inconnue avec son petit garçon dans les bras que la petite avait eu peur et était partie se cacher à l'étage, dans le foin. Comme la nourrice haussait le ton, Victoire lui avait laissé son fils dans les bras et elle avait retroussé sa jupe pour grimper l'échelle afin d'approcher la petite Suzanne en douceur, de la rassurer et de la convaincre de redescendre.

Celle-ci n'avait pas grand-chose à elle. Quelques vêtements — ceux que les enfants de la fermière ne portaient plus — et une poupée de chiffon, c'était tout. Elle dormait sur un matelas par terre, dans un couloir, et était habituée à se faire discrète en toute circonstance. La nourrice avait prétendu qu'elle la traitait comme sa fille, mais on voyait bien que la gamine était plutôt l'enfant pauvre à qui on faisait à peine la charité. L'argent que Toinette avait envoyé pendant toutes ces années était resté dans la poche de la fermière. Suzanne n'était pas maltraitée, elle avait un toit sur sa tête et mangeait tous les jours, mais elle n'était pas aimée non plus. Livrée à elle-même, inutile, encore trop jeune pour aider aux durs travaux des champs, elle n'était qu'une simple source de revenus pour le couple de fermiers qui l'hébergeait.

Lorsqu'elle comprit que Victoire était venue pour l'emmener, elle avait ouvert des yeux immenses, dont on n'aurait pas su dire si c'était de l'excitation ou de la frayeur, et elle n'avait rien dit. Elle avait suivi docilement cette dame inconnue avec son bébé, et tous trois avaient repris le chemin en sens inverse, en direction de la gare.

Puisqu'on arrivait difficilement à lui arracher quelques mots, Victoire se mit à parler pour deux. Elle lui présenta Félix, qui babillait et ânonnait quelques syllabes, lui expliqua qu'elle était une amie de sa maman, que sa maman était au ciel et que, désormais, ce serait elle, Victoire, qui s'occuperait d'elle.

— Maman est morte ? répéta Suzanne.

— Oui, ma chérie. C'est triste que tu n'aies pas pu la revoir, mais, tu sais, elle me parlait beaucoup de toi. Elle t'aimait très fort.

— Ah…

La gamine ne sembla pas réagir à l'annonce de la disparition de Toinette. Après tout, elle ne l'avait jamais vraiment connue, elle n'avait que six mois lorsqu'on l'avait amenée à Saint-Eustache. En revanche, elle comprenait parfaitement bien le concept de mère.

— Alors, c'est toi, ma maman, maintenant ? demanda-t-elle.

Victoire hésita.

Elle avait promis à Toinette qu'elle s'occuperait de sa fille. Cela signifiait-il qu'elle pouvait simplement la mettre dans une institution et s'assurer de loin en loin que la petite se portait bien ? Ou plutôt qu'elle devait endosser au quotidien le rôle que son amie n'avait pas pu tenir ?

Un souvenir fugace passa dans la mémoire de la jeune femme. Un nouveau-né, enveloppé dans des linges, déposé sur une marche froide dont on avait balayé la neige. Victoire n'avait jamais cherché à revoir ce premier enfant, elle ne s'en sentait pas responsable. Elle avait fait ce qu'elle avait pu, à l'époque, et elle se voyait mal retourner frapper à la porte du couvent pour le retrouver.

Pour Suzanne, c'était différent. Elle incarnait tout ce que Félix aurait pu être si Victoire ne s'était pas battue pour sortir de la prostitution. La gamine ne méritait pas d'être abandonnée de nouveau, pas lorsqu'elle vous lançait un tel regard, plein d'espoir.

— Oui, répondit Victoire. À partir d'aujourd'hui, ce sera moi, ta maman.

Alors, la petite eut un sourire immense, qui lui dévora la figure. Elle retroussa les lèvres, montra toutes ses dents, fronça le visage et le nez, sortit même un peu la langue. Ce n'était pas très joli à voir — c'était bien plus une grimace qu'un sourire —, mais on sentait une joie énorme émaner de cette toute petite enfant et cela faisait chaud au cœur.

Et alors que le trio continuait sa route, Victoire réfléchit. Quelque chose, dans cette grimace d'enfant, lui rappela soudain le tigre qu'elle avait vu au parc La Fontaine, avec Laurent.

Elle se souvint de ce que l'employé du cirque lui avait expliqué : il s'agissait d'une façon de percevoir les odeurs, surtout celles des femelles en chaleur. Cette grimace, au fond, c'était l'expression d'un instinct de vie. Chercher la présence de ses semblables, se reproduire, exister quelque part dans le grand schéma du monde, prendre la place qui nous revient. Être. Vivre, tout simplement.

Suzanne aussi avait cet instinct de vivre à tout prix. Dès l'instant où elle avait compris qu'on lui offrait une existence où elle serait enfin la fille de quelqu'un au lieu du petit fantôme qu'elle avait été jusqu'à présent, c'est toute cette volonté de vivre qui s'était exprimée dans son drôle de sourire.

Amusée par le raisonnement tarabiscoté qui lui était passé par la tête, Victoire se mit à rire toute seule. Suzanne tourna vers elle un regard intrigué, puis elle se mit à rire à son tour, sans raison, juste pour accompagner sa nouvelle maman, recommençant sans s'en rendre compte l'espèce de grimace disgracieuse qui lui tenait lieu de sourire. Victoire rit de plus belle. Félix, qui ne comprenait pas ce qu'il y avait de drôle dans cette situation où il ne s'était rien passé de particulier, observa un instant sa mère, puis se mit à rire à son tour, à petits coups saccadés. Personne ne savait vraiment pourquoi les autres riaient, mais l'effet était contagieux.

Victoire avait vingt et un ans. Elle était la veuve de Julien Martel, la mère de Félix Martel, et elle venait de prendre sous son aile une petite orpheline. Elle portait une robe prune trop étriquée, tout en cachant dans son sac une somptueuse toilette d'opéra signée d'une grande couturière. Elle avait un peu d'argent en poche, mais pas de travail, pas de famille et aucun endroit où aller.

Ça n'avait pas d'importance. Elle était jeune, libre, et elle avait la vie devant elle.

Alors, sur le chemin de la gare, le petit trio continua de rire sans savoir pourquoi.

De la même auteure, aux Éditions Coup d'œil

Les Filles de joie
1 - *Le Magnolia*, 2020
2 - *L'heure bleue*, 2020
3 - *La grimace du tigre*, 2020

De la même auteure, chez Les Éditeurs réunis

La Cantatrice
1 - *La jeunesse d'Emma Albani*, 2012
2 - *Le triomphe d'Emma Albani*, 2012